應用

國文

林秀蓉 主編

這是一本兼顧傳統文書實用性
與現代文學創新性的書。

李美燕　陳劍鍠　簡光明
劉明宗　黃惠菁　鍾屏蘭
柯明傑　黃文車　朱書萱　余昭玟　簡貴雀　嚴立模　著

五南圖書出版公司 印行

# 弁　言

陳劍鍠

　　在漢字文化圈裏，目前有臺灣、大陸、香港、新加坡等地使用漢字書寫的應用文，各地交異，優劣互見。近年來臺灣方面撰寫的應用文有將以「應用」易名為「實用」，以見其應用須講求實用的特性。雖則應用本具實用意涵，但如此強調，亦有表顯作用。

　　「應用國文」課程在全國各大專校院已開設多年，希冀以能力導向為基礎，發展學生知識反思、知識整合、知識創新的能力，培養學生語言及文學方面的閱讀、欣賞、理解、表達、應用能力。因而本書希望透過公文、書信、對聯與題辭、自傳與履歷、廣告文案、報導文學、網路與文學、評論寫作、歌詞寫作、創意改寫等十個單元，讓學生思考如何撰寫應用文書，以增進職場的競爭力與人際關係。有云：應用文即「應」付生活，「用」於實務的文章，是人們直接用來辦事的文章類別。足見其用途之廣泛、名目之繁多。本書雖僅擇訂十個單元，議題或略顯窄小，未能照應全貌，然在「兼顧傳統文書的實用性與現代文學的創新性」，及「掌握現代文學寫作的技巧，發揮文字表達的創意，強化文學審美的能力，培養關懷社會的情操」等方面，應有其可觀之處，供教師於課堂上方便應用。

　　本系同仁利用課餘時間合力編寫此書，先架設理論的學習重點，再進行範文例句的評析，最後藉由作業的練習達成實踐教學的目的。希望透過明白簡扼的理論介紹，和明確有據的例證說明，及充分練習的實作經驗，幫助學生在短時間內，有效地掌握語文的基礎性、人文性和工具性特質，完成各種應用文體寫作技巧的相關訓練。

　　由於編寫時間緊迫和資源條件所限，書中難免有疏漏之處，懇請學者研閱以窮照，斧正其失謬，則不特作者研究之幸，抑亦學生讀書之幸！

# 導　言

林秀蓉

　　語文是溝通情意的工具、建構知識的根柢，更是職場競爭力的重要指標。尤其在邁入二十一世紀，愈發重視個人意見的傳達與多元知識的吸收。語文教育應如何配合時代脈動、貼切社會需求，已成為中文學界熱烈討論的議題。成功大學張高評教授在《實用中文講義》（下）的序言指出：「語文教學之任務，除了原有的美感欣賞、情意陶冶、文化薪傳等傳統使命外，語文作為一種表達工具，應同時兼顧其實用性、生活化、創意化、數位化和現代感。」有鑑於此，本書希望能將語文教育結合時代脈動與社會需求，兼顧實用與理論，使學生有能力面對高等教育的市場開放與校數增加所產生的衝擊。

　　本書內容兼顧傳統文書的實用性與現代文學的創新性，共規劃公文、書信、對聯與題辭、自傳與履歷、廣告文案、報導文學、網路與文學、評論寫作、歌詞寫作、創意改寫等十個單元。希望透過這些單元的教學，使學生能妥善撰寫應用文書，以增進職場的競爭力，並能掌握現代文學寫作的技巧，發揮文字表達的創意，強化文學審美的能力，培養關懷社會的情操。茲將各單元之教學目標說明如下：

## 一、公文

　　「公文」即處理公務的文書，國家重要考試往往列為必考項目。因此，在未來的職場競爭中，除須具備專業知能外，公文的書寫能力不可或缺。本單元依據我國現行的〈公文程式條例〉，說明公文的定義、類別、結構、用語及其撰寫原則，主旨在指導學生能熟悉掌握公文的規範格式，進而依上行、平行、下行之別，製作適切、完善的公文。

## 二、書信

　　「書信」的單元，因應時代e化，兼顧傳統書信與電子郵件，從傳統書信的結構、用語和信封格式，到電子郵件的標題、內容格式、發送和回覆，分類解說，目的在指導學生能分辨書信的專門格式，進而依長輩、平輩、晚輩之分，撰寫合乎倫常禮儀的書信。

## 三、對聯與題辭

　　「對聯與題辭」是中國文化特有的文學作品，各單位機關、各種行業或婚、喪、喜、慶各種場合，均能適用；若與其他應用文體相比，運用也最為廣泛。現今隨著社會結構的變化、人際關係的複雜，對聯與題辭的應用更為普遍。本單元目的在指導學生能認知對聯與題辭的寫作原則與鑑賞方法，進而結合生活實際創作。

## 四、自傳與履歷

　　「自傳與履歷」都是求學、求職時自我薦介的重要文件。自傳，是以文字書寫自己生平行事的文章；履歷，即精簡記載個人學歷、經歷、專業能力或其他特殊才能、性向的文件。本單元除了指導學生能掌握自傳、履歷的寫作原則與注意事項，更重要的是能撰寫自我特色的應試資料。

## 五、廣告文案

　　所謂「廣告」，主要是透過電視、網路、招牌、海報等大眾宣傳媒體，把訊息傳達給大眾，順利激起消費者購買的一種宣傳手段。本單元具體說明廣告文案的寫作原則，如何以重點突出、簡明易懂、生動有趣、具有說服力的語言進行書寫，從中指導學生評論與撰寫廣告文案的入門之道。

## 六、報導文學

　　所謂「報導文學」，乃透過真人實事的訪查，針對特定時空下的歷史問題、人文現象、社會結構、生態環境等，搜集各種見聞與資訊，並用科學的思辨方式加以記錄報導的一種散文體裁。本單元應用田野調查，指導學生秉持公正客觀的態度，創作理性與感性兼融的報導性文字，進而落實對社會的關懷，從中學習判斷與解決問題的觀點與策略。

## 七、網路與文學

　　在多元知識傳播的環境中，因勢利導，增進學生運用文字書寫的能力，是「網路與文學」的教學目標。本單元彰顯書寫本身具有真實性、實用性與生活化的意義，內容包含：區別網路文學與傳統文學、部落格寫作與自我表達、建構個人部落格要點等，其中特別強調在e化時代中，藉著部落格書寫的過程，達到自我省察與心理治療的功能。

## 八、評論寫作

　　評論是針對人物或事情抒發議論、講明道理、辨別是非的一種議論文體。「評論寫作」的單元，明示「時事評論」與「電影評論」的寫作方法。前者指向社會關懷，訓練學生獨立判斷與思考的能力，進而學習如何與人溝通思想與交流意見；後者則指向藝術鑑賞，培養學生深入分析與評論電影的能力，以增進人文素養。

## 九、歌詞寫作

　　歌詞如新詩，都屬精緻的文學類型。「歌詞寫作」的單元，針對建構明確的主題意識、尋找適合的創作材料、轉換適當的詞彙元素等歌詞的寫作要領，提點欣賞與編寫歌詞的方法，期能達到詞曲的完美結合，具體引導學生創作雅俗共賞的歌詞，反映現代人的生活和感情。

## 十、創意改寫

　　所謂「創意」，是結合敏覺、流暢、變通、獨創、精進的特性，透過思考的歷程賦予事物獨特新穎的意義。「創意改寫」單元，從如何掌握被閱讀的文本，再經如何進行自己的詮釋過程以及改寫的進行，指導學生能以原有素材表現嶄新的意涵與境界。

　　這十個單元的編撰，以深入淺出的說明為原則。內容體例方面，實用與理論並重，首先循名責實，從界定單元的意涵出發；其次，明確引導寫作的原則；再次，具體明示範例；最後提供相關習作以進行演練。本書的願景，除了建構創新教學課程，提升中文教學品質，更期待透過大學通識教育中的語文課程，涵養廣博文雅的知識，提升語文審美、應用與創新的能力，協助學生具有足夠的知識與信心，在畢業後開展生涯與自我實現。

# 目　次

# 第一單元
# 公文寫作

劉明宗

　　現代社會分工精細，各行各業人才輩出，只要肯用心，幾乎都可在各領域有優異表現，出人頭地。從事的工作若能展現自己的才華、能力，又能兼顧興趣和生活，應該是最為理想的。現代的公務機關，隨著社會形態的改變和進步的節奏，已多所調整內部結構及服務方式，其薪資待遇雖未必比某些私人企業或機構來得優渥，但整體而言，是職場中相對穩定、單純的，是以每年希望經由各種高普考、地方特考等方式進入公務機關服務者，數以萬計。然而僧多粥少，要進入公務部門服務，除須具備專業知能外，公文的製作、書寫的能力，是其中不可或缺的。

## 壹、公文的意義

　　所謂的公文，依據我國現行的〈公文程式條例〉（96年3月21日修正）第一條定義：「稱公文者，謂處理公務之文書。」即可知道它就是「處理公務」的文書。什麼是「公務」？簡單的說，就是公家的事務。公務文書的來往，並不僅限於來往雙方一定都是公家（政府）機關，只要其中一方是公家機關，縱使另一方為非公家的機關或個人，其來往的文書，亦可稱為「公文」。公務文書的處理，從收文、承辦、撰擬、傳遞到發文，都有它一定的程序和格式，其辦理依據，即是由政府頒布的現行〈公文程式條例〉。

　　公文既是處理公務的文書，它的處理程序又得依照政府頒布的〈公文程式條例〉，因此大致上說來，它必須具備下列三項條件：

　　㈠ 內容必須與公務有關。

　　㈡ 必須有一方是公家機關。

㈢製作須有一定的程式。

# 貳、公文程式條例

公文的製作，須有一定的程序和格式為規準，方不致因程序不同、格式各異，而造成各自表述、最終卻無法有效溝通意見和解決問題的困擾。

我國最早的公文程式條例，於民國17年11月15日由國民政府制定公布，當時全文只有簡單的6條。至民國60年，由於當時的行政院長蔣經國力求行政革新，於是由行政院著手完成14條全文的修正，並由總統於61年1月25日公布，成為現在辦理公文處理的法律依據。此條例於民國93年曾對其中第7條作過重大的修正，即政府鑑於國際間交往日益密切，文書資料來往頻繁，歐美文字都是由左至右橫式排列，當時國內直式書寫如遇引用外文或阿拉伯數字時，便往往形成扞格。為與國際接軌，並兼顧電腦作業平臺屬性，使公文製作更具便利性，進而提升公文處理效率，故將原直式公文改為橫式書寫，並於民國94年1月1日起正式施行，目前公文的橫式書寫格式即於當時定案。最新的公文程式條例修正，則為民國96年3月針對其中第2條公文程式類別中的「咨」，刪除已經廢止運作的「國民大會」相關詞語，回歸現實的政府機關行文往復。

〈公文程式條例〉為製作公文的準據，縱使公文再怎麼有創意，仍不能脫離這程式條例的規定範圍，所謂「萬變不離其宗」，即指公文的製作要以此條例為圭臬，再就現實的情景選擇適當的公文類別和用字用語。是故，謹將現行〈公文程式條例〉羅列於下，在製作公文前若能先細加閱讀、思索，掌握其中要領、精神，或可製作一份合適、完善的公文。

【公文程式條例】
中華民國17年11月15日國民政府制定公布全文6條
中華民國41年11月21日總統令修正公布全文10條
中華民國61年1月25日總統令修正公布全文14條
中華民國62年11月3日總統令修正公布第2、3條條文

中華民國82年2月3日總統（82）華總（一）義字第0449號令修正公布第2、3條條文；並增訂第12-1條條文
中華民國93年5月19日總統華總一義字第09300094171號令修正公布第7、13、14條條文；本條例修正條文第7條施行日期，由行政院以命令定之
中華民國93年6月14日行政院院臺秘字第0930086166號令發布第7條定自94年1月1日施行
中華民國96年3月21日總統華總一義字第09600034571號令修正公布第2條條文

第1條　稱公文者，謂處理公務之文書；其程式，除法律別有規定外，依本條例之規定辦理。
第2條　公文程式之類別如下：
　　　　一、令：公布法律、任免、獎懲官員，總統、軍事機關、部隊發布命令時用之。
　　　　二、呈：對總統有所呈請或報告時用之。
　　　　三、咨：總統與立法院、監察院公文往復時用之。
　　　　四、函：各機關間公文往復，或人民與機關間之申請與答復時用之。
　　　　五、公告：各機關對公眾有所宣布時用之。
　　　　六、其他公文。
　　　　前項各款之公文，必要時得以電報、電報交換、電傳文件、傳真或其他電子文件行之。
第3條　機關公文，視其性質，分別依照左列各款，蓋用印信或簽署：
　　　　一、蓋用機關印信，並由機關首長署名、蓋職章或蓋簽字章。
　　　　二、不蓋用機關印信，僅由機關首長署名，蓋職章或蓋簽字章。

三、僅蓋用機關印信。

機關公文依法應副署者，由副署人副署之。

機關內部單位處理公務，基於授權對外行文時，由該單位主管署名、蓋職章；其效力與蓋用該機關印信之公文同。

機關公文蓋用印信或簽署及授權辦法，除總統府及五院自行訂定外，由各機關依其實際業務自行擬訂，函請上級機關核定之。

機關公文以電報、電報交換、電傳文件或其他電子文件行之者，得不蓋用印信或簽署。

第 4 條　機關首長出缺由代理人代理首長職務時，其機關公文應由首長署名者，由代理人署名。

機關首長因故不能視事，由代理人代行首長職務時，其機關公文，除署首長姓名註明不能視事事由外，應由代行人附署職銜、姓名於後，並加註代行二字。

機關內部單位基於授權行文，得比照前二項之規定辦理。

第 5 條　人民之申請函，應署名、蓋章，並註明性別、年齡、職業及住址。

第 6 條　公文應記明國曆年、月、日。

機關公文，應記明發文字號。

第 7 條　公文得分段敘述，冠以數字，採由左而右之橫行格式。

第 8 條　公文文字應簡淺明確，並加具標點符號。

第 9 條　公文，除應分行者外，並得以副本抄送有關機關或人民；收受副本者，應視副本之內容為適當之處理。

第 10 條　公文之附屬文件為附件，附件在二種以上時，應冠以數字。

第 11 條　公文在二頁以上時，應於騎縫處加蓋章戳。

第 12 條　應保守祕密之公文，其制作、傳遞、保管，均應以密

　　　　　　件處理之。

第 12-1 條　機關公文以電報交換、電傳文件、傳真或其他電子文件行之者，其制作、傳遞、保管、防偽及保密辦法，由行政院統一訂定之。但各機關另有規定者，從其規定。

第 13 條　機關致送人民之公文，除法規另有規定外，依行政程序法有關送達之規定。

第 14 條　本條例自公布日施行。
　　　　　本條例修正條文第七條施行日期，由行政院以命令定之。

　　從上列〈公文程式條例〉第1條中，即可明白公文製作的程式，除法律別有規定外，均應依該條例之規定辦理。所謂「法律別有規定」的情形，通常指像檢察機關的起訴書、行政機關的訴願決定書、外交機關的對外文書、僑務機關與海外僑胞、僑團間往來的文書、軍事機關部隊有關作戰及情報所需的特定文書或其他適用特定業務性質的文書，這些都可依據它們各自的需要自行規定文書格式，但仍應遵守由左至右的橫行格式原則。

## 參、公文類別

## 一、公文程式的類別

　　依據上述現行〈公文程式條例〉第2條的規定，目前公文程式的類別，主要有令、呈、咨、函、公告和其他公文等六種，今將此六種公文的使用對象、範圍，依行政院秘書處編印《公文處理手冊》（99年1月修正版）第十五點說明簡述如下：

　　㈠公文分為「令」、「呈」、「咨」、「函」、「公告」、「其他公文」六種：

　　　1. 令：公布法律、發布法規命令、解釋性規定與裁量基準之行政

　　規則及人事命令時使用。

2. 呈：對總統有所呈請或報告時使用。

3. 咨：總統與立法院、監察院公文往復時使用。

4. 函：各機關處理公務有下列情形之一時使用：

　　(1) 上級機關對所屬下級機關有所指示、交辦、批復時。

　　(2) 下級機關對上級機關有所請求或報告時。

　　(3) 同級機關或不相隸屬機關間行文時。

　　(4) 民眾與機關間之申請或答復時。

5. 公告：各機關就主管業務或依據法令規定，向公眾或特定之對象宣布周知時使用。

6. 其他公文：其他因辦理公務需要之文書，例如：

　　(1) 書函：

　　　　甲、於公務未決階段需要磋商、徵詢意見或通報時使用。

　　　　乙、代替過去之便函、備忘錄、簡便行文表，其適用範圍較函為廣泛，舉凡答復簡單案情，寄送普通文件、書刊，或為一般聯繫、查詢等事項行文時均可使用，其性質不如函之正式性。

　　(2) 開會通知單：召集會議時使用。

　　(3) 公務電話紀錄：凡公務上聯繫、洽詢、通知等可以電話簡單正確說明之事項，經通話後，發（受）話人如認有必要，可將通話紀錄作成2份，以1份送達受（發）話人簽收，雙方附卷，以供查考。

　　(4) 手令或手諭：機關長官對所屬有所指示或交辦時使用。

　　(5) 簽：承辦人員就職掌事項，或下級機關首長對上級機關首長有所陳述、請示、請求、建議時使用。

　　(6) 報告：公務用報告如調查報告、研究報告、評估報告等；或機關所屬人員就個人事務有所陳請時使用。

　　(7) 箋函或便箋：以個人或單位名義於洽商或回復公務時使用。

　　(8) 聘書：聘用人員時使用。

(9) 證明書：對人、事、物之證明時使用。

(10) 證書或執照：對個人或團體依法令規定取得特定資格時使用。

(11) 契約書：當事人雙方意思表示一致，成立契約關係時使用。

(12) 提案：對會議提出報告或討論事項時使用。

(13) 紀錄：記錄會議經過、決議或結論時使用。

(14) 節略：對上級人員略述事情之大要，亦稱綱要。起首用「敬陳者」，末署「職稱、姓名」。

(15) 說帖：詳述機關掌理業務辦理情形，請相關機關或部門予以支持時使用。

(16) 定型化表單。

(二) 上述各類公文屬發文通報周知性質者，以登載機關電子公布欄為原則；另公務上不須正式行文之會商、聯繫、洽詢、通知、傳閱、表報、資料蒐集等，得以發送電子郵遞方式處理。

就上述公文的類別來看，「令」是在有關法律、法規命令、行政規則與人事命令的公布、發布和解釋時使用；「呈」是專指行政機關或人民對總統有所呈請、報告時使用；「咨」則是總統與立法院、監察院公文往復時使用。就一般公文的製作而言，基層公務人員接觸「令」、「呈」、「咨」等公文類別的機會較少；一般公務人員所接觸或需製作的公文，以「函」最為普遍，「其他公文」和「公告」亦是屬於容易接觸到的公文，因此歷年高普考或地方特考的公文製作，常以「函」、「公告」、「其他公文」等類為命題範圍。

## 二、公文的行文系統類別

公文的行文系統，因行文對象有上級機關、平行機關、下級機關和不相隸屬的機關和個人等，致使公文在行文時會產生上行文、平行文和下行文等不同的類別。

## ㈠ 上行文

　　凡下級機關向所屬上級機關及其他高級機關行文，便稱為「上行文」，如國立臺灣師範大學行文給教育部和立法院時，因教育部為師範大學的直屬上級機關，此時的行文自然是屬於「上行文」；而立法院雖和行政院同屬院級機關，層級明顯高於教育部和師範大學，但它並非師範大學的直屬上級機關，故師範大學行文給立法院時，不屬於「上行文」，這在稱謂和一些相關用語上會有明顯不同。

## ㈡ 平行文

　　凡同級機關之間的公文往復，或人民與機關間的申請、答覆和其他公事文書的來往，都算是「平行文」。如教育部與交通部之間的公文往復、各縣市政府之間的公文往復、各縣市政府或各部會（教育部除外）與不相隸屬的公、私立大學之間的公文往復等，都屬於平行文；各大、中、小學之間的公文往復，因不相隸屬，是屬平行文；各鄉、鎮、市、區公所與縣市議會或人民團體之間的公文往復，均為平行文。

## ㈢ 下行文

　　上級機關對所屬下級機關的行文，一律稱為下行文。如行政院行文給內政部、僑務委員會是下行文；教育部行文給各公、私立大專院校是下行文；各縣市政府行文給所屬的鄉、鎮、市、區公所亦是下行文。

　　在撰擬公文前，應認清彼此之間的相互地位，選擇最適當的公文形式、類別，採用最適切、得體的行文語氣。

# 肆、公文的結構與製作要領

　　公文因類別不同，使用對象和範圍各異，故其結構未必相同。但整體來看，現行公文的結構不外下列數項，今將其製作要領略述如下：

# 一、機關名稱及文別

　　所謂的「機關名稱」，是指發文機關的名稱，亦即發出此項公文的

主體；「文別」是公文的類別（如令、函、公告之類）。這二項都應寫清楚，承辦人員收到公文時，才能立刻處理。發文機關的名稱必須使用全銜，不可用簡稱，如「國立臺灣師範大學」不可寫為「臺灣師範大學」、「屏東縣中正國民小學」不可寫為「屏縣中正國小」。如果申請函的發文者是一般民眾時，只需在全文第一行標明「申請函」字樣即可，不必書寫機關名稱。

## 二、機關地址及聯絡方式

現行公文為便利收發機關或民眾間互相聯絡方便，會在「機關名稱」和「文別」右下方增列「機關地址」和「聯絡方式」（含承辦人姓名、電話、e-mail等，可視情狀彈性運用）二項，但令、公告不須此項。

## 三、受文者

受文者是指公文所要傳達的對象，即收受公文的機關或個人。若受文者是機關，則應書寫全銜；若為個人，則書寫姓名，並加上適當的職稱，如「王教授江河」、「張士光委員」；或在姓名下加「先生」、「女士」或「君」的稱謂，如「李大同先生」。但公布法令、任免官吏的令，和無特定受文對象的公告，則不列受文者。

有些郵遞公文是採用開窗式信封（於信封某適當位置開長方形洞口，以透明玻璃紙黏貼於內側保護），則在「受文者」上方會加上郵遞區號和住址，方便郵件處理。

## 四、發文日期及字號

發文日期是指公文發出的日期，亦是公文開始生效的日期，在〈公文程式條例〉第6條即明定發文日期「應記明國曆年、月、日」，以作為法律時效的依據。

發文字號則是指各機關發文時，對該件公文所編列的號碼。在〈公文程式條例〉第6條亦規定：「機關公文，應記明發文字號。」發文字號的

編列，對發文、受文雙方都有必要，不僅後續往復時可作為處理憑據，日後查閱亦可依發文字號搜尋。

　　如果是一般民眾的申請函或是機關的公告，發文日期（年月日）應在文末署名後另起一行書寫，或在文別後方書寫。而民眾的申請函，因非屬機關的發文，故「發文字號」一項可以不列。

## 五、速別

　　「速別」即指希望受文機關或個人辦理該件公文的速度，通常分為「最速件」、「速件」和「普通件」三種。如公文屬「最速件」、「速件」性質，均需填寫；若為「普通件」，一般不用填寫。令和公告，不須此項。

## 六、密等

　　某些公文有其祕密性質，不容無關人員接觸，故其制作、傳遞、保管，均會視公文內容的重要性與機密程度設定數種保密等級，如「絕對機密」、「極機密」、「機密」、「密」等，此即謂之「密等」；如非機密文件，則不必填寫。至於其解密條件或保密期限，則視該文件實際情況，於標示「密等」後，以括弧註記。屬公開性質的令和公告，則不須列此項。

## 七、附件

　　「附件」即是指公文的附屬文件。公文如有附件時，應在本文或「附件」欄中註明，促使受文者注意。附件如在二種以上時，均應冠以數字，方便稽考。

　　若遇行文目的只是檢送文件時，則可採一段式寫法，將附件名稱及件數在「主旨」段內敘明；若採二段式以上寫法，則將附件名稱和件數寫在「說明」段最後一項，並在「附件」欄內註明「見說明段第○項」。附件以不蓋用印信為原則，但文書類附件，應在其首頁右下角加蓋機關附

件章。

# 八、本文

「本文」是公文結構中的重要項目，亦可說是公文的主體。

## (一) 三段式結構

〈公文程式條例〉第7條規定：「公文得分段敘述，冠以數字，採由左而右之橫行格式。」本文的結構，一般可分成「主旨」、「說明」、「辦法」三段寫作；如案情較為簡單，則可用「主旨」一段完成，或以「主旨」、「說明」二段完成，或以「主旨」、「辦法」二段完成。除「主旨」外，其他二段亦可因公文內容，將「說明」改為「經過」、「原因」等，將「辦法」改為「請求」、「建議」、「擬辦」、「核示事項」等；而公告的本文則分為「主旨」、「依據」、「公告事項」（或「說明」）三段。總之，本文的分段，應因事、因案的需要，而作靈活的運用。

在本文內，應將行文的目的、根據、案件內容、原因及具體作為等作適切的敘述，寫作要領如下：

### 1. 主旨

用來說明行文的目的和期望，是全文精要所在，敘述力求扼要。其內容重點在於敘述「何人（Who）」、「何時（When）」、「何地（Where）」、「何事（What）」。如訂有辦理或復文期限者，應在「主旨」內敘明；如有使用期望和目的語，亦應置於此段結尾處。

「主旨」段的內容敘寫不可分項，應一段到底，且文字應接在段名的冒號「：」後書寫。本段未限制字數的長短，但建議字數勿超過50字。尤應注意，能用「主旨」一段完成者，切勿分為二段或三段完成。

### 2. 說明

用來敘述事實來源、經過或理由。當案情必須就事實、來源、經過或相關法規、案件、處理分式作較詳細的敘述，而無法在「主旨」段內容納時，即用本段說明。

　　「說明」段內容重點在於敘述「為何（Why）」行文，其名稱可視公文內容改用「經過」、「原因」等；公告用則改為「依據」，以指出法條依據或機關名稱；如需列明副本收受者的作為、附件名稱和份數時，均應在本段說明。但本段不可再重複期望和目的語。

　　「說明」段的敘寫方式，亦可視需要分項條列。如無分項，則文字接在段名的冒號「：」後書寫；如有分項條列，應另行低格書寫，並冠上數字區別。第一個數字的高度與段名的「明」字對齊。如果需要說明的事項較繁雜，需要用上二個以上的層次時，則所有的分項標號均應另列縮格，以全形書寫為一、二、三、……，(一)(二)(三)……，1、2、3、……，(1)(2)(3)……等層次方式（如下所示），依序遞降（每降一層，標號位置往後退一格），使其層次井然、條理分明。其中，國字小寫一、二、三……和阿拉伯數字1、2、3……後均加上頓號「、」；括弧國字小寫(一)、(二)、(三)……和括弧阿拉伯數字(1)、(2)、(3)……後均加上半形的括號「( )」，而且在括號後方不加任何其他符號。如：

　　　　主旨：
　　　　說明：
　　　　　一、
　　　　　二、
　　　　　三、
　　　　　……
　　　　　　(一)
　　　　　　(二)
　　　　　　(三)
　　　　　　……
　　　　　　　1、
　　　　　　　2、
　　　　　　　3、
　　　　　　　……
　　　　　　　　(1)

　　　　　　　(2)

　　　　　　　(3)

　　　　　　　……

　　以上說明內文的敘述，如遇有阿拉伯數字（不含層次標號）、外文字母以及併同於外文中使用的標點符號，均應使用半形。

　　3. **辦法**

　　針對案情提出具體要求、處理意見，或解決問題的方案。當針對案情所提出的具體要求、處理意見或解決方案，無法在「主旨」段內簡述時，即用本段敘寫。

　　本段內容重點在於敘述「如何（How）」辦理，其名稱可因公文內容改為「請求」、「建議」、「擬辦」、「核示事項」等；而公告則將本段改為「公告事項」（或「說明」）。本段與「說明」段一樣，不可再重複期望和目的語。

　　「辦法」段的敘寫方式，亦可視需要分項條列。其無分段與有分段的寫法和方式，均比照「說明」段格式處理即可。

　　公文的正文，除按規定結構撰擬外，也應注意下列事項：

1. 「主旨」、「說明」、「辦法」各段均應標明段名，但段名上不冠數字，段名下則應加冒號「：」。
2. 函轉公文，宜摘敘來文要點；若來文過長無法摘敘時，可列為附件。
3. 「說明」、「辦法」分項條列時，每項表達一個意思。
4. 除了不應將期望語和目的語重複出現在「說明」、「辦法」段外，亦不應將事實經過、理由等說明混入「辦法」段，不得將具體要求和辦法放入「說明」段。

## (二) 條列式結構

　　在公文中，有些內容較簡單、較非正式性的公文，如書函、報告、通知等，亦可不採三段式寫作，而用條列式表達。其方式是將公文內容分項條列，以一、二、三、四……數字編次，一項一意，項次排列與三段式相同。

　　條列式公文只要將案情內容依序逐項敘述即可，但為避免流於瑣碎，通常會分為「依據」、「引申」、「歸結」三部分：

### 1. 依據

　　這是公文最重要的部分，亦是後面「引申」、「歸結」立論的基礎。故凡撰擬公文必須有所依據，如法令、前案、先例、理論、事實或來文等。

### 2. 引申

　　這是根據「依據」加以推論，以各種充實的理由，或概述處理意見，或敘述事實經過、論斷得失、提供辦法、答覆疑問，以表明行文的原因。簡單的公文，可將「依據」、「引申」併為一條。

### 3. 歸結

　　這是全文的主旨，亦即行文目的所在，根據「引申」的理由確定本案如何處理，以作結論。若有使用期望語和目的語，應加於此處；唯在實務上，亦有將期望和目的語另起一條，置於最後者。

　　由於較簡單的條列式公文，可將「依據」、「引申」合併為一條，因此條列式公文至少有二條；如案情較為複雜者，也可能多到七、八條。

## 九、正本、副本

　　「正本」是指發文機關想將某項公務訊息傳達給受文者的正式文書。公文所要送達的機關、團體或人員，必須一一載明，不可遺漏。

　　「副本」則是指在公文涉及受文者以外的機關、團體或人員時，用與正本完全相同的公文遞送，並在公文右上方註明或蓋上「副本」字樣，以示與「正本」有別。無副本時，本欄不必填寫；如有副本，則副本受文者應於本欄標明。

## 十、署名

　　「署名」是指在本文末尾由發文者具名。當本文敘述結束後，應由發文機關首長簽署，以示負責。

　　上行文應署機關首長全銜、姓名，平行文及下行文則僅署職稱、姓名。如交通部行文給行政院是屬上行文，機關首長署名是「部長○○○（蓋職章）」；行政院行文給立法院是屬平行文，機關首長署名是「院長○○○」；高雄市政府行文給所轄各區公所，機關首長署名是「市長○○○」。

　　另依〈公文程式條例〉第4條第1項規定：「機關首長出缺由代理人代理首長職務時，其機關公文應由首長署名者，由代理人署名。」此處所謂「機關首長出缺」，是指原任首長因死亡、辭職、撤職、停職等種種因素，致無法繼續擔任該職務，繼任首長又未能及時依法任命，而由上級機關派員代理首長職務時，公文的署名，即依此規定辦理。

　　至於〈公文程式條例〉第4條第2項則規定：「機關首長因故不能視事，由代理人代行首長職務時，其機關公文，除署首長姓名註明不能視事事由外，應由代行人附署職銜、姓名於後，並加註代行二字。」此項所謂「機關首長因故不能視事」，其情況通常較第一項所謂「機關首長出缺」單純，是指首長因病假、事假、喪假、公假或其他事故，不能親臨辦公處所處理公務而言。如某大學校長出國考察，校務由副校長代理，則在此段時間內的公文署名，應分列二行標示：

　　　　校　　長　　○○○　　出國
　　　　副校長　　○○○　　代行

　　一般所見，亦有將第二行首字較第一行首字往後一格標列者。

　　某些公文類別，除了需要機關首長署名外，尚需蓋用機關印信，如「令」和「公告」即是，但其首長章用簽字章即可；而「書函」和一般事務性之「通知」，有時也可省略首長署名，直接蓋機關（單位）條戳即可。

　　至於一般民眾的申請函，因其非屬機關，亦無職銜，是以其署名只要在姓名上加上「申請人」三字即可。但依〈公文程式條例〉第5條規定：「人民之申請函，應署名、蓋章，並註明性別、年齡、職業及住址。」所

以，申請人在「署名」後還應蓋章，並在適當位置註明自己的性別、年齡、職業及住址。

# 十一、印信

　　印信的種類，依據我國〈印信條例〉（民國96年3月修正公布）第2條規定，計有國璽、印、關防、職章和圖記五種。

　　各種印信的使用，於該條例第15條有明文規定：

(一) **國璽**：中華民國之璽，蓋用於總統所發之各項外交文書；榮典之璽，蓋用於總統所發之各項褒獎書狀。

(二) **印及關防**：印蓋用於永久性機關之公文；關防蓋用於臨時性或特殊性機關之公文。

(三) **職章**：蓋用於呈文、簽呈各種證券、報表，及其他公務文件。

(四) **圖記**：蓋用於公務業務，或各項證明文件上。

　　公文蓋用印信及機關首長簽署，目的在於防止作偽、變造，以昭公信。但印信及簽署的使用範圍和方式，並非每件公文都相同，〈公文程式條例〉第3條規定：「機關公文，視其性質，分別依照左列各款，蓋用印信或簽署：一、蓋用機關印信，並由機關首長署名、蓋職章或蓋簽字章。二、不蓋用機關印信，僅由機關首長署名，蓋職章或蓋簽字章。三、僅蓋用機關印信。」因此，各機關可視公文性質，加以靈活運用；至於更詳細的使用時機，則可參看該條其他各項說明。

# 十二、副署

　　「副署」是指公文在發文機關首長署名之後，由規定的副署人加以署名的意思。

　　副署的目的，在於表示副署人願與署名首長共同對該文案件負責。根據〈公文程式條例〉第3條第2項規定：「機關公文依法應副署者，由副署人副署之。」其實，目前一般公文需副署的機會並不多，尤其是地方基層的公文，更沒有副署的必要。依據《中華民國憲法》第37條規定：「總

統依法公布法律，發布命令，須經行政院院長之副署，或行政院院長及有關部會首長之副署。」其意謂總統所公布的法律和發布的命令，似乎是須經行政院院長的副署，或行政院院長及有關部會首長的副署才能生效。但在民國94年6月10日修正之《中華民國憲法增修條文》第2條第2項中卻規定：「總統發布行政院院長與依憲法經立法院同意任命人員之任免命令及解散立法院之命令，無須行政院院長之副署。」由此可知，總統所發布的某些命令，並無須行政院院長的副署，便可生效。

　　由上述可知：須副署的文類只有總統公布的「令」，而且副署人的身分是行政院院長和有關的部會首長。「副署」並不是所有的公文都須具備的條件，但應副署而未副署的公文，便不具效力；反之，不應副署的公文亦不得任意副署。公文的副署與否，應依據法律規定來辦理。

　　以上所舉，為現行公文所常見的十二個項目，其中的「副本」、「附件」、「副署」三項，並非每件公文所必須具備，應視實際需要，加以靈活使用。

# 附錄一：公文紙格式

（機關全銜）（文別）
（會銜公文機關排序：主辦機關、會辦機關）

機關地址：（會銜公文列主辦機關，令、公告不須此項）
聯絡方式：（會銜公文列主辦機關，令、公告不須此項）

（郵遞區號）

（地址）

受文者：（令、公告不須此項）

發文日期：

發文字號：（會銜公文機關排序：主辦機關、會辦機關）

速別：（令、公告不須此項）

密等及解密條件或保密期限：（令、公告不須此項）

附件：（令不須此項）

（本文）（令：不分段
　　　　公告：主旨、依據、公告事項三段式
　　　　函、書函等：主旨、說明、辦法三段式）

正本：（令、公告不須此項）

副本：（含附件者註明：含附件或含○○附件）

（蓋章戳）

（會銜公文：按機關排序蓋用機關首長簽字章
　　令：蓋用機關印信、機關首長簽字章
　　公告：蓋用機關印信、機關首長簽字章
　　函：上行文─署機關首長職銜蓋職章
　　平、下行文─機關首長簽字章
　　書函、一般事務性之通知等：蓋機關
　　（單位）條戳）

資料來源：行政院秘書處，《文書處理手冊》（臺北：行政院秘書處，民國99年），頁55。

# 附錄二：「函」作法舉例

僑務委員會　函

機關地址：臺北市徐州街5號15-17樓
聯絡人：○○○
聯絡電話：（○○）○○○○○○○
電子郵件：○○@mail.coac.gov.tw
傳真：（○○）○○○○○○○

900
○○市○○路○○號
受文者：國立○○大學
發文日期：中華民國99年○○月○○日
發文字號：僑二教字第099○○○○○○○號
速別：速件
密等及解密條件或保密期限：普通
附件：

主旨：本會爲推展海外僑教，茲敦聘　貴校陳○○教授，擔任
　　　99年美（加）東組「海外華文教師研習會」講座，敬請
　　　俞允並准予公假（時間詳如說明）。

說明：
　　一、教學行程：自99年6月○日起至7月○日止。
　　二、課程研討會：99年5月○日（星期○）下午2時整，於中
　　　　央聯合辦公大樓南棟16樓第1會議室舉行（臺北市徐州
　　　　路5號）。
　　三、行前說明會：時間另函通知。

正本：國立○○大學
副本：○○○教授、本會第二處（教育科）

委員長　○○○　公出
　　　副委員長　○○○　代行

# 附錄三:「書函」作法舉例

## 教育部 書函

機關地址:臺北市中山南路5號
聯 絡 人:○○○
聯絡電話:(○○)○○○○○○○○
電子郵件:○○○@mail.edu.gov.tw
傳 真:(○○)○○○○○○○○

受文者:如正、副本
發文日期:中華民國99年○○月○○日
發文字號:臺(99)總(二)字第099○○○○○○○號
速別:速件
密等及解密條件或保密期限:
附件:附件隨文

主旨:行政院公共工程委員會為避免機關辦理採購發生違反政
　　　府採購法規之情形,特將各種可能發生之違失情形臚列
　　　如附件「政府採購錯誤行為態樣」,請 貴機關勿犯同
　　　樣錯誤,其已犯且可改正者,請即改正,請 查照。
說明:依據行政院公共工程委員會99年○月○日(○○)工程
　　　企字第○○○○號函辦理(附影本)。

正本:部屬機關學校(含籌備處)、中部辦公室、本部各單位
副本:總務司(五份)

(教育部)部戳

# 附錄四：公文用印及蓋章戳參考範例

公文用印及蓋章戳參考範例　　　　　　　　　　檔號：

保存年限：

### 行政院　函

地址：000臺北市○○路000號

聯絡方式：（承辦人、電話、傳眞、e-mail）

100

臺北市○○區○○○路○段000號

受文者：臺北市政府

```
┌─────────────────┐
│ 印　　信        │
│ （限：令、公告使用）│
└─────────────────┘
```

發文日期：中華民國○年○月○日

發文字號：○○字第○○○○○○○○○○○號

速別：最速件

密等及解密條件或保密期限：

附件：

主旨：爲杜流弊，節省公帑，各項營繕工程，應依法公開招
　　　標，並不得變更設計及追加預算，請　轉知所屬照辦。

說明：

　　一、依本院○年○月○日第○○次會議決議辦理。

　　二、據查目前各級機關學校對營繕工程仍有未按規定公開招
　　　　標之情事，或施工期間變更原設計，以及一再請求追加
　　　　預算，致弊端叢生，浪費公帑。

辦法：

　　一、各機關學校對營繕工程應依法公開招標，並按「政府採

購法」及相關法令辦理。

二、各單位之工程應將施工圖、設計圖、契約書、結構圖、
會議紀錄等工程資料，報請上級單位審核，非經核准，
不得變更原設計及追加預算。

正本：臺灣省政府、福建省政府、臺北市政府、高雄市政府
副本：行政院主計處、行政院秘書處

院長　○　○　○

會辦單位：

第　層決行

| 承辦單位 | 會辦單位 | 決行 |
|---|---|---|
| 科員　○　○　○<br>07230800 | 科員　○　○　○<br>07231100 | 副　秘　書　長<br>07234255 |
| <br>07230810 | <br>07231105 | 秘　　書　　長<br>07231455 |
| <br>07230815 | <br>07231110 | 副　　市　　長<br>07231555 |
| <br>07230915 | | 市長　○　○　○<br>07231610 |
| <br>07230945 | | |
| 局長　○　○　○<br>07231000 | | |

記住：簽署原則由左而右，由上而下簽

說明：有關檔號、保存年限、收文日期、收文字號、承辦單位、簽名、批
示、會稿單位、繕打、校對、監印、電子公文交換機制及其他安全
控管等項目，由各機關於空白處自行規定填寫位置。

資料來源：行政院秘書處，《文書處理手冊》（臺北：行政院秘書處，民國
99年），頁72。

# 伍、公文寫作原則和作法

　　公文既是處理公務的文書，其內容與組織自然與一般文章不同，寫作方式亦異。但公文牽涉眾人之事，又關係到政府的威信，是以撰擬公文時，必得抱著戒慎恐懼的心理來寫作，方能圓滿完成公務。

## 一、公文寫作的原則

　　公文寫作重在清楚呈現案情、說明事理及解決問題，因此文字的使用必須明白曉暢、詞意清晰，達到依照〈公文程式條例〉第8條「簡、淺、明、確」的要求。茲將公文寫作的一般原則略述如下：

### (一) 充分了解案情

　　公文的產生，是因為有各種實際的「需要」，所以在撰擬公文之前，應先對本件公文有關的各項因素（包含人、事、時、地、物）作充分的了解。能深入理解案件的前因後果，撰擬時才能真正合乎需求。

### (二) 選用適當文類

　　公文種類繁多，撰擬公文時，應按行文內容性質、需要，選用適當的公文類別，並依現行的程式撰寫。如公布法律、發布命令用「令」，與同級單位磋商尚未決定的公務時用「書函」，向公眾宣布事務時用「公告」等。

### (三) 嫻熟法令規定

　　政府機關處理公務時，悉依相關法令、規定，故撰擬公文時應考量所牽涉的相關法令、規定，作適切的寫作和處置。

　　在行政機關常流行一些經驗話語，諸如：「有法依法，無法依例，無例依擬，未擬交議。」、「依法行政，無法無例，請示上級。」在在說明依法行政固然非常重要，但在缺乏法令、規定時，亦可援引以往曾經有過的相關案例，來作為公文研判、處置和寫作的參考。如現行法令、案例均無法涵蓋現行狀況時，必須在不違常理、常情的原則下，來考量案件的處理。

## ㈣ 文字簡淺明確

〈公文程式條例〉第8條規定：「公文文字應簡淺明確，並加具標點符號。」「簡」就是簡練扼要，亦即文句少而文意完足；「淺」就是用字淺顯，不用奇字、奧義、僻典，使文意的傳播能達到「老嫗能解」的地步；「明」就是文義明白曉暢，不賣弄文辭，不為誇張、隱晦之語，亦不拖泥帶水；「確」就是語詞肯定確實，不模稜兩可，亦即所述時間、數字等，皆精確真實。

公文有一套經常用語，及法律統一用語、用字，撰擬者必須熟悉其義涵，依習慣正確使用，切勿標新立異，或濫用陳腐套語、俚俗鄙語，以達行文功效。

## ㈤ 立場掌握得宜

公文寫作目的在解決問題，完成公務，所以撰擬時要了解自己所代表的是單位的立場與首長的身分、了解發文者與受文者之間的立場，以誠摯、和平的態度，作愷切、合宜的溝通。因此，撰擬上行文宜謙遜恭謹，平行文宜不卑不亢，下行文宜不驕不縱，時時站在本身立場，為對方著想；更重要的是，彼此能互相理解、互相尊重。

## ㈥ 作業迅速完備

撰擬公文以隨到隨辦、隨辦隨送為原則；亦應依案情的輕重緩急，作有次序的辦理，並在規定時限內完成。《文書處理手冊》（行政院秘書處，2010.3，5版）第16點談公文製作的原則時即要求作業要「迅速」和「完整」：「自蒐集資料，整理分析，至提出結論，應在一定時間內完成。」「對於每一文件，應作深入廣泛之研究，從各種角度、立場考慮問題，與相關單位協調聯繫。所提意見或辦法，應力求周詳具體、適切可行，並備齊各種必需之文件，構成完整之幕僚作業，以供上級採擇。」亦即在撰擬前，應對本案案情作深入了解，以合乎撰擬的真正需求，並對各項該事先考慮、協調、備齊的方案和文件，先完成作業，以提供上級採擇。

## 二、公文的作法

根據現行《文書處理手冊》第16、17、19點規定，公文的作法如下：

(一) 令：

1. **公布法律、發布法規命令、解釋性規定與裁量基準之行政規則：**

   (1) 令文可不分段，敘述時動詞一律在前，例如：

   甲、訂定「○○○施行細則」。

   乙、修正「○○○辦法」第○條條文。

   丙、廢止「○○○辦法」。

   (2) 多種法律之制定或廢止，同時公布時，可併入同一令文處理；法規命令之發布，亦同。

   (3) 公、發布應以刊登政府公報或新聞紙方式為之，並得於機關電子公布欄公布；必要時，並以公文分行各機關。

2. **人事命令：**

   (1) 人事命令：任免、遷調、獎懲。

   (2) 人事命令格式由人事主管機關訂定，並應遵守由左至右之橫行格式原則。

(二) 函：

1. 行政機關之一般公文以「函」為主，函的結構，採用「主旨」、「說明」、「辦法」三段式。

2. 行政規則以函檢發，多種規則同時檢發，可併入同一函內處理；其方式以公文分行或登載政府公報或機關電子公布欄。但應發布之行政規則，依本點(一)1、所定法規命令之發布程序辦理。

(三) 公告：

1. 公告之結構分為「主旨」、「依據」、「公告事項」（或說明）三段，段名之上不冠數字，分段數應加以活用，可用「主旨」一段完成者，不必勉強湊成二段、三段。

2. 公告分段要領：

(1)「主旨」應扼要敘述，公告之目的和要求，其文字緊接段名冒號之下書寫。公告登載時，得用較大字體簡明標示公告之目的，不署機關首長職稱、姓名。

(2)「依據」應將公告事件之原由敘明，引據有關法規及條文名稱或機關來函，非必要不敘來文日期、字號。有二項以上「依據」者，每項應冠數字，並分項條列，另列低格書寫。

(3)「公告事項」（或說明）應將公告內容分項條列，冠以數字，另列低格書寫。使層次分明，清晰醒目。公告內容僅就「主旨」補充說明事實經過或理由者，改用「說明」為段名。公告如另有附件、附表、簡章、簡則等文件時，僅註明參閱「某某文件」，公告事項內不必重複敘述。

3. 一般工程招標或標購物品等公告，得用定型化格式處理，免用三段式。

4. 公告得張貼於機關之公布欄、電子公布欄，或利用報刊等大眾傳播工具廣為宣布。如需他機關處理者，得另行檢送。

(四) 其他公文：

1. 書函之結構及文字用語比照「函」之規定。

2. 定型化表單之格式由各機關自行訂定，並應遵守由左至右之橫行格式原則。


【公文範例】

(一) 令

---

總統令

茲修正身心障礙者權益保障法第三十五條條文，公布之。

總　　　統　○　○　○

行政院院長　○　○　○

---

(二) 函
　1. **一段式、平行函**

行政院客家委員會　函

地　　址：110臺北市○○路○○號
承 辦 人：○○○
電　　話：(02)○○○○○○○分機○○○
傳　　真：(02)○○○○○○○
電子信箱：○○@mail.hakka.gov.tw

受文者：○○○君

發文日期：
發文字號：
速別：普通件
密等及解密條件或保密期限：普通
附件：

主旨：為讓各界了解本會嶄新呈現客家文化內涵之施政內
　　　容，隨函檢附《客家新印象》專冊，惠請協助推廣，
　　　請　查照。

正本：○○○君
副本：本會企劃處

　主任委員　○　○　○

## 2. 二段式、下行函

行政院國家科學委員會　函

地　　　址：臺北市○○路○○號
承 辦 人：○○○
電　　　話：(02)○○○○○○○○
傳　　　真：(02)○○○○○○○○
電子信箱：○○@nsc.gov.tw

受文者：本會綜合業務處

發文日期：中華民國100年10月○日
發文字號：臺會綜一字第○○○○號
速別：普通件
密等及解密條件或保密期限：普通
附件：「大陸學術人才需求及評估計畫」受訪機構1件

主旨：檢送「大陸學術人才需求及評估計畫」受訪機構問卷
　　　乙份，懇請　貴單位專請各系、所、中心主任或機構
　　　負責人撥冗填寫，請　查照。

說明：

　一、本會為調查各領域對大陸學術科技人才的需求，並就
　　　開放大陸學術科技人才來臺工作之影響進行預評估，
　　　特辦理此調查。

　二、隨函檢附「大陸學術人才需求及評估計畫」申請機構
　　　問卷乙份，敬請惠予填答，貴單位提供之所有資料，
　　　僅供統計與學術分析使用，非經貴單位同意，屬個人
　　　資料保護事項絕對保密。

　三、………

　四、………

正本：國立臺灣大學等150個大專院校、國家教育研究院等148個法人
　　　或政府研究機構

副本：財團法人國家實驗研究院科技政策研究與資訊中心、本會企劃處

主任委員　　○　○　○

### 3. 二段式、上行函

國立○○大學　函

地　　址：○○市○○路○○號

承辦人：○○○

電　　話：(00)○○○○○○○

傳　　眞：(00)○○○○○○○

電子信箱：○○@○○○.edu.tw

受文者：教育部

發文日期：中華民國○○年○○月○○日

發文字號：○(100)○○字第○○○○號

速別：普通件

密等及解密條件或保密期限：普通

附件：

主旨：檢陳本校「八八風災人員損傷暨財物損失統計表」乙
　　　份，請　核備。

說明：根據　鈞部○○年○○月○○日○○字第○○號函辦
　　　理。

正本：教育部

副本：本校總務處、秘書室

校長　○　○　○（職章）

## 4. 三段式、下行函

教育部　函

> 地　　址：○○市○○路○○號
> 承辦人：○○○
> 電　　話：(00)○○○○○○○○
> 傳　　真：(00)○○○○○○○○
> 電子信箱：○○@○○○.edu.tw

受文者：○○市政府教育局
發文日期：中華民國○○年○○月○○日
發文字號：○(100)○○字第○○○○號
速別：普通件
密等及解密條件或保密期限：普通
附件：

主旨：當前治安日益惡化，社會充滿暴戾風氣，為維護學生
　　　身心健康，希切實加強生活輔導，並轉知所轄各級學
　　　校遵行。
說明：
　　一、依據行政院○○年○○月○○日○○字第○○號函辦
　　　　理。
　　二、邇來搶劫、擄人、勒索事件頻傳，導致社會治安日趨
　　　　惡化；青少年集體飆車、鬥毆、校園霸凌事件亦層出
　　　　不窮，使整個社會瀰漫暴戾風氣，為維護學生身心健
　　　　康，亟盼各級學校重視學生生活輔導和情緒管理。
　　三、檢附「各級學校學生生活輔導實施要點」1份。
辦法：
　　一、各直轄市、縣市政府教育局應轉知所轄各級學校確實
　　　　遵照所附實施要點辦理。
　　二、本案業經本部專案列管，將做為年終考核重點項目。
　　　　各縣市政府教育局執行本案有功人員，將予以獎勵；
　　　　執行不力之縣市政府教育局，下年度之各項活動補助
　　　　經費將予以酌減。
正本：各直轄市、縣市政府教育局
副本：本部部長室、高教司、中教司

部長　○○○

（三）公告

國立○○大學　公告

主旨：公告本校100學年度各所系碩士班招生錄取名單及相關事項。

依據：100年7月5日本校碩士班招生委員會第2次會議決議辦理。

公告事項：

一、本校100學年度各所系碩士班招生成績業經評定，共錄取正取生○○名，備取生○○名。

二、備取生之遞補依榜單所示順序依序遞補。惟遞補後之錄取人數，同一系所不得超過5人。

三、錄取名單榜示如附件。

四、正取生請於100年8月5日（上午9時至下午5時）持錄取成績通知單、填妥之學生基本資料表及身分證明或學生證至本校教務處註冊組辦理報到，未於規定時間報到者，以放棄論，由備取生遞補。委託他人代辦者，受委託人請攜帶委託人之證件。

五、正取生請於100學年度第1學期電腦選課期間，併同主修系所課程，辦理選課。修習科目及學分，請參照選課注意事項。

六、正取生如未能於規定時間辦理選課者，應於開學上課日起一週內（100年9月5日起至9月9日止）至教務處註冊組辦理錄取資格保留。凡未選課且未辦理錄取資格保留者，以放棄修習資格論，由備取生遞補。

七、100學年度新生座談會訂於100年9月5日（星期一）於本校舉行（詳細地點將公告於教務處網頁http://www.×××.×××.edu.tw/），事關同學修課規劃及生涯發展等相關權益，請同學務必出席參加。

八、經通知遞補之備取生，應於開學後加退選期間，併同主修系所加退選課程，辦理選課。

## 三、簽、稿之撰擬

### (一) 簽、稿之一般原則：

1. **性質**：

(1) 簽為處理公務表達意見，以供上級了解案情、並作抉擇之依據，分為下列二種：

甲、機關內部單位簽辦案件：依分層授權規定核決，簽末不必敘明陳某某長官字樣。

乙、下級機關首長對直屬上級機關首長之「簽」，文末得用敬陳○○長官字樣。

(2) 「稿」為公文之草本，依各機關規定程序核判後發出。

2. **擬辦方式**：

(1) 先簽後稿：

甲、制定、訂定、修正、廢止法令案件。

乙、有關政策性或重大興革案件。

丙、牽涉較廣，會商未獲結論案件。

丁、擬提決策會議討論案件。

戊、重要人事案件。

己、其他性質重要必須先行簽請核定案件。

(2) 簽稿併陳：

甲、文稿內容須另為說明或對以往處理情形須酌加析述之案件。

乙、依法准駁，但案情特殊須加說明之案件。

丙、須限時辦發不及先行請示之案件。

(3) 以稿代簽為一般案情簡單，或例行承轉之案件。

### (二) 簽之撰擬：

1. **款式**：

(1) 先簽後稿：簽應按「主旨」、「說明」、「擬辦」三段式辦理。

(2) 簽稿併陳：如案情簡單，可不分段，以條列式簽擬。

(3) 一般存參或案情簡單之文件，得於原件文中空白處簽擬。

2. **撰擬要領：**

(1) 「主旨」：扼要敘述，概括「簽」之整個目的與擬辦，不分項，一段完成。

(2) 「說明」：對案情之來源、經過與有關法規或前案，以及處理方法之分析等，作簡要之敘述，並視需要分項條列。

(3) 「擬辦」：為「簽」之重點所在，應針對案情，提出具體處理意見，或解決問題之方案。意見較多時分項條列。

(4) 「簽」之各段應截然劃分，「說明」一段不提擬辦意見，「擬辦」一段不重複「說明」。

3. **依現行手冊所訂「簽」之作法舉例，下級機關首長對直屬上級機關首長行文時應一致採用，至各機關內部單位簽辦案件得參照自行規定。**

(三) 稿之撰擬：

1. 草擬公文按文別應採之結構撰擬。

2. 撰擬要領：

(1) 按行文事項之性質選用公文名稱，如「令」、「函」、「書函」、「公告」等。

(2) 一案須辦數文時，請參考下列原則辦理：

甲、設有幕僚長之機關，分由機關首長及幕僚長署名之發文，分稿擬辦。

乙、一文之受文者有數機關時，內容大同小異者，同稿併敘，將不同文字列出，並註明某處文字針對某機關；內容小同大異者，用同一稿面分擬，如以電子方式處理者，可用數稿。

(3) 「函」之正文，除按規定結構撰擬外，並請注意下列事項：

甲、訂有辦理或復文期限者，請在「主旨」內敘明。

乙、承轉公文，請摘敘來文要點，不宜在「稿」內書：「照

錄原文，敘至某處」字樣，來文過長仍請儘量摘敘，無
法摘敘時，可照規定列為附件。

丙、概括之期望語「請核示」、「請查照」、「請照辦」
等，列入「主旨」，不在「辦法」段內重複；至具體詳
細要求有所作為時，請列入「辦法」段內。

丁、「說明」、「辦法」分項條列時，每項表達一意。

戊、文末首長簽署、敘稿時，為簡化起見，首長職銜之後可
僅書「姓」，名字則以「○○」表示。

己、須以副本分行者，請在「副本」項下列明；如要求副本
收受者作為時，則請在「說明」段內列明。

庚、如有附件，得在文內敘述附件名稱及份數；正、副本檢
附附件不同時，應於文內分別敘述附件名稱及份數。


【範例】

　1. **簽**

| |
|---|
| 　　　　簽　　於○○處　　　中華民國100年11月5日 |
| 主旨：檢陳本處100學年度第1學期第3次處務會議紀錄，請　鑒核。 |

2. **稿**

屏東縣立○○國民中學　書函（稿）

地　　　址：900屏東市○○路○○號
承 辦 人：○○○
電　　　話：08-○○○○○○分機○○○
傳　　　眞：08-○○○○○○○
電子信箱：○○@mail.○○○.edu.tw

受文者：如正、副本

發文日期：中華民國100年10月○日
發文字號：（100）○○字第○○○○號
速別：最速件
密等及解密條件或保密期限：普通
附件：

主旨：本校爲舉辦學生校外參觀活動需要，擬前往　貴館參
　　　觀，敬請惠予協助、指導，請　查照惠覆。
說明：
　　一、本校師生計○○人，訂於○○年○○月○○日上午○
　　　　時前往貴館參觀，屆時懇請派員解說。
　　二、本案本校聯絡人：○○○

正本：國立科學工藝博物館
副本：本校人事室、教務處

校長　○　○　○

## 陸、現行公文用語與數字書寫

　　前面數節已歷敘公文製作的原則，力求文字使用儘量明白曉暢，詞意清晰，以達到「簡、淺、明、確」的要求。現代公文的各種改革方案，均是朝向簡化、符合民主時代精神，以避免官樣文章的陳腔濫調，因此現代有許多公文並不採用專門用語。但公文用語畢竟有其獨特的規格和含義，如果運用得當，仍有其便利性。

　　今將現行「公文用語表」、「法律統一用字表」、「法律統一用語表」、「標點符號用法表」及「公文書橫式書寫數字使用原則」臚列於後，供讀者寫作公文時參考。

## 一、公文用語表

　　公文用語中，「起首語」是指正文開頭慣用之發語詞，用在公布法令和任用人員的「令」時，均為動詞；「稱謂語」是指對受文者禮貌性的代稱詞；「引述語」為引據來文之起敘語；「經辦語」為處理案件之聯繫詞；「准駁語」乃決定可否之衡量詞；「除外語」是表示本文以外尚有其他處置之用語；「請示語」乃向上級請示之衡量詞；「期望及目的語」為要求對方之祈使詞及表示行文主旨之希求詞；「抄送語」是致送副本或抄件的用語；「附送語」是致送資料、文件的用語；「結束語」則是全文的總結詞。選擇適當的公文用語，能使公文的內容更加簡練暢達。

## 附錄五：公文用語表

| 類別 | 用語 | 適用範圍 | 備考 |
|---|---|---|---|
| 起首語 | 查、關於、謹查 | 通用。 | 「查」應儘量少用。 |
| | 制（訂）定、修正、廢止 | 公布法令用。 | 均為動詞。 |
| | 特任、特派、任命、派、茲派、茲聘、僱 | 任用人員用。 | 均為動詞。 |

| 類別 | 用語 | 適用範圍 | 備考 |
|---|---|---|---|
| 稱謂語 | 鈞 | 有隸屬關係之下級機關對上級機關用之，如「鈞部、鈞府」。 | 1. 直接稱謂時用之。<br>2. 書寫「鈞」、「大」、「貴」、「鈞長」、「鈞座」時，均應空一格示敬。 |
| | 大 | 無隸屬關係之較低級機關對較高級機關用之，如「大部」、「大院」。 | |
| | 貴 | 有隸屬關係及無隸屬關係之上級機關對下級機關、或無隸屬關係之平行機關、或上級機關首長對下級機關首長、或機關與社團間用之，如「貴會」、「貴社」。 | |
| | 鈞長、鈞座 | 屬員對長官、或有隸屬關係之下級機關首長對上級機關首長用之。 | |
| | 台端 | 機關或首長對屬員、或機關對人民用之。 | |
| | 先生、君、女士 | 機關對人民用之。 | |
| | 本 | 機關學校社團或首長自稱、如「本縣」、「本校」、「本廳長」。 | |
| | 職 | 屬員對長官、或下級機關首長對上級機關首長自稱時用之。 | |
| | 本人、名字 | 人民對機關自稱時用之。 | |
| | 該、職稱 | 機關全銜如一再提及可稱「該」，對職員則稱「該員」或職稱。 | 間接稱謂時用之。 |
| 引述語 | 奉 | 接獲上級機關或首長公文，於引敘時用之。 | 「奉」、「准」、「據」等字儘量少用。 |
| | 准 | 接獲平行機關或首長公文，於引敘時用之。 | |
| | 據 | 接獲下級機關或首長或屬員或人民公文，於引敘時用之。 | |
| | 奉悉 | 接獲上級機關或首長公文，於開始引敘完畢時用之。 | |
| | 敬悉 | 接獲平行機關或首長公文，於開始引敘完畢時用之。 | |
| | 已悉 | 接獲下級機關或首長公文，於開始引敘完畢時用之。 | |
| | 復（來文年月日字號）…函 | 於復文時用之。 | |

| 類別 | 用語 | 適用範圍 | 備考 |
|---|---|---|---|
|  | 依照、根據…（來文機關發文年月日字號及文別）…辦理 | 於告知辦理之依據時用之。 |  |
|  | （發文年月日字號及文別）…諒察、鈞察 | 對上級機關發文後續函時用之。 |  |
|  | （發文年月日字號及文別）…諒達、計達 | 對平行或下級機關發文後續函時用之。 |  |
| 經辦語 | 遵經、遵即、遵查 | 對上級機關或首長用之。 | 須視案情及時間為適當之運用。 |
|  | 業經、經已、均經、迭經、旋經、茲經、當經、爰經、即經、前經、並經、嗣經、歷經、續經、又經、復經、現經 | 通用。 |  |
| 准駁語 | 應予照准、准予照辦、准予備查 | 上級機關對下級機關或首長用之。 |  |
|  | 未便照准、礙難照准、應毋庸議、應從緩議、應予不准、應予駁回 | 同上。 |  |
|  | 如擬、可、照准、准如所請、如擬辦理 | 機關首長對屬員或其所屬機關首長用之。 |  |
|  | 敬表同意、同意照辦 | 對平行機關表示同意時用之。 |  |
|  | 不能同意辦理、歉難同意、無法照辦、礙難同意 | 對平行機關表示不同意時用之。 |  |
| 除外語 | 除…外、除…暨…外 | 通用。 | 如有副本，可儘量少用。 |
| 請示語 | 是否可行、是否有當、是否允當、可否之處、如何之處 | 通用。 | 「如何之處」有依賴上級設法解決之意，應儘量少用。 |

| 類別 | 用語 | 適用範圍 | 備考 |
|---|---|---|---|
| 期望及目的語 | 請　鑑核、請　察核、請　核示、請　鑑察、請　備查、請核備 | 對上級機關或首長用之。 | |
| | 請　查照、請　查照辦理、請　查核辦理、請　查照見復、請　查照辦理見復、請　查照轉告、請　查照備案、請　查明見復 | 對平行機關用之。 | |
| | 希　查照、希　查照轉告、希　照辦、希　辦理見復、希　轉行照辦、希　切實辦理 | 對下級機關用之。 | 今公文實務中，多將「希」字改為「請」。 |
| 抄送語 | 抄陳 | 對上級機關或首長用之。 | |
| | 抄送 | 對平行機關、單位或人員用之。 | |
| | 抄發 | 對下級機關或人員用之。 | |
| 附送語 | 附、附送、檢附、檢送 | 對平行及下級機關用之。 | |
| | 附陳、檢陳 | 對上級機關用之。 | |
| 結束語 | 謹呈 | 對總統簽用。 | |
| | 謹陳、敬陳、右陳 | 於簽末用。 | |
| | 此致、此上 | 於便簽用。 | |

## 二、法律統一用字表

## 附錄六：法律統一用字表

中華民國62年3月13日立法院（第1屆）第51會期第5次會議及第78會期第17次會議認可

| 用字舉例 | 統一用字 | 曾見用字 | 說明 |
|---|---|---|---|
| 公布、分布、頒布 | 布 | 佈 | |
| 徵兵、徵稅、稽徵 | 徵 | 征 | |
| 部分、身分 | 分 | 份 | |
| 帳、帳目、帳戶 | 帳 | 賬 | |
| 韭菜 | 韭 | 菲 | |
| 礦、礦物、礦藏 | 礦 | 鑛 | |
| 釐訂、釐定 | 釐 | 厘 | |
| 使館、領館、圖書館 | 館 | 舘 | |
| 穀、穀物 | 穀 | 谷 | |
| 行蹤、失蹤 | 蹤 | 踪 | |
| 妨礙、障礙、阻礙 | 礙 | 碍 | |
| 賸餘 | 賸 | 剩 | |
| 占、占有、獨占 | 占 | 佔 | |
| 牴觸 | 牴 | 抵 | |
| 雇員、雇主、雇工 | 雇 | 僱 | 名詞用「雇」 |
| 僱、僱用、聘僱 | 僱 | 雇 | 動詞用「僱」 |
| 贓物 | 贓 | 臟 | |
| 黏貼 | 黏 | 粘 | |
| 計畫 | 畫 | 劃 | 名詞用「畫」 |
| 策劃、規劃、擘劃 | 劃 | 畫 | 動詞用「劃」 |
| 蒐集 | 蒐 | 搜 | |
| 菸葉、菸酒 | 菸 | 煙 | |
| 儘先、儘量 | 儘 | 盡 | |
| 麻類、亞麻 | 麻 | 蔴 | |
| 電表、水表 | 表 | 錶 | |
| 擦刮 | 刮 | 括 | |
| 拆除 | 拆 | 撤 | |
| 磷、硫化磷 | 磷 | 燐 | |

| 用字舉例 | 統一用字 | 曾見用字 | 說明 |
|---|---|---|---|
| 貫徹 | 徹 | 澈 | |
| 澈底 | 澈 | 徹 | |
| 祇 | 祇 | 只 | 副詞 |
| 並 | 並 | 幷 | 連接詞 |
| 聲請 | 聲 | 申 | 對法院用「聲請」 |
| 申請 | 申 | 聲 | 對行政機關用「申請」 |
| 關於、對於 | 於 | 于 | |
| 給與 | 與 | 予 | 給與實物 |
| 給予、授予 | 予 | 與 | 給予名位、榮譽等抽象事物 |
| 紀錄 | 紀 | 記 | 名詞用「紀錄」 |
| 記錄 | 記 | 紀 | 動詞用「記錄」 |
| 事蹟、史蹟、遺蹟 | 蹟 | 跡 | |
| 蹤跡 | 跡 | 蹟 | |
| 糧食 | 糧 | 粮 | |
| 覆核 | 覆 | 複 | |
| 復查 | 復 | 複 | |
| 複驗 | 複 | 復 | |

## 三、法律統一用語表

## 附錄七：法律統一用語表

中華民國62年3月13日立法院（第1屆）第51會期第5次會議

| 統一用語 | 說明 |
|---|---|
| 「設」機關 | 如：「教育部組織法」第四條：「教育部設左列各司、處……」。 |
| 「置」人員 | 如：「司法院組織法」第九條：「司法院置秘書長一人……」。 |
| 「第九十八條」 | 不寫為：「第九八條」。 |
| 「第一百條」 | 不寫為：「第一○○條」。 |
| 「第一百十八條」 | 不寫為：「第一百『一』十八條」。 |
| 「自公布日施行」 | 不寫為：「自公『佈』『之』日施行」。 |

| 統一用語 | 說明 |
|---|---|
| 「處」五年以下有期徒刑 | 自由刑之處分，用「處」，不用「科」。 |
| 「科」五千元以下罰金 | 罰金用「科」不用「處」，且不寫為：「科五千元以下『之』罰金」。 |
| 「處」五千元以下罰鍰 | 罰鍰用「處」不用「科」，且不寫為：「處五千元以下『之』罰鍰」。 |
| 準用「第○條」之規定 | 法律條文中，引用本法其他條文時，不寫「『本法』第○條」，而逕書「第○條」。如：「違反第二十條規定者，科五千元以下罰金」。 |
| 「第二項」之未遂犯罰之 | 法律條文中，引用本條其他各項規定時，不寫「『本條』第○項」，而逕書「第○項」。如刑法第三十七條第四項「依第一項宣告褫奪公權者，自裁判決確定時發生效力。」。 |
| 「制定」與「訂定」 | 法律之創制，用「制定」；行政命令之制作，用「訂定」。 |
| 「製定」與「製作」 | 書、表、證照、冊、據等，公文書之製成用「製定」或「製作」，即用「製」不用「制」。 |
| 「一、二、三、四、五、六、七、八、九、十、百、千」 | 法律條文中之序數不用大寫，即不寫為：「壹、貳、參、肆、伍、陸、柒、捌、玖、拾、佰、仟」。 |
| 「零、萬」 | 法律條文中之數字「零、萬」不寫為：「○、万」。 |

# 四、標點符號用法表

　　現代文章寫作，均運用標點符號，使句讀更加清楚，文意更為明晰；現代公文為了避免讀者曲解文意，現行〈公文程式條例〉第8條便明定，公文應「加具標點符號」。行政院秘書處所編《文書處理手冊》亦附錄有「標點符號用法表」，今照錄於此，提供讀者製作公文時參閱。

# 附錄八：標點符號用法表

| 符號 | 名稱 | 用法 | 舉例 |
|---|---|---|---|
| 。 | 句號 | 用在一個意義完整文句的後面。 | 公告○○商店負責人張三營業地址變更。 |
| ， | 逗號 | 用在文句中要讀斷的地方。 | 本工程起點為仁愛路，終點為…… |
| 、 | 頓號 | 用在連用的單字、詞語、短句的中間。 | 1. 建、什、田、旱等地目……<br>2. 河川地、耕地、特種林地等……<br>3. 不求報償、沒有保留、不計任何代價…… |
| ； | 分號 | 用在下列文句的中間：<br>1. 並列的短句。<br>2. 聯立的復句。 | 1. 知照改為查照；遵辦改為照辦；遵照具報改為辦理見復。<br>2. 出國人員於返國後一個月內撰寫報告，向○○部報備；否則限制申請出國。 |
| ： | 冒號 | 用在有下列情形的文句後面：<br>1. 下文有列舉的人、事、物、時。<br>2. 下文是引語時。<br>3. 標題。<br>4. 稱呼。 | 1. 使用電話範圍如次：（1）……（2）……<br>2. 接行政院函：<br>3. 主旨：<br>4. ○○部長： |
| ？ | 問號 | 用在發問或懷疑文句的後面。 | 1. 本要點何時開始正式實施為宜？<br>2. 此項計畫的可行性如何？ |
| ！ | 驚歎號 | 用在表示感歎、命令、請求、勸勉等文句的後面。 | 1. ……又怎能達成這一為民造福的要求！<br>2. 希照辦！<br>3. 請鑒核！<br>4. 努力創造我們共同的事業、共同的榮譽！ |
| 「」<br>『』 | 引號 | 用在下列文句的後面，（先用單引，後用雙引）：<br>1. 引用他人的詞句。<br>2. 特別著重的詞句。 | 1. 總統說：「天下只有能負責的人，才能有擔當。」<br>2. 所謂「效率觀念」已經為我們所接納。 |

| 符號 | 名稱 | 用法 | 舉例 |
|------|------|------|------|
| ── | 破折號 | 表示下文語意有轉折或下文對上文的註釋。 | 1. 各級人員一律停止休假──即使已奉准有案的，也一律撤銷。<br>2. 政府就好比是一部機器──一部為民服務的機器。 |
| …… | 刪節號 | 用在文句有省略或表示文意未完的地方。 | 憲法第58條規定，應將提出立法院的法律案、預算案……提出於行政院會議。 |
| （ ） | 夾註號 | 在文句內要補充意思或註釋時用的。 | 1. 公文結構，採用「主旨」「說明」「辦法」（簽呈為「擬辦」）三段式。<br>2. 臺灣光復節（10月25日）應舉行慶祝儀式。 |

## 五、公文書橫式書寫數字使用原則

我國公文書寫格式，自民國94年1月1日起，由原先的直式書寫改為橫式書寫，此次的改革重點包括： 1.配合國際紙張通行標準，公文用紙採A4尺寸紙張，便條紙採用A5尺寸紙張； 2.文書製作採由左至右之橫行格式； 3.字形標準之規定； 4.確定公文書橫式書寫數字之使用原則。

自民國94年初施行公文橫式書寫迄今，雖已超過六年，但實際在運用時，仍會造成許多行政人員的困擾。今將公文書橫式書寫數字的使用原則臚列於後，讀者只要仔細分析，便會發現，其實要區別中文數字和阿拉伯數字的用法並不會太難：

㈠ 數字用語具一般數字意義（如代碼、國民身分證統一編號、編號、發文字號、日期、時間、序數、電話、傳真、郵遞區號、門牌號碼等）、統計意義（如計量單位、統計數據等）者，或以阿拉伯數字表示較清楚者，使用阿拉伯數字。

㈡ 數字用語屬描述性用語、專有名詞（如地名、書名、人名、店名、頭銜等）、慣用語者，或以中文數字表示較妥適者，使用中文數字。

㈢ 數字用語屬法規條項款目、編章節款目之統計數據者，以及引敘或摘述法規條文內容時，使用阿拉伯數字；但屬法規制定、修正及廢止案之法制作業者，應依中央法規標準法、法律統一用語表等相關規定辦理。

## 附錄九：數字用法舉例一覽表（行政院93年9月增訂）

| 阿拉伯數字／中文數字 | 用語類別 | 用　法　舉　例 |
|---|---|---|
| 阿拉伯數字 | 代號（碼）、國民身分證統一編號、編號、發文字號 | ISBN 988-133-005-1、M234567890、附表（件）1、院臺秘字第0930086517號、臺79內字第095512號 |
| | 序數 | 第4屆第6會期、第1階段、第1優先、第2次、第3名、第4季、第5會議室、第6次會議紀錄、第7組 |
| | 日期、時間 | 民國93年7月8日、93年度、21世紀、公元2000年、 7時50分、挑戰2008：國家發展重點計畫、520就職典禮、72水災、921大地震、911恐怖事件、228事件、38婦女節、延後3週辦理 |
| | 電話、傳真 | （02）3356-6500 |
| | 郵遞區號、門牌號碼 | 100臺北市中正區忠孝東路1段2號3樓304室 |
| | 計量單位 | 150公分、35公斤、30度、2萬元、5角、35立方公尺、7.36公頃、土地1.5筆 |
| | 統計數據（如百分比、金額、人數、比數等） | 80%、3.59%、6億3,944萬2,789元、639,442,789人、1：3 |
| 中文數字 | 描述性用語 | 一律、一致性、再一次、一再強調、一流大學、前一年、一分子、三大面向、四大施政主軸、一次補助、一個多元族群的社會、每一位同仁、一支部隊、一套規範、不二法門、三生有幸、新十大建設、國土三法、組織四法、零歲教育、核四廠、第一線上、第二專長、第三部門、公正第三人、第一夫人、三級制政府、國小三年級 |

| 阿拉伯數字／中文數字 | 用語類別 | 用 法 舉 例 |
|---|---|---|
| 中文數字 | 專有名詞（如地名、書名、人名、店名、頭銜等） | 九九峰、三國演義、李四、五南書局、恩史瓦第三世 |
| | 慣用語（如星期、比例、概數、約數） | 星期一、週一、正月初五、十分之一、三讀、三軍部隊、約三、四天、二三百架次、幾十萬分之一、七千餘人、二百多人 |
| 阿拉伯數字 | 法規條項款目、編章節款目之統計數據 | 事務管理規則共分15編、415條條文 |
| | 法規內容之引敘或摘述 | 依兒童福利法第44條規定：「違反第2條第2項規定者，處新臺幣1千元以上3萬元以下罰鍰。」 |
| | | 兒童出生後10日內，接生人如未將出生之相關資料通報戶政及衛生主管機關備查，依兒童福利法第44條規定，可處1千元以上、3萬元以下罰鍰。 |
| 中文數字 | 法規制訂、修正及廢止案之法制作業公文書（如令、函、法規草案總說明、條文對照表等） | 1.行政院令：修正「事務管理規則」第一百十一條條文。<br>2.行政院函：修正「事務管理手冊」財產管理第五十點、第五十一點、第五十二點，並自中華民國九十三年二月十六日生效……。<br>3.「○○法」草案總說明：……爰擬具「○○法」草案，計五十一條。<br>4.關稅法施行細則部分條文修正草案條文對照表之「說明」欄－修正條文第十六條之說明：一、關稅法第十二條第一項計算關稅完稅價格附加比例已減低為百分之五，本條第一項爰予配合修正。 |

習作題

1. 何謂「公文」？它必須具備哪幾種條件？公文程式的分類有哪幾種？
2. 現行公文的結構為何？試就所知詳述之。

3. 試擬屏東縣政府致所屬各鄉鎮市衛生所函：天氣漸趨炎熱，容易滋生各種傳染病，請加強夏令衛生，以維國民健康。

4. 試擬教育部致全國各地方政府教育主管單位函：請研擬有效措施，嚴防校園暴力事件發生，徹底保護校園人身安全，加強輔導事宜，提供安全、健康的教育環境，並轉請各級學校確實遵行。

5. 公文書橫式書寫數字的使用原則為何？試就所知詳述之。

# 第二單元
# 書信

嚴立模

## 壹、書信概說

　　書信在日常生活中應用很廣，簡單的說，就是用習慣的格式，傳遞內容給特定的對象。習慣的格式就是書信的固定結構，傳遞的內容就是所要陳述的事，特定的對象就是受信人。

　　除了習用的結構之外，「人」與「事」是構成書信的兩大因素。如果依照「人」的因素區分，傳統上可分為：上行、平行、下行三類；若是依照「事」的因素區分，則有不盡相同的分類法：或可分為應酬、應用、議論、聯絡等類，或可分為請求、陳敘、人事、交際等類，或可分為家庭、社交、職業等類。由於「事」的範圍甚廣，各種分類都很難涵蓋周全，可以說任何事都可以成為書信的內容；而且「事」的分類有時不免也牽涉到「人」的因素，更是增加分類的困難。其實分類並不是目的，只是為了幫助學習與了解，只要述事、表情、達意都能清晰得體，屬於哪一類大可不必拘泥。

　　書信牽涉到人的因素，人與人交往時，維持適當的禮貌是很重要的。禮貌的原則主要考慮兩個方面：對方的地位高低，及對方和自己關係的親疏遠近。不同的對象有不同的禮貌表達方式。傳統的書信很重視格式，就是要用適當的格式來表達對不同對象的禮貌。

## 貳、書信結構

　　傳統的書信結構可分為三大部分，各部分之下還有若干細目。但並不是每一封信都要具備所有的成分，可以視情況斟酌增減。最完整的結構如

下表所示：

| 開頭 | 一、稱呼 | |
|---|---|---|
| | 二、提稱語 | |
| | 三、啟事敬辭 | |
| | 四、開頭應酬語 | |
| 正文 | 五、正文 | |
| 結尾 | 六、結尾應酬語 | |
| | 七、結尾敬辭 | 申悃語 |
| | | 問候語 |
| | 八、自稱、署名、末啟辭 | |
| | 九、寫信時間 | |
| | 十、其他 | |

一、稱呼：是發信人對受信人的稱呼，依雙方關係不同而使用適當的方式。如：「志明吾師」、「雅婷同學」、「家豪主任」之類，通常是字號（或名）加上「吾師」、「同學」、「主任」等稱謂。稱謂有公職位、私關係兩類，傳統書信的稱呼，最複雜可包含字號、公職位、私關係、尊詞四部分，如「志明主任吾師大人」。不過現代已經很少使用「大人」這類的尊詞，公職位和私關係往往也只擇一使用。對受信人的稱呼，傳統上是在職位或關係之前加上字號，但是現代人沒有字號，所以稱名即可。由於傳統上稱名不敬，因此沒有了字號之後，也有人改為稱姓，如「陳主任」。但是要避免連名帶姓，如「陳志明主任」之類的稱呼，就傳統書信的格式而言，是不禮貌的。寫給祖父母、父母或直屬長官的書信就不必加上字號或名，直接使用稱謂，如「父親大人」、「主任」。

二、提稱語：是請受信人讀信的意思。如「膝下」、「尊鑒」、「惠鑒」等。

三、啟事敬辭：表示即將開始陳述事情。如「敬稟者」、「敬啟者」、「茲覆者」之類。

四、開頭應酬語：是書信開頭、正文之前的客套話，類似見面交談時的

寒暄。舊時有些固定的語句可以套用。如：「久闊　清輝，時以為念」、「俗務繁冗，致疏稟候」、「敬維　動定咸綏，學與日進，為頌」之類。

五、正文：是書信的主要內容，格式並無一定，但要條理清晰、措詞得體、情真意切。

六、結尾應酬語：是正文結束後的客套話，須配合正文的內容而定。舊時也有固定的語句可套用。如：「天候多變，敬祈　早晚添衣」、「臨楮神馳，不盡一一」、「恐勞　系念，用特奉告，請釋　雅懷」之類。

七、結尾敬辭：書信結尾用來表示敬意及問候的話語。通常分為二部分：前半是申悃語，表明書信所言出於誠心誠意，如：「謹此奉稟」、「專此奉達」、「草此」之類；後半是問候語，用來問候受信人安好，如：「恭請　鈞安」、「順頌　時綏」、「即問　近佳」之類。

八、自稱、署名、末啟辭：自稱是發信人對受信人的自稱，依雙方的關係而定，寫在署名之前，通常字體略小，偏右側書寫。署名是使受信人知道發信人是誰，達到聯絡溝通的目的，除對至親只寫名之外，必須連名帶姓都寫。末啟辭是在署名之後，表示恭敬告知，如：「謹啟」、「敬上」、「手泐」之類。

九、寫信時間辭：在末啟辭之下，用較小的字體書寫。傳統的習慣是只寫幾月幾日，可以不必寫年。

十、其他：如補述語或附候語。補述語是在信寫完後，還有要補充的內容，可以在信末署名之後另行書寫，內容通常簡短三兩句，不宜太長；正式書信不宜使用。附候語是委託受信人向其他人問候，或是其他人委託發信人向收信人問候，也是在信末署名之後另行書寫。

下面是一封格式完整的傳統書信：

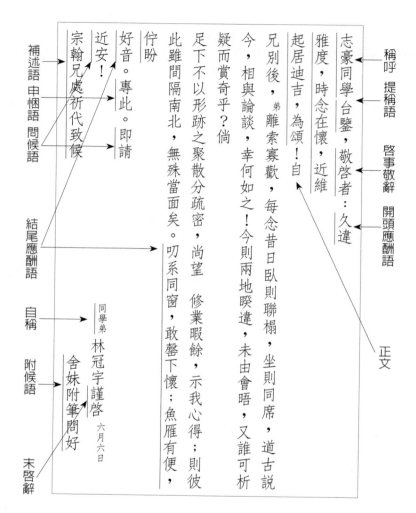

傳統的書信原本是沒有標點符號的，這裡為了清楚起見，加上了現代的標點符號。開頭的「志豪同學台鑒，敬啟者：」也可以標點為「志豪同學台鑒：敬啟者，」。

在範例中，「志豪同學」是稱謂；「台鑒」是提稱語；「敬啟者」是啟事敬辭；「久違雅度，時念在懷，近維起居迪吉，為頌！」是開頭應酬語；「自兄別後」至「無殊當面矣」是正文；「叨系同窗，敢罄下懷；魚雁有便，佇盼好音。」是結尾應酬語；「專此」是申悃語；「即請近安」是問候語；「弟」是自稱；「謹啟」是末啟辭；「宗翰兄處祈代致候」是

補述語；「舍妹附筆問好」是附候語。

這些成分中，提稱語、啟事敬辭、開頭應酬語、結尾應酬語等有時可以省略，簡化成下面的結構：

志豪同學：自
兄別後，<sub>弟</sub>離索寡歡，每念昔日臥則
聯榻，坐則同席，道古說今，相與論
談，幸何如之！今則兩地暌違，未由
會晤，又誰可析疑而賞奇乎？倘
足下不以形跡之聚散分疏密，尚望
修業暇餘，示我心得；則彼此雖間隔
南北，無殊當面矣。專此。即請
近安！

　　　　　同學弟　林冠宇謹啟　六月六日

傳統書信的寫法，採用直書，通篇不分段。提到對方稱謂、名號時，須用「抬頭」表示尊敬。「抬頭」依恭敬的程度，可分「三抬」、「雙抬」、「單抬」、「平抬」、「挪抬」。其中「三抬」、「雙抬」、「單抬」、「平抬」都是另起一行書寫，「平抬」是抬到與書信開頭的稱謂等高，單抬是比稱謂高出一個字的高度，雙抬是高出兩個字，三抬是高出三個字，抬得越高表示越尊敬；「挪抬」則是空一格書寫。範例中「自　兄別後」、「倘　足下不以形跡之聚散分疏密」的「兄」和「足下」都是稱呼對方，採用的是平抬。「久違　雅度」、「近維　起居迪吉」、「佇盼　好音」、「即請　近安」的「雅度」、「起居」、「好音」、「近安」都是指對方而言，只是沒有直接稱呼出來，所以也要抬頭，這裡採用了平抬。「尚望　修業暇餘」的「修業」施事者也是對方，這裡用的是挪抬。

　　書信中使用平抬或單抬、雙抬、三抬時，會造成一行不到底就換行，這時須注意一字不能成行，要想辦法使每一行都有兩個字以上。一行不到底的現象稱為「吊腳」，一篇書信中不能全篇都是吊腳。這是傳統書信的行款必須注意的地方。現代除了問候語固定用平抬之外，習慣上幾乎已不使用抬頭，即使很講究的時候，也只用挪抬，通篇吊腳的情形不易發生。

　　現行的書信大多採用較為簡化的結構。一般而言，越正式的書信格式越繁複，以表示禮貌的周到；而對於親近熟悉的對象，套用太多的應酬語反而顯得矯揉造作。要視雙方的關係，恰當而得體的斟酌書信結構成分的取捨。

## 參、書信用語

　　傳統書信有很多固定的用語可視情況套用，但現行的書信已經少用。以下只列出較常見的固定用語供參考。

## 一、提稱語

　　㈠對祖父母、父母：膝下、膝前。
　　㈡對其他尊長：尊鑒、鈞鑒、賜鑒。
　　㈢對師長：道鑒。
　　㈣對平輩：台鑒、大鑒、惠鑒。
　　㈤對晚輩：青覽、英覽、如晤。

## 二、啟事敬辭

　　㈠對祖父母、父母：敬稟者、叩稟者。
　　㈡對其他尊長：謹肅者、敬肅者。
　　㈢對平輩：敬啟者、謹啟者、逕啟者、茲啟者。
　　㈣對晚輩：不用啟事敬詞。

## 三、申悃語

(一)對所有尊長：肅此、謹此、敬此。

(二)對平輩：耑此、專此、特此、匆此、草此。

(三)對晚輩：不用申悃語。

## 四、問候語

(一)對祖父母、父母：敬請　福安、叩請　金安。

(二)對其他尊長：敬請　鈞安、恭請　崇安。

(三)專對師長：敬請　道安、恭請　誨安。

(四)對平輩：敬候　大安、順頌　時綏、即請　近安。

(五)對晚輩：即問　近好、順詢　近佳。

(六)對商界：敬請　籌安、順候　財安。

(七)對政界：敬請　鈞安、恭請　勛安。

## 五、末啟辭

(一)對祖父母、父母：敬稟、叩上。

(二)對其他長輩：謹上、敬上。

(三)對平輩：敬啟、謹啟。

(四)對晚輩：草、手書。

## 肆、信封格式

　　傳統的信封和書信內文一樣，都是直式；近年來橫式的寫法也越來越普遍。以下分別介紹直式和橫式的信封寫法。

## 一、直式

　　標準的直式信封中央有一個長方形的紅框，可以將信封分為框內、框左、框右三個部分。如果信封上沒有畫出框線，也一樣是分為中路、左

路、右路三個部分，比照有方框的樣式來書寫。書寫的時候，中路寫受信人姓名、稱呼及啟封詞；右路偏上方寫受信人地址；左路偏下方寫發信人地址、姓氏（或姓名）和緘封詞。中路的字體最大，右路及左路的字體要比中路略小，以表示對受信人的尊敬。受信人和發信人的郵遞區號分別寫在信封右上角及左下角，郵票則是貼在左上角。

　　雖然信封的文字分成三個部分，但是在傳統上不能只寫三行，而必須寫四行或五行；也就是將左路、右路其中之一分成兩行，或是兩者都分兩行書寫，連同中路一行，合起來就是四行或五行。這種行款的習慣，傳統上稱為「三凶四吉五平安」。例如下面的寫法：

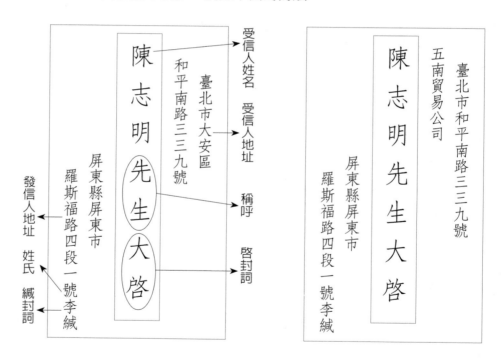

　　現在雖然對這種規矩已經不太講究，但在行款上還是有一些需要注意的地方。分別說明如下：

　㈠ 中路受信人姓名必須是最高的。右路受信人地址的高度，不可以高於中路受信人的姓。

　㈡ 右路的受信人地址如果較長，或是為了行款，可分成兩行書寫，

傳統的寫法是靠近內側的第二行要比第一行略高，但應低於中路受信人的姓。

(三) 信件如果是寄到受信人的服務單位，那麼服務單位的名稱必須在地址後另起一行。信封右路第一行寫服務單位地址，第二行寫服務單位名稱，服務單位名稱的第一個字可和中路受信人的姓等高或略低。

(四) 中路的受信人姓名、稱呼及啟封詞必須先算好字數，平均分配在紅框內，不可超出框外，也不要把字距寫得太近，在下面留下太多空白。

(五) 中路每個字的字距原則上全部保持一致，如果覺得太單調，也只有在稱呼和啟封詞之間可以允許有較大的距離。姓名及稱呼視為一個整體，每個字的距離要一致，不宜將姓名和稱呼之間的字距加大。

(六) 受信人姓、名、稱呼的組合有下列幾種：

(七) 受信人稱呼可以是先生、女士等一般通用的稱呼,也可以是職位的稱呼。傳統上兩種稱呼擇一使用即可,使用職位稱呼比用一般的稱呼要來得禮貌。現代有些人為了表示更高的敬意,將兩種稱呼用在一起,如「陳經理志明先生大啟」,這並不符合傳統的習慣,實為畫蛇添足。

(八) 使用職位稱呼時,除了用「姓、名、稱呼」的順序外,也可以用「姓、稱呼、名」的順序,表示更加禮貌。但是使用一般的稱呼,就只能用「姓、名、稱呼」的順序。

(九) 使用「姓、稱呼、名」的順序時,可以將名寫成略小偏右的「側書」,表示不敢直呼對方名諱。這是最禮貌的一種形式。要注意的是,「姓、名、稱呼」的順序時不用側書;且側書只能用在名字上,後面的稱呼和啟封詞都不可側書。所以下面的格式都是錯誤的。

×

陳志明經理大啟

×

陳先生志明大啟

×

陳志明先生大啟

×

陳志明先生大啟

㈩中路最末的啟封詞，是請對方拆信的意思。啟封詞由兩個字組成，第二個字都是「啟」，即開啟的意思；第一個字則根據發信人和受信人的關係，而有許多不同的用語。由於是請對方拆信的意思，所以絕對不會用「敬啟」。以下是一些常用的啟封詞：

　　對親屬祖父輩：福啟。
　　對親屬父輩：安啟。
　　對師長：道啟。
　　對一般長輩：賜啟。
　　對長官：鈞啟。
　　對一般平輩：台啟、大啟。
　　對軍政界的平輩：勛啟。
　　對晚輩：收啟。

㈣現代許多人喜歡用「親啟」作啟封詞，意思是命令受信人親自拆信。實際上除了涉及機密的內容外，應該避免使用；因為命令對方一定要親自拆信是不太禮貌的。

㈤左路的發信人地址不可省略，也不要只寫「內詳」。傳統上寫信給長輩時，發信人地址第一個字要從信封高度的一半以下開始寫，以示恭敬。但是現代的地址有時很長，只能寫在信封下半部實在擠不下，所以應有所變通，不一定要拘泥於這種規矩。

㈥左路的發信人地址如果分成兩行，靠近內側的第一行要比第二行略高。

㈦左路在發信人地址之後要有發信人姓氏（或姓名）和緘封詞。掛號信必須寫發信人姓名，一般信件寫姓即可，不必寫名。姓（名）下要寫緘封詞，除了對長輩用「謹緘」外，對平輩和晚輩一律用「緘」即可。

## 二、橫式

　　橫式信封的格式，左上角寫發信人姓名、地址，中央偏右寫受信人姓名、地址。郵票貼於右上角。發信人的姓名、地址也可以寫在信封背面，信封正面就只寫受信人姓名、地址。

　　橫式信封原是西式信封，用於國際郵件，而國內郵件用傳統直式信封；但是近年來國內郵件使用橫式信封的情形日益增加，因而發展出國內橫式的格式，與國際橫式略有不同：

　　㈠國內橫式的發信人及受信人姓名、地址各分成四行：第一行寫郵遞區號；第二行寫縣市、鄉鎮；第三行寫路街名稱、巷、弄、門牌號碼；第四行寫姓名。

　　㈡國際橫式的發信人及受信人姓名、地址各分成四行：第一行寫姓名；第二行寫門牌號碼、弄、巷、路街名稱；第三行寫鄉鎮、縣市、郵遞區號；第四行寫國名。

# 伍、電子郵件

　　電子郵件的使用越來越普遍，可說已經取代紙本的書信，成為最常使用的信件發送途徑。過去一般上認為紙本寄送的書信比電子郵件來得正式，這種認知正在逐漸淡化，現在許多正式的信函也採用電子郵件來傳遞。

　　電子郵件的格式原則上和紙本的書信大致相同，只是電子郵件通常在電腦上閱讀，而不是印出紙本來閱讀，再加上電子郵件往往講求時效，因此發展出一些與傳統書信不太一樣的格式及禮儀。

## 一、標題

　　發送電子郵件時，必須註明標題（Subject）。雖然沒有標題的郵件也可以發送出去，但是許多每天收到大量電子郵件的人，往往是根據標題來決定是否立刻開啟信件來閱讀；如果標題下得不明確，信件就可能受到

延誤，甚至根本被忽略，沒有開啟就直接刪除。

　　明確的標題最好還具有描述性。例如：信件的內容是要通知畢業旅行延期的相關事宜，標題用「畢業旅行」就比「重要通知」明確；用「畢業旅行延期」就比「畢業旅行」更具有描述性，更可讓受信人容易掌握信件的主旨。但是描述不宜太長，否則有時後半部的文字在顯示時會被截斷，反而無法傳達完整的訊息。有些發信人為了避免信件被忽略，而在信件標題使用「某人來信」、「某人寄」，將署名放在標題。這種做法，如果標題中只有署名，而沒有加上其他的訊息，就是不明確也不具描述性；如果在署名外加上其他的訊息，則會增加標題的長度，標題被切斷的可能性也會提高。其實發送郵件的軟體大多數可以設定發信人顯示的方式，只要將其設定成自己的名字，就可以不必在信件的標題中加上寄信人的名字。

## 二、內容格式

　　由於電子郵件多在螢幕上閱讀，不利於太多的文字，因此信件的內容應以簡明扼要，讓受信人快速掌握要點為原則。如果不是非常正式的信件，傳統書信結構中的提稱語、啟事敬辭、開頭應酬語、結尾應酬語等，都可以儘量省略。但是也不能太過簡省，例如有的人只寫一句話："as titled"，或是「如標題」；對於不熟識的對象，這樣的信件是不夠禮貌的。再怎麼簡省，至少也要有稱謂、正文、問候語及署名。即使標題已經傳達了完全的資訊，也要在正文中重述一次。

　　由於螢幕閱讀的關係，許多人在電子郵件中採用一句一行的格式，如果句子較長，就在一句中間的逗號或分號後另起一行。這種以句子標點符號為單位，而不分段落的方式，在電子郵件中已經習以為常。對於一般的信件，這種方式並無不妥；但是在正式的信件中，最好還是按照一般文書的方式，區分段落，不要每一句都換行。為了避免大塊文字在螢幕上閱讀的不便，常用的方法是在段落和段落之間空一行，這樣既可以維持格式的正式，又可以使版面較清晰，便於閱讀。

　　在電子郵件中，許多人使用大量而不規範的標點符號，例如：每個停

頓都用「～～」，或是多個驚嘆號一起使用「！！」，這種習慣非但不莊重，有時還會造成閱讀的困難。在正式的信件中，還是應使用正確的標點符號。使用中文標點符號時，要採用全形的符號；避免用半形，也不要全形與半形混用。在中文郵件中，每段開頭所空的兩格，要用全形空格，才能在純文字模式中維持格式的正確。

網路上經常使用的表情符號，例如「＾＾、：）、>_<、Orz、囧」之類，在正式的信件中不宜使用，在一般信件中也要謹慎使用。因為這些表情符號並不是所有人都了解，而且有些意義模糊不清，如果過度使用，輕則使對方一頭霧水，重則造成不必要的誤會。

撰寫電子郵件時，儘量使用純文字模式，避免使用HTML格式或RTF格式。雖然HTML或RTF格式可以將字體、色彩及底圖等設計得較為美觀，但是如果版面太過花俏，反而喧賓奪主。而且並不是所有的電子郵件用戶端都可以支援這些格式，如果不能支援，反而增加受信人的困擾。此外，這些格式有傳播電腦病毒的風險，純文字的電子郵件則不會有中毒的疑慮。許多人為了避免病毒，閱讀信件時設定只以純文字讀取，這麼一來，發信人精心設計的字體、色彩及底圖，根本不會顯示在受信人的螢幕上，使用HTML格式或RTF格式成為多此一舉。

電子郵件發送的時候，雖然系統都會標註寄件人的資料，但還是應該在信件中署名，以表示禮貌。而且系統標註的資料有時只有電子郵件信箱，受信人不見得可以確定寄件人究竟是誰。許多人採用簽名檔的方式來署名，在郵件軟體設定好簽名檔之後，寄件時就會自動加在每一封信件的結尾處。在簽名檔中，除了個人姓名、單位、職稱、聯絡方式外，還有人加上幾句格言，是一種可以建立個人風格的方法。如果使用簽名檔，應注意幾點：(1)簽名檔主要的目的是提供寄件人的身分資訊，不宜太過華麗，最好使用純文字格式來設計。(2)使用的格言攸關別人對自己的印象，一定要謹慎選擇，否則不如不用。(3)行數不宜太多，有一種建議是以四行為限。

## 三、發送及回覆

發送電子郵件,通常只須在通訊錄中叫出資料,按個鍵就可以送出,不必逐字輸入受信人的資料,因為太過方便,一時粗心而寄錯對象的情形時有所聞。所以在發出信件之前,務必確認是否寄給正確的受信對象,以免造成不必要的困擾。

電子郵件都有副本(cc: carbon copy)和密件副本(bcc: blind carbon copy)的功能,可以將信件同時傳送給多位受信人。副本和密件副本的差別在於受信人是否可看見副本寄送的對象。這兩項功能不宜濫用,以免發出的信件成為別人的垃圾郵件。收件人和副本必須區分清楚,收件人通常是必須回覆信件的人,副本則是提供參考但不必回覆。不要把所有的寄送對象都放到收件人,以免對方不清楚是否該回覆信件。

有些人習慣用文書處理的軟體編輯信件,然後用附加檔案寄出,而在內文只寫「如附檔」,這樣做不是好方法。首先,接收及開啟附加檔案須要時間,有時受信人只開啟信件,但是並不立即開啟附加檔案;其次,帶有格式的文書檔案有傳播病毒的風險,如非必要,應該儘量將訊息放在信件本文中。即使一定要使用附加檔案,例如正式的書信必須照格式列印出來,或是內容有表格而純文字無法處理等情況,最好也將文字內容複製貼在信件本文中,或是簡要說明檔案內容是什麼,不要只寫「如附檔」。

如果必須使用附加檔案的功能,要注意檔案的大小。雖然多數電子郵件服務對於傳送附加檔案設有上限,通常大約是10MB;但是對於某些頻寬不足的網路,10MB在上傳和接收時還是要耗費一些時間;此外,對方的電子郵件信箱容量如果上限不夠大,太大的附加檔案一多,就可能將信箱「灌爆」;所以有一種建議是儘量不要傳送超過5MB的附加檔案。

回覆信件的時候,直接使用回覆(Reply)的功能,儘量不要另起一標題,以免中斷訊息之間的聯結。

如果收到的信件同時發送給多位受信人,回信時就可以選擇回覆(Reply)或回覆全部(Reply All)的方式。回覆是只回信給發信人;回覆全部則是除了回給發信人外,還會將回信寄給來信的全部收件人及副本

收件人；如果沒有必要，應該儘量避免使用回覆全部，以節省網路資源，減少別人收到不須要的訊息。

## 陸、示例說明

## 一、問候客戶

親愛的朋友：

好久不見，不知近況如何？最近敝公司推出一份全新的理財專案，可能符合您的需求，隨信附寄相關文件供參考，相信對您有所幫助。歡迎隨時保持聯絡，不論在何方，您永遠都是雅婷的好朋友。天氣漸涼，記得早晚添衣。

敬祝

平安順心！

五南金控理財顧問　林雅婷　敬上　十月十六日

說明：

這個例子是客戶的經營，將客戶當成朋友，用一種和朋友分享的方式介紹新產品。由於對象不確定，所以用「親愛的朋友」來稱呼，如果更用心的話，可以套上每個客戶的名字，讓對方更有受重視的感覺。既然是朋友，就應避免急於推銷的態度，只是點到為止，並且用日常的問候來維繫客戶，即使這次生意做不成，以後還有機會。

文中「您永遠都是雅婷的好朋友」用名字而不用「我」來自稱，是傳統書信的禮貌。要表示謙遜，一般上會儘量避開用「我」自稱，自稱如果可以省略就省略，難以省略的時候，或者用「弟」、「晚」、「學生」等關係，或是用名自稱。現代許多人使用「本人」或「個人」；但「本人」通常用於較為正式，而要表示自己的地位時，使用不慎會給人一種自高的印象，私人的書信應避免使用。自稱的時候字略小偏右，即傳統上所謂「側書」，以表示謙恭。這裡是橫式，就改用偏下。自稱己名在這裡的另

一個功用，是讓客戶對自己的名字有更深刻的印象。稱呼對方的時候，傳統上也要避開「你」這類人稱代名詞，或者儘量省略，或是用對方的身分來稱呼。現代對於熟識的朋友，或是不很正式的時候可以稱「您」，但如果是很正式的書信，連「您」都應該避免。本例是要營造一種朋友般熟識的親切感，因此用「您」來稱對方是恰當的。

　　最後的問候語，也是現代式的用法，而不是傳統的「敬候　大安」、「順頌　時綏」之類。就這封書信整體的風格而言，如果用傳統的問候語，就顯得太過正式，不符合對熟識的朋友的態度。

## 二、道歉

> 志明先生尊鑒：
> 　　九月一日來函敬悉，關於貨品未能按時送達一事，特此致歉。
> 　　針對該項疏失，本公司已深入調查，檢討接受訂單與出貨的流程，並加強員工訓練，保證日後不會再發生類似情事。為了表示歉意，本次貨款以九折收取，希望能彌補　台端的損失。
> 　　造成不便之處，再次致上最誠摯的歉意。
> 　　專此。敬頌
> 台綏！
> 　　五南貿易有限公司總經理　李家豪　謹啓 二〇一一年九月四日

說明：

　　這是比較正式的道歉，全文完全沒有使用「你（您）」、「我」等人稱代名詞。因為是以總經理的身分代表公司發信，所以稱自己的公司用「本公司」；如果是個人名義所發的書信，提及自己的公司就可用「敝公司」表示謙虛（如前一例）。稱呼對方的詞語，能避則避。例子中只有一次提及對方時使用「台端」的稱呼，而不用「您」，並且挪抬表示尊敬。

這種道歉信有些人會用「本人謹代表本公司向您致歉」這類的說法，或許現代多數人並不覺得不妥，但是就嚴格的禮貌來講，首先，用「本人」自稱顯得不夠謙遜，如果改成「個人」又不夠正式，當然更不能用「我」；其次，稱對方用「您」，也不是最禮貌的方式。因此在例子中只用「特此致歉」，完全不用人稱代名詞，也不必說是代表公司，因為署名之前以總經理的職位自稱，自然就是代表公司，不用再特別強調。這樣的措辭言簡意賅，同時也顧及了正式的禮儀。

　　在結構上，先點出道歉的主旨，然後說明處理的方式，表示對這件事的重視，並提出具體的補償，最後再一次致歉，使對方可以感受到道歉誠意。

## 三、求職

> 執事先生鈞鑒：
> 　　從網路上獲悉　貴公司招聘行政助理，詳閱所開條件，自認適合此項工作，故敢冒昧自薦，特函應徵。
> 　　本人甫畢業於臺灣教育大學中文系，在校期間曾請領助學金三年，在校內各行政單位擔任工讀生，有機會對於行政助理的工作從旁多所觀摩學習，累積了相當寶貴的經驗。如幸蒙錄用，必定足以勝任。
> 　　隨函檢奉詳細履歷、自傳，以及學歷證書、各項證照影本各一份，敬請參酌，祈賜　覆示。專此奉達。即頌
> 籌安！
> 　　　　　　　　　　　　陳怡君　敬上　二〇一一年七月五日

說明：
　　寫給公司中不知名的業務負責人，可以用「執事先生」來稱呼。首段說明寫信的目的，及獲悉招聘資訊的來源；第二段簡要自我介紹，強調自己可以勝任這項工作；第三段寫檢附給對方參考的資料，並請求回覆。

　　信中只有一次用到自稱「本人」而不用「我」。「本人」是現代式的自稱，如果要更謙虛一點，可以用「個人」或是較傳統的「鄙人」。不過求職的信件不能只是謙遜，還需要展現自己的優勢，使用「本人」顯得較有自信。

　　求職信也可以用比較現代而活潑的風格書寫，不過由於無法預測對方的喜好，除非是要求創意的行業，否則儘量用較正式的寫法，可以帶給對方較為穩重的印象，同時也可以表現自己在應用文書方面的能力。

## 四、面試後感謝函

雅雯經理賜鑒：

　　今天至貴公司應徵業務代表一職，承蒙撥冗面談，十分感謝。在經理的指導下，對於公司的宗旨、制度、管理文化各方面都有更深入的了解。

　　這次的應徵，相談甚歡，是一個很愉快的經驗，令人對這份具有挑戰性的工作更加充滿興趣。相信如能進入貴公司服務，定可提供最大的貢獻，一方面為公司創造更好的業績，一方面自己也能在工作中學習與成長。

　　除了貢獻業務方面的專業知識與經驗之外，將來在工作上有其他需要支援的地方，也都很樂意配合公司的要求。希望有機會錄取，一起為公司未來的發展而努力。

　　專此。敬請

籌安！

　　　　　　　　　　　王俊宏　敬上二○一一年八月十二日

說明：

　　面試後立即寫信給主試的長官，是美式的作風，近年來在臺灣也逐漸流行，尤其是在應徵注重人際禮儀的行業或職務時，這封信更不能省略。由於面試時往往已經交換名片，所以有明確的對象。信中的內容主要是表

達感謝，並再度推銷自己，增加自己在對方心目中的印象，提高錄取的機會。信中也可以針對面談中一時回答得不盡理想的問題，進一步補充說明。

　　本例採用較為正式而禮貌的風格，完全不用人稱代名詞，稱對方用「經理」的職務，自稱則全部省略避開。

## 五、邀請

親愛的麗芳老師，您好：
　　我是目前在附小實習的老師怡婷，在實習的期間，承蒙您的指導與關懷，受益良多。謹訂於本年十一月三十日進行教學演示，敬請蒞臨指教。
　　　　　　　　　　黃怡婷　敬上二〇一二年十一月十日

說明：

　　這個例子是現代式的風格。在稱呼後面用「您好」來問候，雖然不合傳統的禮儀，但是現代很多人使用，多數人也都可以接受，而不認為失禮。開頭第一句就說「我是某某某」也是現代常用的方式，其實書信已有署名，不須要重複，第一個字就是「我」，就傳統的書信禮儀，會讓人感到不謙遜。「承蒙　您的指導與關懷」一句，「您的」二字可以刪去，完全不影響文義，而可以避開使用人稱代名詞稱呼對方所造成的無禮。

　　雖然就傳統的眼光來看，這個例子有上述的問題，但是現代人多不能察覺。有些人認為要先自我介紹才有禮貌，雖然不錯，但是應避免用「我是某某某」的句型。又有些人以為「您」用得越多表示越有禮貌，實際上卻適得其反。如果對方也不講究這些，也就沒有造成失禮的問題。如果要比較正式，可以改成下面的寫法。

麗芳老師道席：

　　進入附小實習以來，倏焉三月。承蒙　指導與關懷，受益良多。謹訂於本年十一月三十日進行教學演示，敬請
蒞臨指教。

　　　　　　　　　實習老師 黃怡婷　敬上二〇一二年十一月十日

習作題

1. 請用正式的風格寫一封信給這門課的任課老師。
2. 請寫一封信邀請素未謀面的學者專家到學校來演講。
3. 試擬一封求職信。
4. 請寫一封符合傳統格式的信封。

# 第三單元
# 對聯與題辭

柯明傑

## 壹、對聯

### 一、對聯概說

　　對聯是指互相對偶的文句，由上聯和下聯組成，是中國文化中特有的一種文學作品。各單位機關、各種行業均能適用。通常張貼、懸掛或鐫刻在大門、廳堂兩旁或寺廟的柱子上。

　　對聯之所以成為中國特有的一種作品，是因為中國語文的特質所致。中國漢語、漢字具有孤立性、單音節、字形方正的特色。因為孤立，語詞可單獨表義，所以便於講對偶；因為單音，一詞（字）一音，又有平仄聲調的區別，所以便於講聲律；因為字形方正，每個漢字，不管筆畫多寡，少至一畫的「一」，多至六十四畫的「龘」、「𪚥」，書寫成文時，都居於同樣大小的空間。正因為如此，所以可以形成對聯形式的整齊美，聲律的音節美。

　　對聯的起源甚早，一般相傳是由「桃符」和「宜春帖」演變而來。古人每到新年，常會將兩塊桃木懸掛於門旁，上面書寫「神荼」、「鬱壘」二神名，或畫此二門神的圖像，藉以趨吉避邪。這兩塊桃木就稱之為「桃符」。至於「宜春帖」在南北朝時就存在了。每年立春時，在紙上書寫「宜春」兩字，貼在門楣上，祈求開春時一切順利美滿，名為「宜春帖」。到了宋代，翰林一年八節要撰作帖子詞，多為五、七言絕句，其體工麗，或歌頌昇平，或寓意規諫，貼於禁中門帳。因為是於立春日撰作的帖子詞，故而「宜春帖」又稱為「春書」、「春帖」、「春帖子」、「春端帖」、「春端帖子」。這種習俗傳入民間，逐漸流行起來，就成為「春

聯」了。

對聯的名稱很多，一般稱為「對」、「聯」、「對句」、「對子」。幾乎任何場景、情事皆可使用。貼在門上，稱為「門聯」；貼在柱子上，稱為「楹聯」。祝賀誕辰喜慶，稱為「壽聯」、「賀聯」；哀悼過世往生，稱為「輓聯」；農曆過年春節時張貼，稱為「春聯」等。另外，還有「廳堂聯」、「書房聯」、「樓閣聯」、「園亭聯」、「祠廟聯」、「機關聯」、「商業聯」等等，種類繁多，不一而足，總括即稱為「對聯」。依據張貼（懸掛）位置、對象、內容與作用，對聯約可略分為五大類：

㈠春聯：用於農曆新年。

㈡楹聯：用於住宅廳堂、廂房、樓閣或機關、廟宇、古蹟等。

㈢賀聯：用於婚嫁、壽誕、開業、喬遷等。

㈣贈聯：用於嘉勉、頌揚他人者。

㈤輓聯：用於哀悼過世者。

## 二、對聯寫作之原則

對聯的篇幅並不長，只要能掌握基本的原則，不但可以創作對聯，也可以提高鑑賞作品的能力。一般而言，對聯寫作的原則要求有五，即「對仗工穩」、「平仄協調」、「結構相當」、「辭義貼切」、「行款正確」。

### (一) 對仗工穩

所謂對仗，是指詞句的相對應。對聯通常是指上下兩聯而言，至於橫聯，是因應廳堂處所而產生，是一獨立作品，其內容、字數、聲調相當自由，幾無任何限制。因此，所謂對聯的對仗，只涉及上下兩聯，包含字數、詞類的相對。

#### 1. 字數相對

對聯產生於駢文、律詩之後，受其影響，所以最初常見的對聯多為四言、五言、七言三種。現在市面上的春聯以七字句最為常見，所以一般人多誤以為對聯就是七個字對仗。其實對聯的字數並無一定的限制，由最少

的二字句「容易」對「色難」，四個字的「一元復始，萬象更新」，到十幾二十個字，甚至上百字都可以。傳說明朝的才子解縉，老家對門為當地大戶庭園的一片竹林，某年解縉就貼出一副對聯：「門對千竿竹　家藏萬卷書」。結果大戶人家不滿意，認為解縉偷借他家的竹林人文，於是就命家丁將長竹全部攔腰對斬成半。解縉一看，就將門聯改作「門對千竿竹短　家藏萬卷書長」。富戶氣極了，命人將所有的竹子連根挖除，要看解縉如何對應。解縉除了加字外，又將上下二聯對調，成為「家藏萬卷書長有　門對千竿竹短無」。可見對聯的字數是可以增減的，只要上下二聯字數相同即可，並非一定要五個字、七個字不可。

### 2. 詞類相對

　　詞類，一般或稱為詞性。在對聯中，詞類相對，是指同詞性的詞互相對仗，亦即名詞對名詞、動詞對動詞、形容詞對形容詞、數詞對數詞、虛詞對虛詞。如：

　　　　天增歲月人增壽
　　　　春滿乾坤福滿門

　　這是一副相當常見的對聯，本是明朝張岳為其岳父大人六十歲壽辰而作的壽聯，因內容充滿吉祥福祿的詞義，很符合新年的期望，於是逐漸轉為春聯。其中「天增歲月人增壽」是上聯，「春滿乾坤福滿門」是下聯。上聯的「天」、「歲月」、「人」、「壽」是名詞，「增」是動詞；下聯與之相應位置的「春」、「乾坤」、「福」、「門」也都是名詞，「滿」則為動詞：

| 上聯 | 天 | 增 | 歲月 | 人 | 增 | 壽 |
|---|---|---|---|---|---|---|
| 下聯 | 春 | 滿 | 乾坤 | 福 | 滿 | 門 |
| 詞性 | 名詞 | 動詞 | 名詞 | 名詞 | 動詞 | 名詞 |

　　再如：

一元復始
萬象更新

生意興隆通四海
財源茂盛達三江

其中的「一／萬」、「四／三」即是數字相對。又如：

青山有幸埋忠骨
白鐵無辜鑄佞臣

漠漠水田飛白鷺
陰陰夏木囀黃鸝

其中的「青／白」、「黃／白」是為形容詞顏色字的相對。又如：

乾坤定矣
琴瑟友之

其中的「矣」、「之」即是虛詞相對。

其次，對聯中同一個字重複出現時，上下聯相對應的字也應該相同，不可上聯中的同一個字所對應的下聯卻是不同的字。如「天增歲月人增壽　春滿乾坤福滿門」，上聯中出現了兩個「增」字，第一個「增」字對應了「滿」字，所以第二個「增」字也依舊對應「滿」字。再如：

風聲雨聲讀書聲，聲聲入耳
家事國事天下事，事事關心

這是明末顧憲成題無錫東林書院的對聯。上聯中一共用了五個「聲」

字，所以下聯與之對應也用了五個「事」字。這個原則是必要遵守的。

## ㈡ 平仄協調

平仄協調，指的是平仄聲調的對應。對聯的上下聯，也是靠平仄聲調來區分的：最後一個字仄聲者為上聯，平聲者為下聯。所以了解平仄聲調分別也是一項至為重要的原則。

漢語每個字詞都是單音節，而每個聲調又可分為平仄兩種。所謂平仄，是對音長舒促的區分。平聲是緩而舒，仄聲是短而促。古人將聲調分為平、上、去、入四聲，而此四聲與現代國音的四聲稍有不同，以表略作比較如下：

| 平仄 | 平 | | 仄 | | |
|---|---|---|---|---|---|
| 古音 | 平 | | 上 | 去 | 入 |
| 國音 | 第一聲 | 第二聲 | 第三聲 | 第四聲 | 一、二、三、四聲 |

從表中可以看出，現代國音的第三、四聲就是古音的上、去二聲，就算有些音是由入聲字演變而來的，也是仄聲，所以最容易區分。至於國音的第一、二聲，本來是平聲調，但因為當中有些是由入聲字演變而來，還是仄聲，不能視為平聲，比較麻煩。如上例「天增歲月人增壽　春滿乾坤福滿門」，上聯的「人」是平聲，而下聯對應的「福」，雖是國音的第二聲，卻是入聲字，所以是仄聲。

## ㈢ 結構相當

所謂「結構相當」，是指上下聯的語詞結構相對應。如：

天增歲月人增壽
春滿乾坤福滿門

上聯「天增歲月人增壽」，其語詞結構是「天・增・歲月・人・增・壽」，所以下聯「春滿乾坤福滿門」就是「春・滿・乾坤・福・滿・門」，而詞組結構則可以是「天增歲月・人增壽」、「春滿乾坤・福滿

門」。單音詞對單音詞，複音詞對複音詞：

| 天 | 增 | 歲月 | 人 | 增 | 壽 |
|---|---|---|---|---|---|
| 春 | 滿 | 乾坤 | 福 | 滿 | 門 |
| 天增歲月 | | | 人增壽 | | |
| 春滿乾坤 | | | 福滿門 | | |

又如：

風聲雨聲讀書聲，聲聲入耳
家事國事天下事，事事關心

其結構可以是：

| 風聲 | 雨聲 | 讀書聲 | 聲聲 | 入耳 |
|---|---|---|---|---|
| 家事 | 國事 | 天下事 | 事事 | 關心 |

再如：

作白話文，傳白話神，令普天下讀者如親聲咳
為青年師，向青年學，願吾輩中愨士共守儀型

〈郭紹虞，〈輓朱自清〉〉

其結構大略為：

| 作 | 白話文 | 傳 | 白話神 | 令 | 普天下 | 讀者 | 如親聲咳 |
|---|---|---|---|---|---|---|---|
| 為 | 青年師 | 向 | 青年學 | 願 | 吾輩中 | 愨士 | 共守儀型 |

所以對聯並不是只有字數、聲調的相對而已，還要注意語詞結構的相應，如此在形式上才能允當妥善。

## ㈣ 辭義貼切

　　對聯的種類及作法雖然很多，但是不離對象、場合、事由，因此在寫作時，要認清對象、注意場合、針對事由，撿選需要的對聯類別，掌握主旨，將內容情感以流暢妥貼的語詞寫出，即使只是短短的幾個字、幾句文辭，也能創造出優雅雋永、令人吟詠再三的作品。如李白〈題岳陽樓〉：

　　水天一色
　　風月無邊

　　短短八個字，將登臨岳陽樓眺望洞庭湖景色之大觀，盡收其中。字平易近人，而卻是氣象萬千，令讀者心曠神怡，逸興遄飛。再如朱熹的春聯：

　　一元復始
　　萬象更新

　　一樣也是八個字，但是將過年新春的時節景象——復始，與心理期待——更新，展露無遺，勝過千言萬語，表義的密度，無比緊實。又如：

　　史筆留芳，雖未成功終可法
　　洪恩浩蕩，不能報國反成仇

　　這是清代文人詠史可法與洪承疇的一副對聯。上下聯首末分別嵌入「史可法」與「洪承疇」（「仇」字諧音）的姓名。一則以褒，一則以貶，對史可法與洪承疇的評價，躍然紙上。兼用嵌字、雙關、對襯三種修辭方法，令人回味無窮。又如：

　　順泰康寧，雍然乾德嘉千古
　　治平熙世，正是隆恩慶萬年

（清‧李紹仿）

　　清朝嘉慶年間，仁宗皇帝慶壽，欽命評比壽聯，此為壓卷之作。將順治、康熙、雍正、乾隆、嘉慶等年號依次嵌入聯中，雖為歌功頌德之諛詞，但文義內容不但符合對帝王的祝壽之意，更表現出帝王身分與氣勢，可見匠心巧思。

## ㈤ 行款正確

　　今日一般所見的春聯，多是購買而得，純為應景之用，實在談不上創作。真正特地為特定的人事物而創作的對聯，由於是要張掛出來的，不但講究書法字體的美觀，也有行款格式的要求。試看：

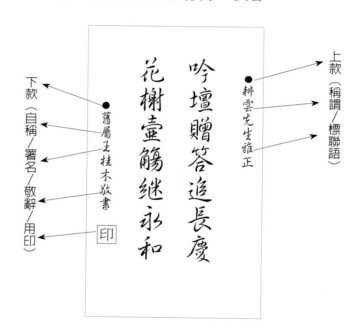

　　從這一例子中，可以知道，對聯的行款，可分為三部分：

1. 上款 —— 耕雲先生雅正
2. 聯語 —— 吟壇贈答追長慶　花榭壺觴繼永和
3. 下款 —— 舊屬王桂木敬書　印

1. **上款**

　　上款包括「稱謂」、「標聯語」兩項：

　　(1) 稱謂——

　　　　如上聯中的「耕雲先生」即是。對聯的稱謂和書信一樣，所以可以參照書信的稱謂欄使用。一般的對聯，對男性可以通稱「先生」；對女性，可以通稱為「女士」。

　　(2) 標聯語——

　　　　如上聯中的「雅正」即是。標聯語主要是表明作者作這一副對聯的作用，也同時要表示自己的敬意。

2. **聯語**

　　聯語就是對聯的本文，如上例的「吟壇贈答追長慶　花榭壺觴繼永和」即是。通常是上聯一紙，下聯一紙；也可以上、下聯同一紙。一般聯語是一行就寫完，如果字數多，上、下聯也可以各分為兩行寫。但是，不論多少行，一律是自右向左寫，由上向下寫：不可橫書，不用標點。

3. **下款**

　　對聯的下款一般包括「自稱」、「署名」、「敬辭」、「用印」四項：

　　(1) 自稱——

　　　　對聯的自稱和書信大致相同，一般要側書小寫。

　　(2) 署名——

　　　　如上例的「王桂木」即是。對聯的署名，一般是「姓」、「名」完整寫出，少有只稱名不寫姓的。

　　(3) 敬辭——

　　　　如上例的「敬書」即是。對聯和書信一樣，在署名的下面，仍然是有敬辭的。

　　　　茲將常用標聯語和敬辭略作一簡表比較：

| 用　　途 | 標　　聯　　語 | 敬　　辭（依實際關係選用） |
|---|---|---|
| 壽　辰 | 壽辰、壽誕、華誕、誕辰、嵩慶、○秩大慶、○秩晉○榮慶 | 祝、敬祝、謹祝、恭祝、拜祝、頌、敬頌、謹頌 |
| 婚　嫁 | 新婚之喜、結婚之喜、大喜、燕喜、于歸之喜（女）、出閣之喜（女） | 賀、敬賀、謹賀、恭賀、拜賀、仝賀 |
| 喜慶 生育 | 弄璋之喜（男）、麟喜（男）、弄瓦之喜（女）、孿喜（雙生） | |
| 喜慶 落成 | 落成之喜、落成誌慶 | |
| 喜慶 喬遷 | 喬遷之喜、喬遷之慶 | |
| 喜慶 開張 | 開幕之喜、新張之喜 | |
| 哀　悼 | 千古、靈右、靈座、冥鑒、靈幃（女）、仙逝（女）、生西（佛道）、永生（基督、天主） | 輓、敬輓、謹輓、恭輓、拜輓、哀輓、泣輓、叩輓、拭淚敬輓 |
| 一　般 | 清玩、雅玩、雅正、雅鑑、雅屬、敦正、正之 | 書、撰、謹書、手書、敬書、敬撰、謹撰、拜撰 |

⑷用印——

　　對聯寫好後，一般都是要用印的。印是蓋在姓名的正下方。用印有一些習慣，不能不注意：

甲. 輓聯不能用印。

乙. 姓名分開的印章，姓多半是「陰文章」，位在上；名一般是「陽文章」，位在下；若是姓名、字號分開的印章，則姓名章在上，字號章在下。

丙. 如果還有其他的印章要蓋的話，「引首章」蓋在上聯的右上角；「押腳章」蓋在上聯的右下角，或是下聯的左下角；一般的「閒章」，則蓋在空白的地方，又稱「補白章」。

　　這些印章的蓋法，其位置如下：

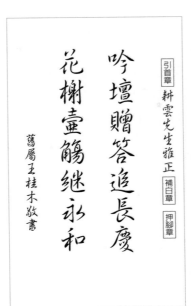

　　為了視覺的美觀以及內容的醒目要求，在對聯的書寫中，一般會有三種大小不同的字體：其中聯語的字體最大，側書的自稱最小，而上款及下款的署名、敬辭的字體，就是同樣的大小。

　　凡是符合以上原則的對聯，是對聯的「正格」，稱為「正名對」，又名「的名對」、「正對」、「切對」，這是對聯的基礎；不過，有時因應平仄格律的要求，或作者個人的變異愛奇，也會有些變化，可謂「變格」。其類型約有三種：

　　1. **當句對**

　　又名「句中對」、「就句對」、「本句對」。即句中自對，不與另一聯對仗。如：

山重水複疑無路
柳暗花明又一村

（陸游，〈游山西村〉）

此副對聯中，上聯的「山重水複」，與下聯的「柳暗花明」並不相

對，而是「山重」對「水複」，「柳暗」對「花明」，各自相對。

## 2. 倒裝對

又名「蹉對」、「交錯對」。即將對聯中的語詞顛倒安排，表面看來詞義不通或語詞不相對。其原因約有二端：

(1)作者愛奇，故意相錯成文，使語勢矯健。如：

香稻啄餘鸚鵡粒
碧梧棲老鳳凰枝

（杜甫，〈秋興詩〉）

此聯上下句義並不順暢，甚至是不通，正常語義表達當作「鸚鵡啄餘香稻粒，鳳凰棲老碧梧枝」，或「鸚鵡啄香稻餘粒，鳳凰棲碧梧老枝」。杜甫之所以故意顛倒成文，當是為求變異與增強語勢使然。

(2)因應平仄格律要求，故顛倒相對。如：

裙拖六幅湘江水
鬢聳巫山一段雲

（李群玉，〈同鄭相并歌姬小飲戲贈〉）

此聯按文義當作「裙拖六幅湘江水，鬢聳一段巫山雲」（或「裙拖湘江六幅水，鬢聳巫山一段雲」），如此詞義雖然對仗工整，但平仄聲調變成「平平仄平平平仄，仄仄仄仄平平平」，卻不協調，因此只好「湘江」與「巫山」交錯相對。

## 3. 假借對

又名「假對」、「借對」。原本聯語語詞並不相對，但利用漢語一字多音多義，以借音或借義解釋，即可成對。如：

殘春紅葉在
終日子規啼

（洪覺範，〈天廚禁臠詩〉）

　　其中的「紅」與「子」不能相對，乃是借「子」作「紫」，而成顏色相對。又如：

　　談笑有鴻儒
　　往來無白丁

（劉禹錫，〈陋室銘〉）

　　其中的「鴻儒」與「白丁」不能相對，乃是借「鴻」為「紅」，所以就可與「白」對仗了。

　　以上是創作或欣賞對聯的一般原則，並沒有深奧難懂之處，然而時至今日，一者是抱著應景的隨意心態，二者是大多數不創作書寫對聯，以致出現許多看似是對聯的錯誤作品。如：

・圖1

圖1的作品是「留心學到古人難　博學深思增智慧」。其錯誤之處為：

　　(1) 上下聯張貼位置不對。

　　(2) 上下聯都出現「學」字，卻是無法對應。

　　(3) 語詞結構不對。上聯是「博學深思・增智慧」，下聯則是「留心學到古人・難」，無法相對應。

　　再如：

·圖2

　　圖2的作品是「身是禮義廉恥　行是仁愛和平」。其錯誤之處為：
　　　⑴ 語詞不對。上下聯第二個字都為「是」，不符合異字相對應
　　　　 的要求。
　　　⑵ 詞性不對。上聯的「身」是名詞，而下聯對應的「行」卻是
　　　　 動詞。
　　　⑶ 平仄聲調不對。上聯是「平仄仄仄平仄」，下聯則為「平仄
　　　　 平仄平平」，第二、四個字平仄不協。
　　再如：

·圖3

　　　圖3這幅作品是「太武猴山依然大地　東樹風聲西來雨化」。就詞
義、詞性與聲調而言，兩者實在無法相對，錯誤之處至為明顯：

(1) 聲調不協。兩聯的聲調分別是「仄仄平平平平仄仄」與「平仄平平平平仄仄」，除第一個字「太」與「東」聲調不同外，其餘七個字聲調完全相同，不符對聯聲調之要求。

(2) 詞性不對。「太武猴山依然大地」，句中「太武」當是「太武山」的節縮，是為名詞，「猴山」為名詞，「依然」為副詞，「大地」為名詞。整句之詞語結構為「名詞＋名詞＋副詞＋名詞」。「東樹風聲西來雨化」，句中「東樹」未知何意？難道是「東邊的樹木」？與山名的「太武」詞性雖可對，但詞義則不能相應。「風聲」與「猴山」雖同為名詞，但「猴」與「風」略顯不協。「西來」也不知所指，且為一詞組形態，乃名詞＋動詞的結構，與「依然」為一副詞顯然不對應。句末的「雨化」亦為詞組結構，與「大地」為一合成詞不同，彼此不能相對也無庸贅言。

(3) 句義內容不對。上句云「太武猴山依然大地」，何謂「依然大地」？下句「東樹風聲西來雨化」，「西來雨化」究竟何意？而上下兩句所呈現的語義內容，完全毫對應關係可言。

再如：

・圖4

圖4的作品是「好年好運好兆頭　福來旺來富貴來」。其錯誤之處為：

(1) 聲調不協。兩聯的聲調分別是「仄平仄仄仄仄平」、「仄平仄平仄仄平」，第二、六、七個字平仄聲不相對。再者，因為最後一個字皆為平聲，屬於下聯，所以這幅作品並沒有上聯。

⑵ 重複字不相對。右聯的「好」出現三次，而左聯的「來」也出現三次，但卻不是相對應的位置，不符原則。

⑶ 詞性不對。在「好年好運好兆頭」中，「好」是形容詞，「年」、「兆頭」都是名詞；而「福來旺來富貴來」中，「福」是名詞，「來」是動詞，「旺」、「富貴」都是形容詞。兩聯中沒有一個語詞的詞性是可以相對的。

⑷ 語詞結構不對。右聯的結構是「好年」「好運」「好兆頭」，而左聯的結構是「福來」「旺來」「富貴來」。表面上都是二二三的形式，但內部語詞的組合，就大不相同了。「好年」「好運」「好兆頭」都是形容詞加名詞，為「定語＋中心語」的結構，組合成名詞性的複合詞；而「福來」是名詞加動詞，「旺來」、「富貴來」是形容詞加動詞，皆為「主語＋謂語」的結構，是詞組形態，並不是複合詞。

其他如「甜甜蜜蜜大團圓　歡歡喜喜迎新年」、「日日進財日日通　年年如意事事順」、「一元復始萬象新　大吉大利迎新春」等，都不是正確的對聯作品。因此，絕不能只看字數相同就認為是對聯，還要注意平仄聲調、語詞結構等條件的配合，才不會認識錯誤。

## 三、對聯舉隅

### ㈠ 春聯

| 三陽開泰 | 國光勃發 | 謙光受益 | 安土敦仁 | 風舒柳眼 |
|---|---|---|---|---|
| 萬象回春 | 民氣昭蘇 | 和氣致祥 | 樂天知命 | 雪積梅腮 |

| 桃穠李郁 | 普天同慶 | 千祥雲集 |
|---|---|---|
| 桂馥蘭香 | 大地皆春 | 百福駢臻 |

| 新年三月暖 | 淑氣臨門早 | 世界開昌運 | 詩書承舊業 |
|---|---|---|---|
| 樂歲萬家春 | 春風及第先 | 笙歌樂太平 | 簫鼓慶豐年 |

曙光迎曉日　　韶光辭舊歲　　萬里春光溥　　天開清淑景
佳氣擁晴嵐　　樂事話新春　　千門瑞氣新　　人樂共和年

椒花獻頌逢元旦　　　日暖華堂來紫燕　　　幾點梅花迎淑氣
柏葉書銘勛歲朝　　　春來玉樹發青枝　　　數聲鳥語鬧春光

運際昇平人共樂　　　珠樹自饒千古色　　　昌期幸際共和日
氣當和淑鳥知春　　　筆花開遍四時春　　　泰運欣逢大有年

太平有象幸福無疆　　造作英才日新月異　　萬戶春風禮陶樂淑
國光蔚起民氣昭蘇　　招延淑景時和年豐　　三陽景運人壽年豐

春晴寄岸柳雲霞成異色　　　爆竹二三聲人間易歲
香氣擬寒梅花柳發韶年　　　梅花四五點天下皆春

四序韶光甘露和風旭日　　　歷序更新三朔同臨首祚
一庭景色碧桃翠柳梅花　　　風光勝舊一門獨得先春

大造無私處處桃花頻送暖　　風引奇香入一泓秋水餘清氣
三陽有舊年年春色去還來　　祥徵景福來滿堂春風散異香

## (二) 大門聯

福由天降　　共和有道　　入孝出弟　　祥光滿室　　詩書門弟
德與日新　　幸福無疆　　由義居仁　　瑞氣盈門　　禮樂人家

仁為安宅　　物華天寶　　文章華國　　依仁成里　　聿修厥德
德必有鄰　　人傑地靈　　詩禮傳家　　與德為鄰　　長發其祥

門牆多古意　　竹報平安福　　瑞日開昌運　　自得同人樂
家世重儒風　　花開富貴春　　春風釀太和　　咸歌大有年

安居仁作里　　門閭溢喜氣　　德門膺厚福　　書香名士宅
小住德為鄰　　山水含清輝　　仁里樂長春　　福澤善人居

百年禮樂家聲遠　　春歸楚水吳山外　　壽考百年膺景福
一代箕裘世業長　　人在堯天舜日中　　仁慈一室煥禎祥

四時佳氣親仁里　　瑞藹德門臻百福　　四季平安三代福
五色祥雲積善家　　春回仁里集千祥　　百年孝友一家春

仁義自修君子安樂　　玉振金聲於時為瑞　　經濟博通言達於行
詩禮之教家人利貞　　和風甘雨乃世之祥　　家庭和樂質有其文

### (三) 新婚賀聯

百年好合　　歡聯二姓　　錦堂雙璧合　　行冠婚大禮
五世其昌　　緣結三生　　玉樹萬枝榮　　結梁孟良緣

好述敦禮讓　　親迎行吉禮　　吉士行嘉禮　　結朱陳世好
秉性協溫恭　　正始驗齊家　　詩人詠好述　　聯秦晉新婚

舉案堪稱賢內助　　書成博議東萊筆　　二姓聯盟諧好合
論文今有女相如　　詩詠好述南國風　　百年偕老樂長春

玉樹風前誇並倚　　齊家典則成三禮　　堂上畫屏開孔雀
綾帷月裡看雙飛　　經國文章在二南　　閨中繡幕隱芙蓉

迨其吉兮縠我士女　　鳳凰鳴矣梧桐生矣　　鴻案相莊百年偕老
式相好矣宜爾室家　　鐘鼓樂之琴瑟友之　　鳳占葉吉五世其昌

### (四) 男壽賀聯

壽考徵宏福　　天開人壽境　　北斗臨台座　　松齡長歲月
文明享大年　　人引紫霞杯　　南山獻壽詩　　鶴語寄春秋

仁者有壽者相　　大德得無量壽　　如崗如陵如阜　　三呼應封人祝
福人得古人風　　吾公有不朽名　　多福多壽多男　　九如頌天保詩

身似西方無量佛　　行可楷模年稱德　　海屋仙籌添鶴算
壽如南嶽老人星　　老如松柏歲長春　　華堂春酒宴蟠桃

室有芝蘭春自韻　　酒進壺天增景福　　旭日秉東方朝氣
人如松柏歲長新　　籌添海屋衍昌期　　大星應南極壽昌

得古人風有為有守　　福祿歡喜長生無極　　履和蹈仁宿福餘慶
惟仁者壽如岡如陵　　仁愛篤厚積善有徵　　頤性養壽鋪德樹聲

梅花週年祥呈五色　　松柏延齡仙雲滋露　　溫溫恭人德音是茂
極星拱壽光映三台　　雪霜滿鬢丹氣成霞　　藹藹吉士壽考維祺

## (五) 女壽賀聯

玉樹盈階秀　　開筵祝北極　　瑤池春不老　　萱草千年綠
金萱映日榮　　祝壽頌南山　　壽域日方長　　桃花萬樹紅

茲竹蔭東閣　　歲寒松晚翠
靈萱茂北堂　　春暖蕙先芳

輝騰寶婺三千丈　　麻姑酒滿杯中綠　　天護慈萱春不老
香發奇花十萬枝　　王母桃分天上紅　　門懸綵帨色常新

瑤池桃熟登瓊席　　堂北峰看天姥秀　　華堂壽晉無疆福
玉樹柯榮絢綵衣　　弧南光放婺星明　　慈室祥開不老春

金玉其儀芝蘭其室　　彩絢瓊林萱堂日暖　　恭儉溫良宜家受福
松柏有心竹箭有筠　　香生玉砌鶯佩風和　　仁慈篤厚益壽延年

桂植南官桃來西母　　淑慎其儀綏我眉壽　　花燦金萱瑞凝堂北
梅開東閣萱茂北堂　　柔嘉維則宜爾子孫　　星輝寶婺彩映弧南

## (六) 新屋落成賀聯

容光四照　爰居爰處　鶯遷金谷曉　安樂新成慶
氣象一新　美奐美輪　柳拂畫堂春　幽閒欲寄情

門庭增氣象　群材成大廈　樓台凌碧宇
堂構毓人龍　喬木待新禽　堂構煥朱門

春發南枝新棟宇　堂構初成千載業　寶樹庭森花簇錦
庭馨瑞桂壯翬飛　垣墉已築萬年基　鶯聲宛轉韻調琴

江山聚秀來新宇　鳥革翬飛麟鳳起　五色祥雲籠甲第
奎璧聯輝映畫堂　竹苞松茂桂蘭香　三多景福集門閭

甲第宏開肯堂肯構　大地鍾靈文明運啟　美奐美輪大啟爾宇
王林作頌多福多男　華堂集瑞富有基開　肯堂肯構聿觀厥成

## (七) 商業應用聯

多財善賈　維持國貨　商場健將
奇貨可居　優勝商場　生計名家

作陶朱事業　立富強基礎　有道財恆足　操奇多進步
寄管鮑生涯　審經濟潮流　乘時貨自高　勝戰順新機

利澤源頭水　　新籌通萬國　　長春融德澤　　端木善於商戰
生涯錦上花　　實業邁五洲　　餘慶衍財門　　陶朱本是人豪

交以道接以禮　　五湖寄跡陶公業　　經營不讓陶朱富
近者悅遠者來　　四海交遊晏子風　　貿易常存管鮑風

根深葉茂無疆業　　門迎境日財源廣　　三春草長如人意
源遠流長有道財　　戶納春風吉慶多　　萬里河流似利源

財如曉日騰雲起　　百貨風行財政裕　　善性經營多得利
利似春潮帶雨來　　萬商雲集市聲歡　　良心交易永生財

(八) **男喪輓聯**

山頹木壞　　天不遺一老　　壯梁悲落月
風慘雨悽　　人已足千秋　　魯殿圮靈光

直道至今猶可想　　壺中日月三生夢　　流水夕陽千古恨
舊遊何處不堪愁　　海上雲山萬里秋　　淒風苦雨百年愁

鶴駕已隨雲影杳　　三更月冷鵑猶泣　　大雅云亡梁木壞
鴞聲猶帶月光寒　　萬里雲空鶴自飛　　老成凋謝泰山頹

夢斷庚星韜光匿彩　　未弭前思頓成永別　　世事無常空留塵榻
心傷子夜返璞歸真　　追尋笑緒皆為悲端　　音容何處悵望人琴

古稱鄉先生可祭於社　　契合擬金蘭情懷舊雨　　菊徑荒涼道山遽返
傳言明德後必有達人　　飄零悲玉樹淚灑西風　　蓉城縹緲仙駕難迴

## ㈨ 女喪輓聯

| | | | |
|---|---|---|---|
| 星沈寶斝 | 名標彤史範 | 白雲懸影望 | 風木有餘恨 |
| 駕返瑤池 | 望斷白雲鄉 | 烏鳥切遐思 | 瞻衣無盡時 |

| | | |
|---|---|---|
| 永懷風木感 | 花落胭脂春去早 | 慈竹當風空有影 |
| 應發蓼莪詩 | 魂銷錦帳夢來驚 | 晚萱經雨不留芳 |

| | | |
|---|---|---|
| 母儀足式輝彤管 | 寶斝光沈天上宿 | 涼月淒清光沈婺宿 |
| 婺宿沈芒寂繡幃 | 蓮花香現佛前身 | 慈雲縹緲遠隔仙鄉 |

| | | |
|---|---|---|
| 壼範垂型賢推巾幗 | 彤管芬揚久欽懿範 | 南國化行長留懿範 |
| 婺星匿彩駕延蓬萊 | 繡幃香冷空仰徽音 | 北堂春去空仰慈顏 |

| | |
|---|---|
| 壼範咸欽一夕瑤池返駕 | 青鳥傳來王母歸時環珮冷 |
| 坤儀足式千秋彤管流芳 | 玉簫聲斷秦娥去後鳳樓空 |

# 貳、題辭

## 一、題辭概說

　　和其他應用文體相比，題辭是運用最為廣泛的一種文辭。它的文辭最少，寫者簡單，意思明白，不論婚、喪、喜、慶各種場合，都適於使用。
　　所謂題辭，是為表示紀念、祝頌、慶賀、獎勵、勸勉、讚美、哀悼而題寫的文字。由古代的「頌」、「讚」、「銘」、「箴」演變而來。《文心雕龍·頌讚》云：

> 頌者，容也，所以美盛德而述形容也。……讚者，明也，助也。昔虞舜之祀，樂正重讚，蓋唱發之辭也。

又〈銘箴〉云：

> 故銘者，名也，觀器必也正名，審用貴乎盛德。……箴
> 者，所以攻疾防患，喻針石也。

可知「頌」、「讚」二類是以稱許褒揚、歌功頌德為主；「銘」本是刻於金、石之上，以為讚揚功德警戒惕屬之用；「箴」則是以告誡勸勉為要。此四者本是包含歌功頌德、告誡勸勉二種性質，而且多為長篇論述之作。後世題辭雖然承襲這四種文體而來，但其內容卻變為重在稱頌褒揚，而不在警惕勸勉；篇幅也由長篇大論變為以四言單句為主。

## 二、題辭之類別

社會結構的變化，人際關係的複雜，使得題辭的應用更為普遍，舉凡親朋好友、師生同學、長官部屬之間，有關祝福、慶賀、嘉勉、婚嫁、哀悼、喬遷、開業、贈別等，皆可使用。約略歸納題辭之使用對象，其類別約有五種：

### (一) 幛語

「幛語」是指在喜慶、弔喪的場合裡，題寫在禮幛、禮軸、禮屏或花圈、花緞上的字或文辭。常見的有喜幛、壽幛、輓幛。有簡單只用一個字的，如婚禮的「喜／囍」字、壽禮的「壽」字、弔唁的「奠」字即是；但通常還是以四個字居多。

### (二) 匾辭

「匾辭」是指刻於大型木匾之上的文辭。通常用於名勝古蹟、寺廟、樓臺、住宅、園林等處，也可以用於新居落成、商店開業、金榜題名、祝賀當選等。因為匾辭刻寫於木匾上，所以不但便於懸掛，而且易於保存，可作長久紀念。

### (三) 像贊

像贊是用於肖像照片上的題辭。其類別為：

1. **肖像題贊**

　　肖像題贊又可略分兩類：

　　⑴紀念冊上的照片，只須寫上「○○先生（女士、小姐）之肖像」即可；

　　⑵送予他人留作紀念的照片，上款題「○○先生（女士、小姐）留念」，下款題「○○敬贈」，並寫上年月日的時間即可。

2. **遺像題贊**

　　遺像用於悼念，所以只要寫上「○○先生（女士、小姐）之遺像」即可。

## ㈣ 冊頁

　　冊頁是指在紀念冊或裱好的宣紙捲軸上的題辭。紀念冊上的題辭，通常都是請師長、親友、同事或同學題寫辭句，以為紀念或敦勉。不管是紀念冊或裱好的宣紙捲軸的題辭，一般以襲用成語、格言或名人的言詞為多，較少自己創作。

## ㈤ 一般題辭

　　除了以上四種題辭之外，是為一般題辭，範圍甚廣，對象也不固定，如比賽獎杯、錦旗、銀盾、著作、贈獻、贈別等，皆可適用。

# 三、題辭之寫作

　　題辭是以簡單的文句表達深刻的意義，無須長篇大論，重在言簡意賅。再者，題辭通常是用來張掛展示，供大眾觀看欣賞，所以寫作時更要特別小心，以免貽笑大方。題辭之寫作，其要點有四：

## ㈠ 取材適切

　　題辭之寫作，首要認清對象，包括對象的性別、身分、地位、年齡、職業、彼此之關係等，都須有所認識了解，才能考慮周詳，選辭貼切；否則，張冠李戴，徒增笑柄。

## (二) 用辭雅馴

題辭語辭簡短,當力求語句雅馴,文意雋永,襲用成語、格言或名人言詞是最為簡便的方法;如果要自己創作,也未嘗不可,但必須注意詞語的雅正,切忌怪異求奇,流於俚俗。

## (三) 音律和諧

題辭一般以四個字為主,字數雖少,但聲調的頓挫還是不能疏忽。四個字的題辭,通常要求遵行「平開仄合」、「仄起平收」的原則,應避免四個字全平或全仄,應當平仄相間成文,聲調方能顯示鏗鏘嘹亮。所謂「平開仄合」,四個字的聲調基本是「平平仄仄」,最為理想,如:

　　天緣巧合　　花開並蒂　　萱庭集慶　　雕樑畫棟

但有時第一、三字可以不論,而第二字必是平聲,第四字必是仄聲,如:

　　百年好合　　宜其家室　　壽徵大德　　竹苞松茂

所謂「仄起平收」,理想的聲調是「仄仄平平」,如:

　　日月齊輝　　相敬如賓　　鳳振高岡　　氣象維新

但有時第一、三字可以不論,而第二字必是仄聲,第四字必是平聲,如:

　　齒德俱尊　　人瑞古稀　　桑梓福音　　美奐美輪

當然,題辭的聲調並非絕對非如此安排不可,也允許有一些變化的,只要不詰屈聱牙,通常也是可以被接受的。

## ㈣ 行款正確

　　題辭可以橫寫，也可以直書，但不管書寫的形式為何，都是要有行款的。題辭的行款和對聯大致相當，也是分上款、題辭和下款三部分。橫寫的題辭一般都是自右向左寫，所以上款的位置也是居於右上角，下款居於左下角，題寫的語辭居正中央，且字體最大。如：

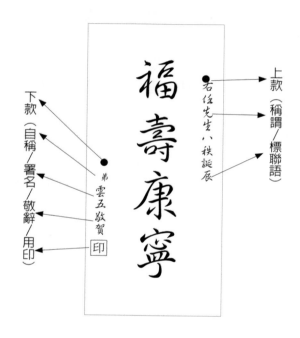

# 四、題辭舉隅

## (一) 幛語

### 1. 壽慶

(1) 男壽

| | | | | |
|---|---|---|---|---|
| 大德大年 | 大德必壽 | 天保九如 | 天賜遐齡 | 天錫純嘏 |
| 日永椿庭 | 日麗中天 | 多福多壽 | 如岡如陵 | 如松柏茂 |
| 如南山壽 | 至德延年 | 庚星永耀 | 庚星煥彩 | 東海延釐 |
| 松柏同春 | 松柏長春 | 松鶴延齡 | 南山比壽 | 南極星輝 |
| 南極騰輝 | 是誠人瑞 | 眉壽無疆 | 俾壽而康 | 桑弧耀彩 |
| 海屋長春 | 惟仁者壽 | 富貴壽考 | 椿庭日暖 | 椿樹長青 |
| 瑞藹懸弧 | 義方垂範 | 詩歌天保 | 頌祝岡陵 | 頌獻九如 |
| 圖開福壽 | 壽人壽世 | 壽比岡陵 | 壽比松齡 | 壽如日昇 |
| 壽考維祺 | 壽並河山 | 壽徵大德 | 福壽康寧 | 德星長耀 |
| 慶衍桑弧 | 慶溢懸弧 | 蓬島春長 | 蓬壺春到 | 齒德俱尊 |
| 樹茂椿庭 | 篤生嶽降 | 篤祜崇齡 | 疇陳五幅 | 籌添海屋 |
| 鶴籌添壽 | | | | |

(2) 女壽

| | | | | |
|---|---|---|---|---|
| 天護慈萱 | 名門淑範 | 果獻蟠桃 | 花燦金萱 | 金萱不老 |
| 春滿北堂 | 春滿瑤池 | 春濃萱閣 | 帨彩增華 | 堂北萱榮 |
| 彩帨騰輝 | 祥開設帨 | 喜溢璇閨 | 婺宿騰輝 | 婺煥中天 |
| 婾星煥彩 | 萊綵北堂 | 愛日方長 | 慈竹長青 | 慈竹風和 |
| 慈雲集祜 | 慈闈日永 | 瑞凝萱室 | 瑞藹萱堂 | 萱花不老 |
| 萱茂北堂 | 萱庭集慶 | 萱堂集祜 | 萱幃日永 | 萱幃春永 |
| 萱榮婺煥 | 萱閣長春 | 萱蔭長春 | 壽添萱綠 | 壽徵坤德 |
| 瑤池春永 | 瑤島長春 | 瑤島春深 | 綵帨延齡 | 慶溢北堂 |
| 璇閨日暖 | 蓬島長春 | 蓬萊春滿 | 篤祜崇齡 | 錦帨呈祥 |
| 寶婺星輝 | 懿德延年 | 懿德壽考 | 歡騰萱至 | |

⑶ 雙壽

| 人月同圓 | 天上雙星 | 日升月恆 | 日月並明 | 日月齊輝 |
|---|---|---|---|---|
| 仙眷長春 | 仙耦齊齡 | 台媮合耀 | 白首同心 | 百年偕老 |
| 百年靜好 | 弧帨齊輝 | 弧帨增華 | 金石同堅 | 星月爭輝 |
| 眉齊鴻案 | 神仙眷屬 | 偕老同心 | 鹿車共挽 | 琴瑟靜好 |
| 華堂偕老 | 椿萱不老 | 椿萱並茂 | 極婺並耀 | 極婺聯輝 |
| 壽並岡陵 | 福祿鴛鴦 | 福壽仙儔 | 福壽雙全 | 銀漢雙輝 |
| 鳳簫合奏 | 輝映台媮 | 雙星並耀 | 雙星朗照 | 鸞笙合奏 |

### 2. 婚嫁

⑴ 新婚

| 才子佳人 | 五世卜昌 | 天作之合 | 天賜良緣 | 永結同心 |
|---|---|---|---|---|
| 白首偕老 | 如鼓琴瑟 | 百年好合 | 百輛盈門 | 君子好逑 |
| 良緣天定 | 佳偶天成 | 宜室宜家 | 宜爾室家 | 昌宜五世 |
| 昌符鳳卜 | 治平初基 | 花好月圓 | 花開並蒂 | 相敬如賓 |
| 美滿姻緣 | 書稱釐降 | 海燕雙棲 | 珠聯璧合 | 神仙眷屬 |
| 乾坤定矣 | 凰侶鸞儔 | 凰舉龍翔 | 唱隨偕老 | 唱隨偕樂 |
| 帶結同心 | 笙磬同音 | 琴耽瑟好 | 琴瑟友之 | 琴瑟在御 |
| 愛河永浴 | 愛情永固 | 敬愛諒助 | 詩詠好逑 | 詩詠關雎 |
| 詩題紅葉 | 鳳凰于飛 | 樂賦唱隨 | 蓮理交枝 | 鍾鼓樂之 |
| 鴻案相莊 | 瓊花並蒂 | 麟趾呈祥 | 鸞鳳合鳴 | |

⑵ 嫁女

| 于歸協吉 | 百兩御之 | 妙選東床 | 宜其家人 | 宜其家室 |
|---|---|---|---|---|
| 桃夭及時 | 祥徵鳳律 | 跨凰乘龍 | 摽梅迨吉 | 鳳卜歸昌 |
| 燕燕于飛 | | | | |

### 3. 輓幛

⑴ 男喪

| 一朝千古 | 千秋永訣 | 五福全歸 | 少微星隕 | 文星遽落 |
|---|---|---|---|---|
| 仙遊上界 | 北斗星沈 | 生榮死哀 | 羽化登仙 | 行誼可師 |
| 吾道已窮 | 言為世法 | 典則空留 | 典型宛在 | 庚星匿彩 |

| | | | | |
|---|---|---|---|---|
| 明德流徽 | 南極斂芒 | 英氣長存 | 音容如在 | 風摧椿萎 |
| 哲人其萎 | 桑梓流光 | 泰山其頹 | 海宇風淒 | 高山景行 |
| 高風安仰 | 高風亮節 | 望重鄉邦 | 梁木其壞 | 棟折榱崩 |
| 痛失老成 | 跨鶴仙鄉 | 道範長存 | 塵榻空留 | 歌興薤露 |
| 碩德堪欽 | 福壽全歸 | 蒿里興悲 | 魂兮歸來 | 儀型足式 |
| 儀型萬方 | 蓬島雲迷 | 蓬島歸真 | 閬苑歸真 | 遽返道山 |
| 歸真返璞 | 寶劍光沈 | 露冷椿庭 | 讜論流徽 | |

(2) 女喪

| | | | | |
|---|---|---|---|---|
| 女界典型 | 巾幗稱賢 | 月缺花殘 | 北堂春去 | 妝臺月冷 |
| 彤管流芳 | 彤管揚芬 | 忘憂草謝 | 坤儀足式 | 坤儀宛在 |
| 孟母風高 | 空仰慈顏 | 花落萱幃 | 流芳千古 | 涼月淒情 |
| 淑德永昭 | 婺星光黯 | 婺彩沈輝 | 勤儉可風 | 慈竹風摧 |
| 慈雲縹緲 | 溫恭淑慎 | 萱堂露冷 | 萱蔭長留 | 塵掩妝臺 |
| 夢斷北堂 | 瑤池赴召 | 瑤島仙遊 | 閨闈之師 | 範垂巾幗 |
| 蓼莪詩廢 | 賢同歐母 | 闈範長存 | 徽音頓緲 | 徽音遠播 |
| 鍾郝儀型 | 繡閣風寒 | 寶婺星沈 | 懿德長昭 | 懿德堪欽 |
| 鸞馭遐升 | 鸞馭遽返 | | | |

(3) 師長

| | | | | |
|---|---|---|---|---|
| 木壞山頹 | 永念師恩 | 立雪神傷 | 風冷杏壇 | 師表千古 |
| 師表常尊 | 桃李興悲 | 馬帳空依 | 高山安仰 | 教澤長存 |
| 梁木其頹 | | | | |

(4) 學者

| | | | | |
|---|---|---|---|---|
| 大雅淪亡 | 天國神遊 | 天喪斯文 | 天路揚靈 | 文曲光沈 |
| 文壇失仰 | 世失英才 | 立言不朽 | 杏壇模楷 | 言行足式 |
| 流水高山 | 師表長存 | 教界楷模 | 教澤長存 | 望尊泰斗 |
| 絕學春秋 | 絳帳風淒 | 槐市興悲 | 學究天人 | 薪火無窮 |
| 千秋絕技 | 丹青千古 | 望重藝林 | 藝林失導 | 藝壇祭酒 |
| （以上輓藝術家） | | | | |
| 名重樂壇 | 廣陵絕響 | 樂壇大老（以上輓音樂家） | | |

(5) 政界

| | | | | |
|---|---|---|---|---|
| 人亡國瘁 | 才厄經綸 | 召父杜母 | 甘棠遺愛 | 邦國精華 |
| 忠勤足式 | 忠勤著績 | 峴首留碑 | 耆德元勳 | 國失賢良 |
| 勳猷共仰 | | | | |

(6) 商界

| | | | | |
|---|---|---|---|---|
| 五都望重 | 少伯高風 | 美利長流 | 商界楷模 | 貨殖流芳 |
| 端木遺風 | 闤闠風淒 | | | |

(7) 軍警

| | | | | |
|---|---|---|---|---|
| 大星遽落 | 功在旂常 | 光沈紫電 | 名齊衛霍 | 忠勇楷模 |
| 星殞將營 | 英靈不泯 | 風雲變色 | 國失干城 | 將星忽墮 |
| 將星遽落 | 淚灑英雄 | 痛失干城 | 鼓角聲淒 | 勳業卓茂 |
| 勳業長昭 | | | | |

## (二) 匾辭

### 1. 新居落成

| | | | | |
|---|---|---|---|---|
| 大啟爾宇 | 葉鳳棲梧 | 甲第徵祥 | 竹苞松茂 | 君子所居 |
| 昌大門楣 | 長發其祥 | 美輪美奐 | 氣象維新 | 堂構更新 |
| 斯干葉吉 | 棟宇連雲 | 華堂集瑞 | 華堂毓秀 | 瑞藹朱軒 |
| 鳳棲高梧 | 潭池鼎新 | 輝生畫棟 | 馴門高啟 | 雕樑畫棟 |
| 耀增堂構 | | | | |

### 2. 行號

(1) 醫院

| | | | | |
|---|---|---|---|---|
| 仁心仁術 | 心存濟世 | 方列千金 | 功同良相 | 功侔相業 |
| 功著杏林 | 全心濟世 | 妙手回春 | 妙手成春 | 杏林之光 |
| 肱傳三折 | 扁鵲復生 | 祕傳金匱 | 望隆虞扁 | 術妙軒岐 |
| 博愛濟眾 | 華陀再世 | 著手成春 | 萬病回春 | 壽人壽世 |
| 濟世功深 | 濟世活人 | 醫民醫國 | 醫理湛深 | 醫德可風 |
| 醫德堪欽 | | | | |

(2) 商行

| | | | | |
|---|---|---|---|---|
| 大展鴻猷 | 大業千秋 | 大業允興 | 生財有道 | 利濟民生 |

近悅遠來　財源恆足　商賈輻輳　商戰圖強　貨財廣殖
陶朱媲美　富國裕民　業紹陶朱　萬商雲集　福國利民
駿業宏開　駿業肇興　鴻猷丕煥　鴻圖永啟

### 3. 學校

人能宏道　化民成俗　化雨均霑　功宏化育　功著士林
百年大計　百年樹人　育才一樂　卓育菁莪　弦歌盈耳
芬扇藻芹　春風廣被　洙泗高風　為國育才　英才淵藪
桃李芬芳　桃李馥郁　教育英才　教秉尼山　陶鑄群英
詩雨春風　誨人不倦　廣栽桃李　德溥春風　敷教明倫
樂育美才　樹人大業　濟濟多士　贊天地化　黌舍巍峨

### 4. 升遷

才堪濟世　升階葉吉　布化宣勤　壯志克伸　其命維新
咸與維新　新猷丕著　磐磐大材　龍門聲價　龍躍靈津
鵬程發軔　鶯喜高遷　鶯遷喬木　驥足為舒

### 5. 祝賀當選

(1) 縣市長

山斗望重　才智超群　才德堪欽　公正廉明　邦家之光
邦國楨幹　卓然鶴立　物望允孚　咸慶得人　桑梓福音
能者在位　望隆珂里　造福鄉梓　鄉邦瓌寶　榮膺鶚選
輔世長民　學優則仕　譽隆德劭　驥足方展

(2) 議員

民之喉舌　民心所向　克孚眾望　言必有中　言重九鼎
具徵民意　痌瘝在抱　眾欣有託　眾庶娵姆　眾望所歸
實至名歸　鴻猷懋著　鵬翩高摶　讜言偉論

## (三) 像贊

### 1. 男喪

一笑歸真　休休有容　音容宛在　高山仰止　道範長存

### 2. 女喪

坤儀足式　音容宛在　莊容儉德　慈顏長在　閫範垂型

## (四) 冊頁（主要為畢業題辭）

| | | | | |
|---|---|---|---|---|
| 力行近仁 | 士必弘毅 | 士先器識 | 大器晚成 | 仁為己任 |
| 友誼永固 | 文章華國 | 本立道生 | 任重道遠 | 好古敏求 |
| 好學近智 | 自強不息 | 君子務本 | 壯志凌雲 | 孜孜不倦 |
| 志道據德 | 扶搖直上 | 更上層樓 | 依仁游藝 | 居仁由義 |
| 知恥近勇 | 知類通達 | 青雲直上 | 前程似錦 | 盈科而進 |
| 乘風破浪 | 國家棟材 | 國脈是寄 | 術有專精 | 造詣精深 |
| 朝乾夕惕 | 雲程發軔 | 勤則有功 | 慎獨存誠 | 業精於勤 |
| 溫故知新 | 滄海程寬 | 精益求精 | 學以致用 | 學問初基 |
| 學無止盡 | 學貴及時 | 學貴有恆 | 藏休息游 | 鵬程萬里 |
| 鵬搏九霄 | 鵬閭高搏 | 鵬翼搏風 | 鶴鳴九皋 | |

## (五) 一般

### 1. 著作

| | | | | |
|---|---|---|---|---|
| 一字千金 | 大筆如椽 | 生花妙肇 | 名山事業 | 字字珠璣 |
| 風行遐邇 | 紙貴洛陽 | 國門可懸 | 移風易俗 | 都人爭寫 |
| 富國利民 | 揚聲中外 | 斐然成章 | 潤色鴻業 | 聲重士林 |
| 膾炙人口 | | | | |

### 2. 各項比賽

#### (1) 作文比賽

| | | | | |
|---|---|---|---|---|
| 才氣縱橫 | 文采斐然 | 文章天成 | 立論精宏 | 出類拔萃 |
| 吐辭不凡 | 含英咀華 | 妙筆生花 | 卓犖不凡 | 倚馬長才 |
| 胸羅錦繡 | 情文並茂 | 理闢精義 | 揚葩振藻 | 筆力萬鈞 |
| 筆力萬鈞 | 筆掃千軍 | 筆端泉湧 | 學冠群英 | 錦心繡口 |
| 錦花雕龍 | 黼黻文章 | 蘇海韓潮 | | |

#### (2) 書法比賽

| | | | | |
|---|---|---|---|---|
| 秀麗遒勁 | 凌雲健筆 | 國粹之光 | 筆力萬鈞 | 藝苑之光 |
| 鐵筆銀鉤 | | | | |

(3) 戲劇比賽

| 人生借鏡 | 技藝超群 | 依仁游藝 | 演技精湛 | 優孟衣冠 |
| 藝術之光 | 觀古鑑今 | | | |

(4) 演講比賽

| 口若懸河 | 立論精宏 | 宣揚真埋 | 音正辭圓 | 發揚正論 |
| 語驚四座 | 懸河唾玉 | 辯才無礙 | | |

(5) 球類或田徑運動比賽

| 允文允武 | 出類拔萃 | 弘揚體育 | 生龍活虎 | 先聲奪人 |
| 自強不息 | 我武維揚 | 技藝超群 | 技藝精湛 | 攻堅擊銳 |
| 身心並健 | 身手矯健 | 邦家之光 | 爭也君子 | 高尚技能 |
| 健身強國 | 健兒身手 | 強國強種 | 強種之基 | 強種興邦 |
| 教亦多術 | 望風披靡 | 術德兼修 | 發揚蹈厲 | 睥睨寰宇 |
| 樂群進德 | 積健為雄 | 龍騰虎躍 | | |

(6) 射擊比賽

| 一發中的 | 正己後發 | 有勇知方 | 百步穿楊 | 百發百中 |
| 尚武精神 | 射必有中 | 射擊能手 | 得心應手 | 智勇兼全 |

(7) 游泳比賽

| 水上英雄 | 活潑健壯 | 俯仰自如 | 智者樂水 | 矯首游龍 |
| 歡同魚水 | | | | |

(8) 單車比賽

| 天行唯健 | 日行千里 | 行有餘力 | 足轉乾坤 | 奔逸絕塵 |
| 前程萬里 | 風馳電掣 | 馬到成功 | | |

(9) 龍舟比賽

| 江上游龍 | 舟行若水 | 虎嘯龍吟 | 乘風破浪 | 鳳舉龍翔 |
| 龍飛鳳舞 | 擊楫中流 | | | |

3. **生育**

(1) 生子

| 子鍾蓮房 | 天降石麟 | 玉燕投懷 | 瓜瓞綿綿 | 石麟降世 |
| 百子圖開 | 芝蘭新茁 | 英聲驚座 | 荀龍薛鳳 | 喜德寧馨 |

| 喜聽英聲 | 熊夢徵祥 | 綵褓凝祥 | 鳳毛濟美 | 德門生輝 |
| 慶葉弄璋 | 積善餘慶 | 螽斯葉吉 | 雛鳳新聲 | 蘭階吐秀 |
| 麟趾呈祥 |

(2) 生女

| 小鳳新聲 | 弄瓦徵祥 | 明珠入掌 | 彩鳳新雛 | 喜得螽麟 |
| 掌上明珠 | 徵祥叶夢 | 慶葉弄瓦 | 輝增彩帨 |

(3) 雙生

| 玉樹連芬 | 珠璧聯輝 | 班聯玉筍 | 雙珠競秀 |

習作題

1. 請選擇任一副住家或寺廟張貼之對聯（需附實際作品之影像），分析其作法技巧，內容對仗之優劣。

2. 請以所就讀之學校與科系為主題，試作一對聯。

3. 請選擇任一懸掛之題辭（需附實際作品之影像），分析說明其格式與內容。

4. 請以朋友考試上榜或職務升遷為題，試作一祝賀題辭。

# 第四單元
# 自傳與履歷

簡貴崔、鍾屏蘭

　　自傳與履歷都是求學、求職時自我薦介的重要工具,彼此相輔相成,一般而言,自傳是以文章表達,履歷則以表格呈現,故兩者在功能、目的、內容與作法上仍有差異,撰寫時宜多加留意。以下依序介紹自傳、履歷。

## 壹、自傳

## 一、自傳的意義與目的

### (一) 自傳的意義

　　自傳是以文字書寫自己生平行事的文章。使用時機通常會是在升學考試如大學、研究所推甄、申請入學時,或是應徵公司行號、學校機關時,往往會被要求繳交一篇自傳。故自傳是面試時的基本資料,也是徵選人才的重要參考資料。

　　自傳淵源甚早,古代即有自傳,如司馬遷的〈太史公自序〉、曹丕〈典論自敘〉、劉勰〈文心雕龍序志〉、歐陽修〈六一居士傳〉等,其呈現方式或有不同,要皆不出自述生平、行事、文學主張。今日因社會環境需求,自傳主要用於升學考試或求職面試上,視為應徵人進入新環境必要的程序。

### (二) 自傳的目的

　　自傳既是陳述自己生平志趣的文章,透過文字書寫方式,呈現自我人格特質、專長、生涯規劃,讓閱讀者可以清楚了解撰寫者個人的背景、性格與能力取向,作為遴選人才考量的依據。顯然,撰寫自傳的主要目的,就是提供能被徵選上的有利資料。因此,如何寫出一篇充滿自信、明確清

晰的自傳，是一個極為重要的課題。

## 二、自傳的內容

自傳的寫作目的不同，寫作方式不一：有升學用的自傳，有求職用的自傳，到底自傳內容要涵蓋哪些項目才算周全？很難有一固定的形式。一般而言，無論升學或求職的自傳，都應仔細斟酌，凸顯重點和特色。

自傳所要著墨的重點，主要有以下幾項：

### (一) 個人基本資料

包括個人姓名、籍貫、住址等基本資料以及成長背景、家庭成員、父母的工作與家庭教育，尤其強調家庭教育對自己的影響，如：人際關係、興趣、習慣等的養成。此部分切勿長篇大論，點到即可。

### (二) 求學過程

依求學階段的時間先後，清楚扼要的說明各學習階段所經歷的人、事、物對自己的影響，包括學習態度、最突出的表現或影響你最深的師長或親人的言行，尤其是與應徵科系或工作有直接關係的經歷，應具體陳述，舉例說明。當然，參加校內外比賽、社團活動的經驗，以及獲得名次、獎金等足以表現個人能力的榮譽，都可以著墨。

### (三) 求職經歷

將個人過去服務過的公司機關、擔任職務、年資與工作績效，具體詳實臚列。尤應著重與應徵工作有關的服務經驗，如工作期間偶逢感人的事件，亦可放入陳述，讓徵選單位更容易了解應徵者的人格特質與能力取向。若是剛畢業無實際工作經驗的社會新鮮人，可以強調在學中擔任社團與班級幹部的領導、服務經驗；對剛服完兵役的初次求職者，也可以說明部隊裡的經驗與收穫。

### (四) 興趣與專長

人與人互動密切的多元社會，不能沒有本職（讀書求學或就業工作）外的興趣，也不能沒有本職上所需要的專長能力。興趣不必多，最好動靜態兼顧，讓徵選者了解應徵者是個具有正向思考、陽光熱情，有活力且身

心健康的人；專長是能力的表現，若專長與應徵性質相關，自然錄用機率
大，若與應徵性質無關的其他特殊專長，亦應加以著墨，畢竟這不是人人
都有的能力，也是應徵者另一項優秀的表現，徵選者當然會考量若應徵者
中皆無與應徵性質相同專長的人，那麼，特殊專長的人才儲備，未嘗不是
徵選人才的重點。

### (五) 對應徵單位的興趣與期望

　　不論是升學或求職需要，自傳內容必須說明為什麼要報考這個科系
或應徵這家公司的理由，當然會提到許多現實上的因素，如報考科系的師
資、課程、活動；公司的經營方式、產品、行銷等，都應予以適度的讚揚
並表達高度的興趣，尤其應將個人對應徵單位的興趣及期望，與自己未來
的生涯規劃相結合，表明自己在學校或公司會努力學習、發揮所長的意
願，讓應徵單位感受到你的誠意。

### (六) 生涯規劃

　　報考科系的自傳，可以陳述自己未來的讀書計畫，分階段敘寫，務必
要考量自己的能力、時間與課業等因素，務實規劃，切忌好高騖遠，不切
實際；求職的自傳，可以將過去的工作經驗、心得和目前應徵的工作作一
論述、分析，並提出個人未來的生涯規劃，讓應徵單位了解你對工作的態
度、認識與發展潛能。

## 三、自傳的寫法與注意事項

　　自傳是表現自己的另一種方式，這種方式是以文字書寫作為表現手
段。由於每個人的人格特質和優點不同，想透過文字表現自己的特色和風
格，自然也不一樣。若以升學或求職自傳而言，建議以散文體裁書寫為
要。以下介紹幾點自傳的寫作方式供參考。

　　(一) 個人基本資料含家庭背景略述即可，因此部分非應徵單位用人的
主要考量。另個人基本資料如姓名、出生時地、性別、住址等，亦可另外
標示於正文前，不必在文中一一說明，以免顯得呆板無趣。

　　(二) 學經歷與專長興趣是重點，宜詳述，可以先敘述再舉例，讓具體

實例輔助較為抽象的文字論述，使閱讀者更清楚、快速的接收訊息，了解應徵者所要傳達的內容。

　　㈢ 依撰寫大綱敘寫，原則上每項一段，五項則有五段；每段另設計可以凸顯重點的標題，標題宜具體明確，一望即知內容大意。

　　㈣ 自傳若無規定手寫，最好電腦打字，除非自己有把握可以寫出絕妙好字，否則不宜暴露字體不夠工整或字跡潦草的缺點。然電腦打字最常出現的錯誤是錯別字，尤其是同音異字的別字，一定要做到完成自傳後，再一次修正潤飾的功夫，或請人代為修改，這是一種認真、用心的態度表現，也是讓徵選者留下深刻印象的關鍵。

　　㈤ 自傳的字數不定，一般為千字以內。但撰寫者仍可以斟酌應徵單位的需求以及撰寫內容重點，適度、彈性調整字數，以凸顯自傳的特色與優勢。最重要的是，勿使自傳內容成為毫無特色與重點的流水帳。

## 四、自傳寫作的原則

　　自傳的字數不多，篇幅較短，卻要恰如其分的達到薦介自己的目的，委實不易。一般說來，自傳的寫作原則有以下幾點：

### ㈠ 構思要周詳嚴密

　　動筆撰寫自傳前，要先構思：就讀科系或求職單位是怎樣的一個機構？它們的性質如何？自己的專長要如何與就讀科系或應徵工作配合？有哪些的經驗、優異表現可以放入文中書寫？生涯規劃、理想目標為何？如何分項分段敘述？這些與內容及描寫方式相關的問題，都要在動筆前構思好，所謂「謀定而後動」，才能寫出有重點、有特色的自傳出來。

### ㈡ 思維要正向積極

　　自傳就是在宣傳、行銷自己，若要使徵選者動心、賞識，必須要有積極正向的思維，語氣堅定、不卑不亢，充滿自信。不管是敘述或舉例，字裡行間要洋溢著一股活力、熱情，千萬不要消極頹唐，悲情陳述，因為用人單位不是慈善機構，它要的是健康、自信、有能力的人，才能讓應徵單位不斷注入活水，生機無限。

## (三) 態度要真誠懇切

自傳固然有宣傳、行銷的作用，撰寫者當然要將自己的優點專長說出來，但不可言過其實，變成浮誇的大話，這是相當惹人厭、有損形象的表現。要做到語氣平實、態度誠懇，讓徵選者感受到你的穩重可靠，而不是予人光說不練、華而不實之感。

## (四) 敘述要有重點

分階段按時間先後順序的敘寫，如求學階段由小學、中學書寫至大學或研究所，是一種縱向的敘寫方式，可以清楚的呈現完整的求學經歷，是目前自傳普遍採用的方式。若能同時兼顧每一學習階段橫向的敘述，且聚焦重點著墨，這樣的重點敘述，會讓閱讀者有如提綱挈領般，很快就能掌握內容重點，是比較容易受青睞的。

## (五) 內容要具體

不論敘寫任何內容，都應具體陳述，如實呈現，最好能舉出實例說明，目的就是要讓徵選者了解應徵者個人特質。同時在內容中也可強調某一段經歷如求學、求職過程中的艱辛與榮耀，對未來的生涯發展或影響，扮演著重要的關鍵點，讓徵選者留下深刻印象。

## (六) 文字要流暢

文字要力求通順達意，不必在文句上過度講求形式上的縟麗華美，尤其是一些足以妨礙閱讀理解的特殊用字，都應摒棄不用。當然，如能寫出文情並茂的自傳，自然是上乘的文章。原則上，自傳的基本要求，應以文字流暢、意思明白為主。

除了上述幾點寫作原則應遵守外，他如標點符號的正確使用、文意的前後連貫、格式的正確、勿請他人代筆等，都應該注意。

# 五、自傳示例說明

## (一) 升學

### 一、大學前的學習成長

　　我住屏東，從小在父母親的帶領下進入了文學的領域，耳濡目染中國古典詩詞樂曲。父親是基層的公務員，雖然不是文人雅士，卻是一位對文學頗有興趣的性情中人；母親是滿懷愛心的幼教老師，在我三歲時，每天教我背唐詩、三字經，後來幫我報名參加民間的讀經比賽，拿了「狀元」的榮譽，這對我後來選讀中文系有直接的激勵作用。

　　大學前的學習階段，我屢次參加校內、校外的演講、朗讀比賽，因為不斷的挑戰與歷練，訓練了我臨危不亂的處事態度。高中之後曾擔任校刊編輯社的社長，在老師的鼓勵與指導之下，第一次走出文本，親自到民間進行田野考察，也因為校長和主任的拔擢，累積了主編校內刊物的經驗，同時也培養了對文字的敏銳度。

### 二、中文系的專業訓練

　　大學中文系四年，收穫滿行囊，尤其是治學方法，更奠立我研究的基礎。如大一修讀的「四書」課，我學會了做筆記的方法。那時我不僅把上課的筆記整理成冊，甚至連老師的笑話也都一一詳記，寫成了許多「番外篇」，練就了我文字創作的興趣與成就。另外，讓我決心走向學術研究這條路，是「治學方法」課，藉著這門課，我完成了短篇論文：〈從《風月》到《南方詩集》中屏東文人書寫的面向探討〉。目前正執行國科會大專生專題研究計畫：〈屏東地區的古典詩書寫與空間閱讀（1683～1945）〉，期許在未來研究所的學術訓練中，力求精進，更上層樓。

三、為屏東文學盡力

　　身為屏東人，應知屏東事。大學因選讀「民間文學」課程，讓我對屏東的歷史文化有更深層的了解，同時透過田野調查的訓練，也更加熟習紀錄的技巧。反思文化傳承的方方面面，堅信唯有留在屏東，繼續大學所修習的「台灣文學領域」課程，竭盡心力為孕育我成長的家鄉整理並傳承在地文學，這是我的理想，也是我小小的使命。滿懷理想與使命，卻學識淺陋，自知天地廣大而自己渺小，唯有虛心問學，方能有所成。故以駑鈍之質，報考碩士班，期厚實學力，為發展屏東文學而盡力，將是我未來努力的目標。

【說明】

　　本自傳篇幅不長，但目標明確，內容具體。標題的設計凸顯重點，能將自己的專長、優勢與報考的碩士班結合，尤其書寫「為屏東文學盡力」的理想目標，讓人感受到撰寫者態度的真誠懇切、思維的正向積極，值得參考。

(二) 求職

　　我是○○○，家住臺南縣麻豆鎮。從小生長在一個和樂的小康家庭，父親是公務員，母親是國小教師，我是家中的獨生女。由於父母親生長背景是物質較為缺乏的五○年代，養成他們勤儉樸實的生活態度，對我這個掌上明珠，並沒有像一般人想像的寵愛到有求必應的程度，反而常常拿周遭人物因奢華而破產或因勤儉致富的例子，當作茶餘飯後的閒談，有意無意間提醒我，要我「當用則用，當省則省」，也因此養成了我務實的生活態度。

　　我的個性隨和且樂於助人，因此，從小學開始一直到大學畢業，總是離不開為同學服務的機會，例如小學時擔任班長、風紀股長；中學時擔任學藝股長；大學四年擔任過班

代、活動股長、系學會執行秘書、宿舍委員會樓長，負責規劃活動事宜以及處理學系、宿舍和班級事務。由於就讀的學系是師資培育學系，為培養未來包班教學能力，必須練就一身好功力，除了教學理論知識外，課外的活動也要積極參與，曾協助學校校友服務單位辦理校友會、擔任系上研討會及校慶活動的工作人員；參加服務性社團，擔任隊長，值得一提的是，參加青輔會與教育部合作辦理的「教育優先區中小學生暑期營隊」活動，表現甚受肯定，因而再度獲得青輔會經費補助，至離島的澎湖風櫃國小帶領暑期營隊，也獲得學校補助至偏鄉的琉球國小帶營隊。這樣的歷練，讓我有良好的人際關係以及獨立堅強、勇敢面對挑戰的勇氣與魄力，同學常說我不像草莓族，更不像獨生女。我相信這些都是來自於父母親民主開放的教養方式，長久以來受到家庭教育的影響所致。

甫自大學畢業，為取得國小教師資格，先至國小實習，包括行政和教學兩部分。行政方面，分別於訓導處和教務處實習半年，協助舉辦集會、各項比賽、運動會及晚會活動，帶學童參加三天兩夜童軍營；在班級經營與教學方面，擔任六年級班級之實習老師，協助處理六年級級務、教導各式課程、處理學生事務，精進學生口語表達與溝通協調能力。也因能力受肯定，繼續留下來擔任一年的代課工作，分別接過低、中、高年級的班級，秉持著重視每一位學生、真誠面對關心孩子的家長、認真準備各項課程、公平有原則的處理班級事務的態度，得到不少寶貴的經驗與肯定。

在師資需求與供應失衡的大環境下，教職雖是我的最愛，終究不能不正視現實環境的冷酷，所謂「山不轉，路轉」，我改變了思維，分析自己的優勢與劣勢，決定轉換跑道，我選擇了可以嘗試並接受挑戰的商業領域。就這樣我以自己的強項英語、論文寫作通過甄選考試，並接受半年的經

貿課程與商務英語的實務訓練，透過撰寫企劃書、問卷分析、談判模擬、英語簡報及其他實務課程，對於國貿及職場有更深一層的認識，英文能力也精進不少。半年的培訓課程，有理論有實務，期望能將所學付諸實行，我相信「做中學」是獲取經驗的最佳方法，本著這樣的理念以及勇於嘗試新事物、對任何事物都抱著積極以赴的態度，我深信若有機會進入貴公司，它的意義與價值，不僅只是增加一個人力一份工作，更是個人與公司共創雙贏的機會。

　　感謝您閱讀這份自傳，希望未來能與您有更進一步的聯繫。

## 【說明】

　　本自傳書寫內容，主要聚焦在撰寫者三個不同時期的學習與工作經驗，包含大學時期的幹部、社團的經驗；畢業後的實習、代課經歷；以及就業相關的培訓經歷。在經驗的敘寫中，時時流露出撰寫者個人的學習與工作態度，讓閱讀者能具體掌握撰寫者的人格特質。撰寫者的思維正向積極，語氣堅定、不卑不亢，充滿自信。家庭背景略述，卻又能顯示出對作者品格的養成與影響。但個人興趣與專長、對應徵單位的興趣與期望、如何搭配個人的生涯規劃等觸及太少。字數稍多些，可以精簡求學時期的服務經驗，強調與應徵工作相關的培訓經歷，最好能配合具體事例說明。

# 貳、履歷

## 一、履歷的意義與用途

　　「履歷」二字的意義，「履」在此當動詞，有經歷的意思；「歷」在此當名詞，即指過去的經驗、歷程，「履歷」二字的合用，指人生平的經歷及資格。如今應用文中的「履歷」，即精簡記載個人學歷、經歷、專業能力，或其他特殊才能、性向的文件，因為一般多以表格呈現，故亦稱為

「履歷表」。

　　以當今的社會運作而言，履歷表被大量應用於求職或入學中，透過履歷表中各項簡要紀錄的綜合評估，可作為徵才部門或學術機構藉以甄選人才的初步依據，其重要性可見一斑。尤其在當今人才濟濟的社會環境中，透過履歷表來快速清晰呈現個人的專業特色，使它不僅是累積個人資料的表格文件，更是創立自我品牌的絕佳工具。因此，對社會新鮮人而言，一份以電腦製作得眉目清晰、充實精確的履歷表，是打開求職或升學之門的鎖鑰。

## 二、履歷的類別

　　履歷表隨使用時機、對象不同，形式、內容也不盡相同。依履歷表呈現形式可分為以下幾類：一、簡單履歷卡；二、詳細履歷表；三、公務人員履歷表；四、網路履歷表；五、自行設計的個人履歷表。各種形式的履歷表依工作性質及要求不同，適用範圍有別。

### (一) 簡單履歷表

　　簡單履歷卡的內容主要在於呈現求職者的「個人基本資料」，適用於無特定專業技能要求的一般性工作，如店員、作業員、工友……等。

### (二) 詳細履歷表

　　詳細履歷表的內容提供求職者更完整的專業技能、實務經驗、語言能力等資訊。適用於應徵中高階管理（如：經理、主管特別助理）、企劃（如：企劃師）或是具技術性要求（如：電腦工程師、醫生）之工作。

### (三) 公務人員履歷表

　　公務人員履歷表是政府專為公務人員任職時所設計的統一履歷表，僅適用於公務人員。

### (四) 網路履歷表

　　網路履歷表在使用上相當便利，除了結合網路傳送功能之外，亦可於填寫完畢後下載使用。網路履歷表可細分為兩種：1.各公司依徵才需求設計的制式履歷表；2.人力銀行為採用網路主動應徵之求職者所設計的制式

履歷表。求職者只需將制式履歷表中所列之項目填好，再以網路或是親洽徵才單位即可。目前各網路人力銀行皆有制式化履歷，求職者可以直接運用，主動應徵。

## (五) 自行設計的個人履歷表

這種是屬於求職者依個人狀況所量身打造的履歷表，兼具實用及展現個人特色的優點。一份具有個人特色的履歷表，除了可以凸顯出求職者的特質，也能夠為求職者加分。

總體而言，求職門檻越高，求職者在履歷表中所提供的訊息就要越詳細。若再根據履歷表使用性質不同，又可分成「求職」、「升學」兩大類：

## (一) 求職類

一份有效用的履歷表是求職的利器，求職者在填寫履歷或是自行設計履歷表時，除了個人基本資料要如實填寫之外，其他欄位的填寫則應以所要應徵職務相契合為宜。在工作經歷填寫上，只需填寫與所要應徵職務相關的工作經歷即可；在專業技能的填寫上，不論是已考取的證照、已通過的檢定以及符合所要應徵職務所具備的工作技能，填寫得越詳盡越好。

## (二) 升學類

升學用的履歷表，以結合履歷表、自傳、研究計畫三者最為普遍。透過這些備審資料以及各類佐證資料，讓審查委員得以初步評估學生未來的研究方向與潛能。審查委員在檢視各項備審資料時，往往特別著重履歷表，因為它最能直接凸顯考生個人特質與能力。升學用履歷表以「簡歷」呈現為佳，置於備審資料的首頁，除了個人基本資料外，學業成績、社團經歷、參賽紀錄、專長技能、獎學金與學術研究補助等，也是不可或缺的項目。

# 三、履歷的內容

履歷表以簡要完整、有條不紊呈現自我專長特色為原則，期使應徵單位在最短時間內能對個人獲得初步的認識與評估；特別應該視應徵的工

作性質，加以強調或凸顯自己的專長與能力，才能在眾多應徵者中脫穎而出。雖然市面上有現成的履歷表格式可供參考，但並不見得適合每個人，也未必適合應徵的工作性質，建議個人策劃製作一份個人專長與應徵條件充分結合的履歷表，其基本內容通常必須具備如下項目：

### ㈠ 基本資料

基本資料是個人的表徵，包括：姓名、籍貫、身分證字號、出生日期、年齡、性別、婚姻、身高、體重、個人相片，男性須註明兵役狀況等。個人基本資料要完備，讓人對你有初步整體印象。

### ㈡ 聯絡方式

包括通訊地址、永久地址、電話、個人行動電話、電子信箱、傳真等，各項資料務必填寫精確，以利應徵單位聯繫。

### ㈢ 學歷

填寫時應從最高學歷開始依序填寫，註明學校名稱、科系、修業年限等。

### ㈣ 經歷

經歷填寫時宜從最近工作經驗詳細填寫，註明單位名稱、起迄時間、擔任職務等，不要報流水帳，而應該重點突出自己的成就和貢獻。如果是社會新鮮人，則可以提供在學歷練與工讀經驗作為應徵單位的參考指標，若能列舉與應徵工作性質相關的經歷將更理想，如曾參與的社團、擔任幹部及舉辦活動等；這些經歷可以凸顯個人的特質，如志趣、領導能力、團隊合作、學習意願與成熟度等，所以社會新鮮人在校時所累積的學習經驗倍加重要。

### ㈤ 語文能力

在國際化的趨勢下，外語能力已成為一項必要的工作條件，尤其有意投入國際化或大規模的公司，具備優質的外語能力更是致勝關鍵。最好能註明使用狀況或等級，並附上語言檢定證明。此外，如果熟悉閩南語、客家話，或原住民語等鄉土語言也可列入，以供參考。

## ㈥ 專業訓練與專長

社會進步快速，學校所學已不足以應付工作所需，除了校內的實習訓練，如果曾參加校外的研習課程，或專業訓練，特別是與應徵工作相關者，也應加以記錄，一方面讓應徵單位了解個人具備相關工作能力，同時也表現積極上進的精神。其他無檢定證明的能力專長，例如刊物編輯、文章發表、程式設計、網站設計等等，只要是與工作相關的才學都應在履歷表上列出，有助厚實個人資歷，因此，對於個人專業訓練與專長務必詳實填寫，但是切忌誇大不實或瑣碎雜亂。

## ㈦ 榮譽與證照

領有任何證照或榮譽證明的相關專業技能也可標示在履歷表中，增加主考官對個人專業素質的印象加總，也增加專業素養的信任度。

## ㈧ 應徵項目

在履歷表上應註明應徵的工作項目，包括部門及職務，以便應徵單位甄選作業，如果應徵超過兩項，也應依序註明清楚。

## ㈨ 希望待遇

對新鮮人來說，由於缺乏正式工作經驗，對薪資結構、行情了解有限，一般以保守為宜，可填寫「依公司規定」，切忌填寫「面議」或留白。

# 四、撰寫履歷的注意事項

履歷表在求職過程中，是應徵者與求才單位之間的重要認識媒介，在雙方尚未正式見面時，履歷表就具有重要的功能，替求職者爭取進一步面試的機會，所以撰寫時需格外費心，使它發揮絕佳效益。當我們已經知道撰寫履歷表的基本內容後，還有以下幾項值得注意的事項：

## ㈠ 樹立自我品牌

市面上或電腦網站雖然提供許多制式的履歷表，但是為了凸顯自我特色，用心設計一份別出心裁的履歷表，已成為社會新鮮人必備的法寶。在這e化的時代裡，一份履歷表通常只有三十秒的時間被決定去留，如果能在簡明有條理的前提下，設計出具有「個人化」、「創意化」的履歷表，

一方面表現自己的誠意，另一方面也可以在千篇一律的相同格式中，凸顯自我的風格；但是千萬不要為了強化自我風格而標新立異，否則效果將適得其反。

### (二) 資料信實精確

　　履歷表最好以一頁（A4）篇幅為主，最多勿超過二頁，誠實列舉個人專長中切合徵才的條件，不要誇張虛偽、言過其實；但也不必過分謙虛，坐失被錄用的機會。通常業主會透過人事部門對履歷表的資料作進一步的查核；一旦查核出資料有造假之事，代表應徵者的誠信有問題，將難以錄取。其次，由於履歷表空間有限，最好改以數字或具體的事實來呈現個人成就，如TOEIC幾分、英檢幾級等。另外，表格項目之前後順序邏輯宜多觀照，如經歷必在學歷之後。又寫作履歷表，力求文字暢達簡練，避免使用錯別字、網路流行語（如「醬子」、「粉」等）。履歷表寫完後，應該再仔細校對檢查，以免出現錯誤。

### (三) 內容切合工作性質

　　履歷表的內容務必密合應徵工作的屬性，詳實填寫與工作性質有關的學歷、經歷、專長、證照及專業訓練等，不宜將同一份履歷表通用於所有的求職。

### (四) 版面簡潔大方

　　版面風格，得視所應徵的工作屬性，予以妥當地設計。通常富於創意的工作，較能接受花俏而有創意的履歷表；不過對於大多數的企業（含公務機關）而言，仍以典雅端莊的設計風格為宜。另外，整體應徵資料的歸納統整也很重要，除了履歷表，自傳、畢業證書、在校成績、專業訓練證明、工作經驗，或是榮譽獎狀、合格證照、創意作品等佐證資料（影印本）也應一併附上，所有文件依序編排，並製作封面裝訂成冊；若內容多元、附件資料豐富，可以編排目次，以方便求才單位易於翻閱。

### (五) 黏貼彩色相片

　　履歷表上的相片以形象端莊、精神飽滿為原則，建議以彩色二吋個人照為宜。為了留下誠敬莊重、有禮得體的印象，相片宜用正本。

## ㈥ 善用網路特性

　　許多徵才單位已習慣在網路上觀看履歷表，所以可在履歷表中善用網路「超連結」的特性，主動出發以吸引求才單位的注意。二十一世紀是資訊高度發展的世紀，人力銀行、網路媒體正逐漸取代傳統媒體，成為人求事及事求人的重要資訊來源，若能運用網路科技、廣泛蒐集資訊並進行分析，對找工作一定會有事半功倍的效果。

　　根據2008年1111人力銀行對社會新鮮人及企業聘用最新的調查，企業最忌諱的求職禁忌，如對應徵職務一無所知（32%）、假證照或假文件（32%），以及履歷表撰寫不完全、不真實（30%）等皆榜上有名。踩這些面試地雷可說不僅是對應徵單位、對工作，甚至是對自己的不尊重。建議新鮮人無論在求職或申請學校前一定要對該職務內容或學校系所做相當的了解，瀏覽相關網站，或請教前輩等。「凡事豫則立，不豫則廢」，在學期間若能從長計議，針對自己的志向與工作內容的特性，寫作妥當的履歷表，既能增取時效又能提升自己的競爭力。

# 五、履歷示例

## ㈠ 簡單履歷表

| 履　歷　表 | | | | | | | | |
|---|---|---|---|---|---|---|---|---|
| 姓名 | 中文 | | 性別 | | 兵役 | | 婚別 | （照片黏貼處） |
| | 英文 | | 出生年月日 | | 民國　年　月　日 | | | |
| 籍　貫 | | | 身分證字號 | | | | | |
| 通訊地址 | | | | | | | | |
| 聯絡電話 | | | E-mail | | | | | |
| 學　歷 | 1. | | | | 2. | | | |
| | 3. | | | | 4. | | | |
| 經　歷 | 年　月～　年　月 | | | | | | | |
| | 年　月～　年　月 | | | | | | | |
| | 年　月～　年　月 | | | | | | | |
| 專業證照 | 1. | | 2. | | 3. | | 4. | |
| 語言能力 | | | 特殊專長 | | | | | |
| 應徵職務 | | | 希望待遇 | | | | | |

## (二) 詳細履歷表（含自傳）

| 履　歷　表 | | | | | | | | |
|---|---|---|---|---|---|---|---|---|
| 姓名 | 中文 | | 性別 | | 兵役 | | 婚別 | （照片黏貼處） |
| | 英文 | | 出生年月日 | | 民國　年　月　日 | | | |
| 籍　　貫 | | | 身分證字號 | | | | | |
| 通訊地址 | | | | | | | | |
| 聯絡電話 | | | | E-mail | | | | |
| 應徵職務 | | | | 希望待遇 | | | | |
| 學　　歷 | 1. | | | | 2. | | | |
| | 3. | | | | 4. | | | |
| 經　　歷 | 　年　月～　　年　月 | | | | | | | |
| | 　年　月～　　年　月 | | | | | | | |
| | 　年　月～　　年　月 | | | | | | | |
| 專業證照 | 1. | | 2. | | 3. | | 4. | |
| 語言能力 | | | | 特殊專長 | | | | |
| 自　　傳 | | | | | | | | |

## (三) 自行設計的個人履歷表

### 1. 升學用（研究所推甄）

| 履　歷　表 | | | |
|---|---|---|---|
| 姓名：曾美麗 | | | 照片黏貼處 |
| 報考所別：國立中山大學中國文學系研究所碩士班（甄試） | | | |
| 學校：明道大學 | | 系級：中國文學系 | |
| 聯絡電話： | | E-mail： | |
| 身分證字號： | | 出生日期：1984.12.31 | |
| 戶籍地址：彰化縣北斗鎮中正路○號 | | | |
| 通訊地址：（同上） | | | |

一、社團經歷與學業成績

| 學年學期 | 幹部經歷 | | 學業成績 | | |
|---|---|---|---|---|---|
| | 參與社團／組織名稱 | 職稱 | 學期總平均 | 操行成績 | 班排名 |
| 94/02 | 玩家俱樂部 | 社長 | 93.8 | 92 | 1 |
| 94/01 | 思齊書法研究社 | 文書 | 90.5 | 92 | 2 |
| 93/02 | 中文系2年B班 | 班代 | 89.2 | 93.5 | 2 |
| 93/01 | 學生議會 | 議員 | 91.4 | 92 | 1 |
| 92/02 | 老饕咖啡研究社 | 文書 | 90.7 | 90.5 | 1 |
| 92/01 | 中文系監事會 | 委員 | | | |

二、參賽紀錄

| 年／月／日 | 名稱 | 類／組別 | 名次 | 備註 |
|---|---|---|---|---|
| 2006/03/25 | 第一屆思齊藝文薪傳獎 | 詩歌類 | 佳作 | 校內 |
| 2005/12/29 | 全校性藝文競賽 | 作文類 | 第二名 | 校內 |
| 2005/03/26 | 2005校慶散文比賽 | | 第三名 | 校內 |
| 2004/12/27 | 全校性藝文競賽 | 作文類 | 第三名 | 校內 |
| 2004/06/09 | 全校性藝文競賽 | 作文類 | 第二名 | 校內 |
| 2004/05/14 | 九十二學年度教孝月書法比賽 | 楷書組 | 佳作 | 校內 |
| 2004/03/03 | 大專盃第一屆臺灣區書法比賽 | 大專組 | 佳作 | 校外 |

三、技能專長

| 電腦專長 | 1. 電腦文書處理 | 2. 影像編輯及處理 |
|---|---|---|
| 證照資格 | 1. TQC認證 | 2. MOS認證 |
| 其他檢定 | 全國作文檢定六級、作文師資培訓 | |
| 語文專長 | TOEIC英語認證、全民英檢中級 | |

四、獎學金與學術研究補助

| | |
|---|---|
| 獎學金 | 94學年度第二學期書卷獎 |
| | 94學年度第一學期書卷獎 |
| | 93學年度第二學期書卷獎 |
| | 93學年度第一學期書卷獎 |
| | 92學年度第二學期書卷獎 |
| | 92學年度第一學期書卷獎 |
| | 第一屆思齊藝文薪傳獎（文學創作類） |
| | 第二屆思齊藝文薪傳獎（文學創作類） |
| 學術研究補助 | 國科會大專生參與專題研究計畫補助 |

## 2. 求職用

(1) 社會新鮮人（應徵國小安親班電腦老師）

### 履 歷 表

| 個人基本資料 | | |
|---|---|---|
| 中文姓名：陳淑芬 | 性別：女 | 照片黏貼處 |
| 籍貫：臺南縣 | 身分證字號： | |
| 出生日期：1988/5/5 | 年齡：23 | |
| 聯絡電話：（住家） | （手機） | |
| 電子信箱： | | |
| 通訊地址：高雄市楠梓區右昌街○○號 | | |

| 學 歷 | | | |
|---|---|---|---|
| 學校名稱 | 系／所 | 修業期間 | 畢（肄）業 |
| 國立屏東教育大學 | 資訊科學系 | 2005.9～2009.6 | 畢業 |
| 國立高雄高工 | 資訊科 | 2002.9～2005.6 | 畢業 |

| 經　　歷 | | |
|---|---|---|
| 項　　目 | 職稱／名稱 | 時　　間 |
| 幹　　部 | 1. 班代 | 2006.2-2006.6 |
| | 2. 風紀股長 | 2007.2-2007.6 |
| | 3. 電腦研究社社長 | 2006.9-2007.1 |
| 社　　團 | 電腦研究社 | 2005.9-2009.1 |
| 工作經驗 | 1. 高雄市政府ROT企劃案編輯 | 2005.9-2005.12 |
| | 2. 高雄市壽山山海戀休閒主題餐廳專案網站設計 | 2006.1-2006.3 |
| | 3. 高雄市武術協會專案網站設計 | 2006.1-2006.6 |
| | 4. 國立屏東教育大學語文中心專案網站設計 | 2007.9-2008.1 |
| | 5. 國立屏東教育大學資科系網站 | 2008.9-2009.1 |

| 技　能　專　長 | | |
|---|---|---|
| 電腦專長 | 1. 電腦文書處理 | 3. 套裝軟體應用 |
| | 2. 影像編輯及處理 | 4. 程式設計 |
| 證照資格 | 1. TQC認證 | 2. MOS認證 |

| 語　言　能　力 | | |
|---|---|---|
| 種　　類 | | 程　度（精通、中等、略懂） |
| 外　　語 | 英語 | 精通 |
| | 日語 | 中等 |
| 方　　言 | 臺語 | 精通 |
| | 客語 | 中等 |

| 應　徵　項　目 | |
|---|---|
| 應徵職務 | 國小安親班電腦老師 |
| 薪資待遇 | 依公司規定 |

(2) 已有工作經驗者（應徵電腦系統管理師）

## 履　歷　表

| 姓　　名 | 林俊雄 | 性　　別 | 男 | 照片黏貼處 |
|---|---|---|---|---|
| 出生日期 | 1981年1月1日 | 年　　齡 | 30歲 | |
| 籍　　貫 | 臺灣宜蘭 | 役　　別 | | |
| 婚姻狀況 | 未婚 | 身分證字號 | | |
| 通訊地址 | 臺中市西屯區文心路二段○號 | | | |
| 電子信箱 | | | | |
| 聯絡電話 | （住家） | | （手機） | |

| 學　　歷 | 學校名稱 | 系／所 | 修業期間 | 畢（肄）業 |
|---|---|---|---|---|
| | 逢甲大學 | 資訊工程研究所 | 2006.9～2008.6 | 畢業 |
| | 中興大學 | 資訊科學與工程學系 | 2000.9～2004.6 | 畢業 |
| 經　　歷 | 服務單位 | 職　稱 | 任職期間 | |
| | 創意影像科技公司 | 網頁程式設計師 | 2008.9～迄今 | |
| | 中興大學資訊科學與工程學系 | 研究助理 | 2005.08～2006.08 | |
| 專業技能 | Internet網站建置與維護、程式設計 | | | |
| 專　　長 | 電腦系統維護、程式設計 | | | |
| 證照資格 | TQC認證、MOS認證、TOEIC英語認證、日語檢定二級 | | | |
| 語言能力 | 國語、英語、日語、臺語 | | | |
| 應徵職務 | 電腦系統管理師 | | | |
| 希望待遇 | 依公司規定 | | | |

## 習作題

1. 自傳有何功能？撰寫自傳時應掌握哪些原則？

2. 擬定自傳綱要，可以輔助撰寫者清楚掌握撰寫順序與內容重點，請以升學為目的，擬定一篇自傳的大綱。

3. 請就所學，撰寫一篇千字的職場新鮮人的自傳。

4. 請利用學校E-portfolio（數位學習歷程檔案系統），編輯一份應徵履歷表。

5. 以二至三位同學為一組，彼此檢視自己設計的履歷表，並指出優缺點。

6. 臺南華昇作文班徵求作文教師一名，請撰寫一份應徵履歷表。

# 第五單元
# 廣告文案

黃惠菁、陳劍鍠

## 壹、廣告的定義

　　廣告的定義十分廣泛，從字義上解讀，其實就是「廣而告知」。具體而言，廣告應該是對一項產品、一個理念或一個政策做有目標而且有系統的宣傳活動。廣義的廣告，包括非經濟廣告和經濟廣告。非經濟廣告指不以營利為目的的廣告，又稱為「公眾宣傳」，其目的在溝通觀念或傳達重要資訊，促使大眾信服而實行，如政府行政部門、社會事業單位以及個人的各種公告、啟事及聲明等。狹義廣告僅指經濟廣告，又稱商業廣告，專指以營利為目的的廣告，通常是商品製造者或經營者和消費者之間溝通資訊的重要手段，或企業占領市場、推銷產品、提供服務的重要形式。統而言之，所謂的「廣告」，主要是透過電視、網路、招牌、海報等大眾宣傳媒體，把訊息傳達給不特定的大眾，說明商品或服務的存在價值及顧客所能得到的利益，經過消費者的理解和滿意後，激起了購買慾望或特定觀念的認同感，順利達成最終目的一種宣傳手段。

　　綜合上述的說法，不論是經濟廣告或非經濟廣告，其具備的共同特色如下：

## 一、具有傳播的功用

　　廣告是將特定機構所負責生產或提供的商品訊息，傳遞給一群消費者或普羅大眾。此種傳遞訊息給一大群人的廣告方式通稱為「大眾傳播」。如：各大百貨公司的促銷活動，即是藉由看板將廣告資訊傳達給每位消費者。若由一個推銷員面對面的向一位顧客傳遞資訊則屬個人傳播，二者的

內涵是不同的。

## 二、帶有說服的效能

　　所謂說服性的效能，主要是指廣告運用了許多不同的策略，將資訊傳遞出去後，能夠被大眾普遍接受。它的最終目的就是要讓閱聽大眾接收傳遞的資訊內容，從而去進行某一些資訊中所要求的消費行為或配合活動的表現。例如電視上許多的牙膏廣告，均是藉由牙醫師的專業形象建立說服力，促使消費者了解並信任該項產品的功效，進而產生消費行為。

## 貳、廣告的目的

　　對廣告主而言，廣告的最終目的，就是追求有效傳播。所謂「有效傳播」，指的是廣告經由表達、傳播進而達成廣告目的的理想過程。所以，做為一種有目的、有責任、以說服和誘導消費者產生消費（或實踐）行為的訊息傳播活動，廣告正是以銷售的獲得（或行動力的完成）做為自己的最終目的。

　　廣告的有效傳播可說是透過溝通，建立與消費者的獨特關係，賦予品牌一個生命靈魂，讓消費者輕易地與競爭品牌區別其中差異。它給消費者一種穩定又親密、可以信賴的感覺。雖然對廣告主而言，一個成功的廣告只有兩個指標：一為消費者是否喜歡這個廣告；二為消費者是否相信廣告中所言，產生消費的行為。但若以長遠性的影響來檢視廣告的效益，應從三方面入手：認知、態度與行為。認知方面包括對商品的知覺、需求和記憶、理解；態度則是指對企業或產品的形象、定位、情感方面的影響；行為方面則是廣告影響消費者選購的比例及重複購買的可能性。綜合以上所述，廣告的有效傳播可由以下幾項指標來做總體觀察：

　　1. 廣告是否提高產品品質。
　　2. 廣告是否維持品牌持久度。
　　3. 廣告傳播是否降低產品單位成本。

4. 廣告是否加速產品標準化。

5. 廣告是否增加銷售業績。

6. 廣告是否增加企業利潤。

7. 廣告是否塑造企業的良好形象。

8. 廣告是否傳達正確經營理念，改善社會風氣，促進社會繁榮。

9. 廣告是否維持與消費大眾良好的互動關係。

10. 廣告是否改變消費者的購物習慣和態度。

　　廣告的目的，主要是向消費者介紹產品，進而達成促銷目的。也因為銷售是其最終目的，所以，許多廣告往往過度誇張產品的性能與特點，使得許多閱聽大眾在接收廣告訊息後，被引導想像，產生了消費行為，等到取用商品後，發現不如預期設想，就開始對「廣告」採取懷疑，甚至不信任的態度，這種結果對永續經營的企業主來說，不僅沒有建立良好的形象特質，反而對商譽是一種傷害。

　　一般來說，好的廣告不僅能滿足大眾「知」的權利，也能建構他們生活的新觀念。分析人們不喜歡廣告的原因，不外乎「看不懂」或太抽象，重複性太高，缺乏創意。例如幾年前有一家口香糖廣告，廣告採用意識型態，結果造成大眾「莫名其妙」，無法將廣告與商品內容連結。雖然看似有創意，顛覆傳統拍攝手法，但是針對產品本身的特質來說，反而無法得到消費者認同。另外，還有一些廣告受限於產品的性質，訴求對象有狹隘傾向、令人感覺低俗而缺乏共鳴，所以被閱聽大眾所排斥。

　　當然，也有不少人喜歡看廣告，即使曾被廣告誤導，造成消費不當，卻仍然保有看廣告的興味。歸納喜歡看廣告的人的理由，主要是廣告可以：

# 一、反映潮流

　　廣告內容能夠抓住社會脈動，掌握流行資訊，帶出市場趨勢，讓許多人藉由廣告的放送、接收，看到世界的多元與進步。例如：3C產品的廣告，日新月異，它反映了科技的尖端發展。以超薄筆電為例，國外某一家

著名電腦公司的平面廣告，就是將一台筆電設計掛在衣架上，以凸顯產品「輕而薄」的特色。

## 二、賞心悅目

　　現今的廣告包裝，日趨精緻，為了展示商品的魅力，往往借助角色代言，以鎖住人們視覺的焦點。廣告界談代言有所謂的「三B」原則 —— 即 Beauty（美女）、Baby（小孩）、Beast（動物），這三種角色代言最能喚起人們的共感，所以，長期以來就是廣告商合作的對象。例如：臺灣的家電產品就屢屢以美女為代言，配上優雅姿態，帶出產品的高貴精緻，或性能優越等。

## 三、流行話題

　　對廣告商而言，接受企業主（或廣告主）委託製作廣告，其目的主要是帶動消費能力，但是廣告成功的第一步，就是製造話題，觀察該廣告是否走入群眾生活。目前市面上有許多廣告行銷是成功的，其中的標語深植人心，甚至成為人們打招呼的習慣用語。例如：目前市面上有一些咖啡廣告行銷是成功的，其中的標語深植人心，甚至成為人們打招呼的習慣用語。

## 四、想像空間

　　每一支廣告的時間都不長，僅能在有限的時間或空間中，在特定的媒體上呈顯產品的精華。因此，廣告的內容安排便成為大學問，必須不斷思索如何「以少總多」，以經典畫面烘托產品的價值，提供觀賞者更大的想像空間。對消費者而言，想像愈大，愈能激起個人消費的欲望。例如：汽車、房屋廣告，往往以親情為訴求。汽車是移動的房子，不論休旅車或房車都具有家庭式的休閒功能。閱聽大眾正是透過廣告的播送，可以一再想像家人出遊的溫馨甜蜜，擁有這輛車便成為消費者人生中的可能「夢想」。

## 五、消費選擇

在忙碌的工商社會中，廣告成為人們生活的一部分，不論食、衣、住、行、育、樂都可藉由廣告初步了解產品的特質或功能，資訊公開，廣告就成為消費者認識商品的第一類接觸。人們的購物習慣許多時候是透過大量的廣告接收，再加以整理比較，也許是外觀的斟酌，也許是性能的考量，更可能是價格的左右，從而選擇較為適合的商品。例如：許多家庭主婦都有收集大賣場ＤＭ廣告的習慣。

根據學者所做的調查顯示，74%的消費者認為廣告會刺激大眾購買一些不必要的東西；69%的閱聽大眾相信產品的價格會因為廣告而增加；69%的人認為廣告讓人買了一些有害無益的商品。這些研究數字顯示，大多數的人認為廣告會扮演誤導的角色，讓人做了非理性的選擇。但從另一方面來看，廣告會讓人陷入迷思，正表示它確實有吸引人注意的地方，這是因為隨著科技的進步，廣告攝製的內容較以往更為精緻，更有創意。所以，即使明知其中可能有「誇大不實」的部分，人們仍然不排斥觀看廣告。但是，消費者畢竟是聰明的，幾次錯誤經驗後，也開始學會對廣告做進一步的思考與反省，讓消費行為更為理性。因此，企業主對廣告的包裝，除了文字動人、印刷精美、畫面精緻、音樂悅耳外，也逐漸注意到訊息傳遞的明確性，期望在廣告打入人們生活話題的同時，不僅使商品收到銷售效益，也建立起企業值得信賴的經營形象。

## 參、廣告文案的內容

一般而言，廣告訊息的傳播可以分為語文型態與非語文型態，前者著重於文案的表現，後者則是偏於藝術導向的創作。

所謂「廣告文案」主要是以語文做為廣告內容訊息傳播的媒介，它可以是靜態的書面表現，如報紙、雜誌、海報等平面媒體；也可以是動態的技術操作，像電視廣告的旁白及廣播廣告的文稿等，這些都屬於語文型態的廣告訊息，都可稱為「廣告文案」。廣告文案也有廣義和狹義之分：廣

義的廣告文案就是指通過廣告語言、形象和其他因素，對既定廣告主題、廣告創意所進行的具體表現，書寫內容包括標題、正文、口號的撰寫和廣告形象的選擇搭配。狹義的廣告文案則指表現廣告訊息的言語與文字，其內容包括標題、正文、口號的撰寫。

# 一、標題

　　標題是廣告文案的靈魂，是視覺集中的焦點，往往也是廣告內容訴求的重點。它的作用在於吸引人們對廣告的注目，留下印象，帶動人們對廣告的興趣。 一般而言，50%－75%的廣告效果是來自於標題的感染力，只有當閱聽大眾對標題產生興趣時，才會決定是否繼續閱讀正文或收聽訊息。人們在進行無目的的閱讀和收看時，對標題的關注率相當高，特別是在報紙、雜誌等選擇性、主動性強的媒體上。因此，廣告人員在進行文案寫作時，總是將標題的製作視為一個非常重要甚至是首要的工作。

　　至於如何引起消費者注意力的部分，可以從一些字句的使用上，達到設定的效果，如：「宣佈……」、「減價」、「免費」、「贈送」等等具有吸睛效果的字眼，讓消費者對廣告駐足。除此，廣告標題撰寫時還應當儘量展現產品的特點，彰顯消費者利益之所在，引發其購買的興趣。而表述的語言儘量簡明扼要，集中精煉，主題清楚，易懂易記，句子中的文字數量一般掌握在12－15個字以內為宜，讓消費者在第一時間即能留下深刻印象。也可以用問話的形式或宣佈的方式及命令的方法，乃至新聞報導的模式，具備衝擊力，將主題點出，如此一來，也就有使讀者非看不可的強烈動機。

　　廣告標題的設想，一般可分為：

## (一)直接標題

　　直接標題是以簡明的語言直接表明廣告內容，使人們一看便知要推銷的商品，並了解到消費的實質好處。例如：「全家用威寶電信，省！更省！再省！」（威寶電信提供）該家電信公司透過直接標題的陳述，讓消費大眾清楚明白使用該公司產品，必能省荷包，變成「省錢達人」。

又如：「法國香奈特葡萄酒風靡全球　銷量NO1」（法國香奈特葡萄酒廣告，陸海洋行提供）亦是直接表述銷售情形，讓顧客充分認知其產品的優越性，產生消費的信心。

## (二)間接標題

標題中並不直接出現所要推銷的商品內容，而是利用藝術手法暗示或誘導消費者，引起閱讀興趣與好奇心理，再於廣告正文中說明商品特點與內容。例如：某家高級汽車公司的平面廣告：「有多久沒有放任自己的心」，因為該商品的消費族群主要是久坐辦公室中的上流階層，所以商品的訴求是讓他們認為買好車是放鬆自己的一種行為。以解放心情來吸引閱聽大眾的眼光，消費者因好奇自然就會往下閱讀，達成廣告主的訴求。又如：某一家專賣女性服飾商品的平面廣告的標題即是「預見美麗自己」，告訴閱聽大眾新裝上市，顏色、樣式令人驚豔，暗示只要穿上他們的衣服便可想像自己將是眾人的焦點，預先看到美麗的自己。

另外，就形式來看，廣告標題可採以下幾種表述方式：

### 1. 說服式

以理性或當頭棒喝的口吻改變消費者的習慣，讓消費者接受說服。

### 2. 敘述式

用較為平實的敘述式語氣做為標題。例如：「米其林　為您把關行車安全」（米其林忠欣公司提供）。

### 3. 設問式

行文的方式改由反問或詰問的語氣，讓消費者驚豔或驚覺問題的所在。

### 4. 抒情式

以較為委婉並帶感情或情緒的語言做為標題。例如：「慈母心，豆腐心」（中華豆腐廣告，恆義食品提供）。

### 5. 詩句式

以類似詩句的形式出現，讓人產生美感的知覺。例如：「當春風遇上故宮　藝術走入生活中」（春風面紙廣告，正隆公司提供）。

### 6. 誘惑式

　　以少量的代價取得最大的收益，就是誘惑式寫法慣常使用的方式。例如：「買大金，送大金」（大金冷氣廣告，和泰興業提供）。

## 二、副標題

　　副標題有詮釋廣告概念的功能，安排出現在主標題與正文之間，一般出現在主標題之後，文字比主標題長，但比正文要短。其功能主要在解說或補強標題的說服力，將讀者的視線進一步引導到正文的說明。通常廣告文案上除了有一個主標題外，可能還會有一個或二個副標題，位於主標題的上下左右，此種形式或稱為「複合標題」。有時，廣告也可能只有安排主標題與正文，並無副標題類項。主標題往往以藝術的手法表明一個引人入勝的思想，副標題則多是說明產品的名稱、型號、性能等，目的在於進一步補充和擴展主標題的含義。因此，複合標題有時雖會失去一點引人好奇的價值，但卻能使消費者立即明白引起他們好奇的究竟是什麼產品。因此，好的副標題仍然可以加深閱聽大眾的印象，刺激消費者繼續閱讀正文，產生探索產品特質的欲望。如果遇到沒有耐心閱讀廣告的消費者，其視覺通常只能停留在主、副標題上，這時，副標題也就扮演重要的溝通及認知角色。例如：「主標題─樸真。副標題─每一次萃取都是傳承」（丸莊醬油廣告，丸莊食品提供）、「主標題─給我自信　輕鬆做自己。副標題─發現乾爽自信的新動力」（靠得住衛生棉廣告，金百利克拉克台灣分公司提供）、「主標題─英國皇室御用　享譽歐洲200年。副標題─讓沐浴成為一種享受　芳香成為一種魅力」（達琳廣告，達琳國際提供）。

## 三、正文

　　好的主標題或副標題雖可以吸引消費者目光，但真正刺激消費者產生購買慾望的，則是來自於正文的說明。廣告正文是對企業所販售的產品及服務，以客觀的事實、具體的說明，來增加消費者對該產品的了解與認

識，提供正確合理的消費訊息。廣告正文也可當副標題使用。長篇大論的廣告正文，則必須先擬定結構，再做層次上的敘述，段落分明，才能將標題明確表達出來。

　　基本上，正文的介紹必須掌握商品的特點，以精確的語言做真實的描述，避免陳腔濫調的說法，可以以感性的語調做訴求，讓產品得到適當的包裝。忌諱過度的渲染與保證，以免造成閱聽大眾在消費行為產生後，因期待的嚴重落差，對產品感到失望，無法建立口碑，導致消費糾紛層出不窮，影響甚大。

　　通常廣告的正文是最不能吸引消費者注意的部分，但因其佔有的版面最大，以較小的字表現在較大的空間容量中，相對可以發揮說服力的地方也就更多。它必須與標題相互配合與銜接，藉由標題所引起的注意力，順勢而下，掌握說服契機，繼續發展，讓消費者的好奇與興趣得到充分滿足。

　　由上可知，廣告正文在寫作上必須注意兩件事：一是內容最好圍繞在廣告商品的名稱、規格、性能、價格、質量、特點、功效和銷售地址等訊息，以客觀事實的構思，富有情感的語氣，增強對消費者的說服力；二是掌握和洞悉消費者心理需求，了解市場趨勢，以重點凸出、簡明易懂、生動有趣、具有號召力的語言進行書寫，以完成傳達與刺激消費的目的。

　　一般正文的敘寫習慣，可分以下幾種型態：

### 1. 敘事式

　　清晰地表明廣告的訴求對象和訴求內容。向消費大眾提供完整而具體的廣告訊息。奧美廣告創辦人大衛・奧格威就認為這種方式是直接而有效率的，所謂「不要旁敲側擊──要直截了當」。例如：飲品廣告。

### 2. 推薦式

　　正文中以確切的資料、數據為敘寫背景，並由專家、知名人士或使用者現身來推廣給消費者，達到背書的目的，自然會有不錯的效果。例如：保健食品廣告。

### 3. 對話式

　　藉由兩人一問一答中帶出產品的性能與效果，解除一般消費者對該商

品的疑惑。例如：保險理賠廣告。

### 4. 比較式

比較其他品牌的不同，特別是使用前與使用後的差異來說服消費者。例如：減肥商品廣告。

### 5. 階段式

將產品操作過程一一呈顯，讓其中的效用發揮出來。例如：家用洗潔劑廣告。

## 四、口號

口號或稱標語，是策略性的語言，也是最能表現企業的精神所在。它通常用來詮釋企業的經營宗旨，理念及精神，甚至融入了商品特性。其特色是簡單明瞭，朗朗上口，目的在「吸引」消費者的注意，透過反覆的出現，增強消費者的印象，認知商品的特性或企業的服務精神。因為簡短易記，所以自然成為推廣商品不可或缺的要素。廣告口號的撰寫必須要簡潔明白、具有創意、生動有趣、便於記憶，才能對產品的宣傳產生加分的效益。之前行之有年的「廣告金句獎」，即在選拔深植人心的「口號」，活動中出現不少令人印象深刻的好作品，例如：「他傻瓜，你聰明」（柯尼卡相機廣告，永準貿易提供）、「全家就是你家」（全家便利商店廣告及提供）。

一般人對廣告口號與標題的認識，常常有混淆不清的狀況，如果從兩者的功能性、語言性、時效性及資訊性等方面來看，就能從中分別差異：

### (一) 功能性

廣告口號是為了加強企業精神、商品和服務的一貫性、希望建立消費者長期的印象而寫作的；至於廣告標題則是為了使每一則在特定時空下的廣告作品能得到大眾的注意，吸引消費者進一步閱讀廣告正文而創作者。

### (二) 語言性

廣告口號因為考量企業精神與商品對大眾的傳播，重視效應的形成，所以，在語言表達風格上強調口語化、平易的特徵，自然、生動、流暢，

給人以琅琅上口的音韻節奏感，甚至成為消費者日常的生活語言，具有號召力的特色。而廣告標題比起廣告口號，它的表現功能著重在新穎、有特色、吸引人，甚至可以標新立異，聳動視聽，因為它在廣告中具有提綱挈領、引導消費者閱讀廣告的重要目的，因此，它可以是生動流暢的口頭語，也可以是文縐縐的書面語。

## (三) 時效性

　　廣告標題是在特定的時空下，傳達企業產品的內容，所以，一則一題，在每一則廣告中，標題都是不同的。因為是為特定的內容服務，所以存在的時間也較為短暫。而廣告口號是廣告主在長期廣告過程中的一貫運用，其存在目的，是希望成為一個企業或商品的永久形象，深植大眾心理。因此，廣告口號存在的時間長，而廣告標題所運用的時間短；廣告口號運用的範圍廣，而廣告標題使用的範圍窄。

## (四) 資訊性

　　廣告口號所傳達的資訊，一般是企業的特徵、宗旨、商品的特性、服務的特徵等等，是企業、商品和服務形象的包裝與體現。至於廣告標題主要是為了吸引消費者目光的注意，所以其主題可以採用和廣告口號中相同的內容，也可以表述不同的資訊內容。

　　一則優秀的廣告口號總是被人們長時間的反覆使用，這實際上是對企業品牌的一種長期投資。人們接受了廣告口號，也接受了一種高品味的企業文化，接受了文字美感的薰陶和享受。其中語言的生動形象、意境的優美呈現，充分體現了文字語辭、句式安排及音韻修辭等技巧的理想運用。綜合整理廣告口號，約有下列數種表現方式：

## (一) 誇飾

　　將客觀的事物或現象加以放大或縮小，以強化表達的效果。例如：「全家就是你家」（全家便利商店廣告及提供）。

## (二) 對比

　　把相互對立的觀念或事實，放在一起加以較，藉以增強語氣。例如：「肝哪無好，人生是黑白的；肝哪顧好，人生是彩色的」（329許

榮助保肝丸廣告及提供）、「他傻瓜，你聰明」（柯尼卡相機廣告，永準貿易提供）、「要刮別人的鬍子之前，先把自己的刮乾淨」（舒適牌刮鬍刀廣告，美商勁量舒適臺灣分公司提供）。

### (三) 對偶

將字數相同、語法相似的文句，成雙作對地排列。例如：「慈母心，豆腐心」（中華豆腐廣告，恆義食品提供）。

### (四) 類疊

把同一個字詞或語句接二連三，反覆地使用。例如：「有點黏又不會太黏」（中興米廣告，聯米企業提供）。

### (五) 鑲嵌

在廣告語中順勢插入特定字詞（如：產品名稱）。例如：「一家烤肉萬家香」（萬家香醬油廣告及提供）。

### (六) 排比

用三句以上結構相似的語句，來表達相關內容。例如：「什麼都有，什麼都賣，什麼都不奇怪！」（Yahoo！奇摩拍賣廣告，香港商雅虎台灣分公司提供）。

### (七) 押韻

兩句以上的語句末字所使用的韻腳相同，琅琅上口。例如：「我不認識你，但是我謝謝你！」（中華血液基金會廣告，台灣血液基金會提供）。

### (八) 雙關語

以同音或相似之讀音來表達，造成字意的兼指，或字音的諧聲和語意的暗示。例如：「百服寧，保護您」（百服寧感冒錠廣告，台灣必治妥施貴寶提供）。

# 肆、廣告文案的寫作原則

## 一、真實性

　　真實性是廣告文案寫作的首要原則。人們透過廣告的介紹和推薦來認識企業、產品和服務，產生情緒對應，做出是否接受某種服務所形成的選擇意向。所以，一個消費者在看完一個廣告後，看似對廣告內容的完全吸收與理解，但是卻未必對廣告所說的內容完全信服。「信服」指的是信賴、相信和服從有理，要使消費者能夠「信服」企業和商品，正取決於廣告內容的真實與否。事實上，即使消費大眾接受了廣告訊息，也不會立即產生消費行為，他們往往將訊息轉換成能儲存及取用的單位，置放在記憶裡，日後再與其他廣告訊息比較，形成個人完整的商品態度，而這個態度在消費者需要購買時，就會影響他們的決定。因此，只有符合真實性原則的廣告文案才能持續性的存置在消費者的腦海中，達成廣告的最終目的。

　　廣告文案經由不同的媒體廣泛傳播，產生雙重效應，包括經濟效應和社會效應。而文案本身又是一種文化製播，所以，有效廣告也能引導消費者產生物質與文化的雙重消費。對廣告製作者而言，消費者能在廣告活動的帶動下，進行消費，並認同在產品特點、優點，就代表其廣告具有真實的基礎，這對企業主或廣告業者而言，就是社會、經濟發展的有利條件。反之，如果廣告文案是誇大不實的，其所造成的消費熱潮，將會對消費者和社會經濟環境的穩定發展帶來負面的效果。因此，真實性是廣告文案的生命力所在，廣告主必須精心塑造說服力，建立公司或個人的專業性、權威性，使得消費者接受說服，由信任廣告，而信服產品，最後選擇消費。換言之，廣告文案如果違背了真實性原則，會因為失真而喪失自己的可信度，喪失了可信度的廣告文案將毫無生命力、毫無價值可言。廣告文案的寫作可以說具有完全的功利性，其最終目的除了建構企業形象外，主要還是為了誘導消費者產生消費行為，而這一切如果不是築基在「真實性」的基礎上，一切是不可能得到實現的。

## 二、獨創性

　　獨創性又稱原創性。無論哪一種廣告，都是有目的的傳播行為。它所要傳遞的是產品資訊、企業服務與消費觀念，欲達到此目的，就必須依靠創意，才能讓廣告脫穎而出。換言之，廣告之所以受到歡迎，往往是來自它的創意，而創意的價值就是建立在吸引與銷售的表現上，以符應企業主的基本要求。廣告人羅瑟・瑞夫斯曾提出：「每個廣告也許有一個、五個或十五個訴求點，但是消費者只會記住其中的一、二個。在摸索、困惑後，消費者會試圖從廣告中歸結出一個屬於自己的概念。」確實，廣告能留存在消費者的記憶中是十分有限的，除非是十分經典、具有獨創性的，或開風氣之先的，否則吸引不了注意力，很可能都將隨著時間的推移，消逝在人們的記憶當中。

　　人類的世界，其實就是一個模仿的社會，經由市場的推銷、試溫，許多產品同質化的傾向越來越嚴重，這也造成廣告訊息要在風起雲湧的行銷市場上站穩腳步，是一件不容易的事。如果這時候，廣告仍停留在一般的表現上，將很難引起目標消費者的注意。以汽車廣告為例，雖然近幾年車商頻頻以「親情」做為廣告訴求，以打動消費者對情感的依賴與渴望，但是當這股風潮蔓延開來，所有車款都是走溫馨家庭路線的話，商品的特色及市場區隔性就不易顯現，最後可能形成大部分的閱聽大眾只記得廣告的劇情，還有哪首配樂好聽，至於商品名稱與內容則鮮少有印象。

　　由上可知，廣告文案的創意，不只在吸引大眾的目光，更希望能抓住消費者的胃口，促成其購買慾望，這才是企業主的最終目的。一個成功的廣告創意，不能只停留在吸引消費者，更須要完成銷售的使命，否則，它的存在也只是為廣告公司增加一頁得獎的紀錄，並不能算是一件成功的作品。有評論指出，在世界性的廣告創意比賽中（CLIO），歷屆得獎的八十一位得主，有高達44.1%的客戶在其得獎後不久，即選擇和廣告代理商終止合作關係，因為他們所執行製作的廣告雖具創意，卻不能交出理想的銷售成績單。畢竟廣告的定位不能只有「藝術」，所以，廣告創意的實現應建構在銷售目標的導向上，而不是為了創意而創意。誠如廣告大師李

奧貝納所說：「我們希望消費者說這是一個好產品，而不是說這是一個好廣告。」

## 伍、示例說明

## 一、電視廣告（MAZDA5－狗狗篇）

影片網頁：http://www.youtube.com/watch?v=yl9DTea-LcU

近幾年電視汽車廣告越來越能得到消費者的信賴與認同。據調查，國人所愛看的電視廣告中，汽車廣告總是名列前茅，主要原因是許多文案設計頗具創意，大多以溫馨的家庭、親情或人生理想為主題訴求，顛覆以往香車美人或空間配備的制式概念，在柔和悠緩的背景音樂中，帶出感人的故事情節。

馬自達汽車（MAZDA5）廣告「拉布拉多篇」正是藉由一隻拉布拉多狗在路邊撿到被棄養的小狗，不畏風雨幫牠找到值得託付的主人的過程。廣告一開始安排拉布拉多在匆忙的人群中，發現一個紙箱，鏡頭並沒有帶出紙箱中的東西（懸念）。接下來是拉布拉多咬著紙箱經過安靜的城鎮、車水馬龍的都會（對比），爬上天橋，小心翼翼的咬著紙箱。天氣也由豔陽高照轉成大雨滂沱，時間也由白天變成黑夜。這時拉布拉多帶著紙箱在一家餐廳門口躲雨，餐廳主人正要打烊，發現狗和紙箱，上前意欲拾起紙箱，拉布拉多卻一個箭步立刻咬著紙箱離開（困惑），然後繼續牠的旅程。接著來到一戶人家門前，看到汽車（MAZDA5），於是悄悄將紙箱放在汽車旁，回頭再次望了一眼，然後看似心滿意足的搖著尾巴離開。第二天，爸爸要送小弟弟出門，忽然看到紙箱，小朋友驚奇地抱起紙箱中的東西——小狗（真相大白），流露出興奮的表情。這時，鏡頭帶到不遠方的拉布拉多安慰的表情（理想所託），然後關鍵文字出現：「生命中的最愛　值得最好的」。接下來是小朋友將小狗抱進車子，有關車子的配備說明才在爸爸優雅的開車門、細心的調整空氣對流時出現，包括「遙控雙電動滑門」、「後座冷氣出風口」（馬自達汽車廣告，品

爵汽車提供）等。劇情到此才告一個段落，然後帶出產品名稱。

　　這個廣告的文字語言並不多，它以之前所提到的廣告代言的「三B」中的Beast（動物）做為代言，內容相當具有創意與說服力。對廣告主而言，想表達的就是「信任」、「依賴」的感覺。車子是人們繼房子後的重要資產，也是生命安全交付的工具，所以，它必須給人安全信賴感。廣告訴求：「生命中的最愛　值得最好的」，正是說明該產品可以讓您身邊所有的最愛得到滿足，而產品的設計也只是選擇其中兩項，凸出「人性化」的重點，讓消費者感受到企業主的用心。這支廣告十分成功，特別是以拉布拉多為主角，帶出動物尋尋覓覓，也只是為了一個「安全信賴」，遑論人類的世界？所以，廣告的標語撼動人心，讓人印象相當深刻。同樣的標語還出現在本車款的另一個廣告（烏龜篇），讀者可以參看。

## 二、平面廣告（MAZDA5）

　　與電視廣告不同的地方是，MAZDA5在平面廣告上，主要是以文字做為訴求的媒介。在廣告的版面上，左上角為汽車的內部俯瞰圖，因為該車款為七人座的休旅車，所以呈顯內部寬大空間成為必要元素。版面下方約占三分之一的位置為汽車全照圖，剩下的就是文案的文字部分。文字設計上只有標題和正文，內容如下：

　　　標題：溫度使情感有了深度
　　　正文：有故事的空間，
　　　　　　情感會不斷加溫。
　　　　　　帶著一身從容上身，
　　　　　　帶著一身輕鬆下車，
　　　　　　兩側滑動車門，敞開你對自由的渴望。
　　　　　　有摺疊，收納更多樂趣；
　　　　　　無摩擦，溝通更容易有火花。
　　　　　　6+1人座，活化人與人的關係。

可以是一場星際探險、

可以是叢林野戰，

後座娛樂影音系統，

放大你對旅程的想像。

填滿樂趣、填滿笑聲、填滿回憶，

情感愈逗留愈深。

（馬自達汽車廣告，品爵汽車提供）

　　這則廣告仍是以親情、社交為主題，強調「休旅車」的功能性。標題以抒情式的方式傳達冷冰冰的汽車在主人駕馭之後，開始有了「溫度」（雙關語），不只是車身的熱度，還包括人類情感的溫度。而這種情感的溫度經過親情的滲入與參與後，勢必更有「深度」。「深度」採雙關意涵，指的是車子的深長容量以及親人情感的加溫。之後的正文即圍繞在親情及車子內裝配備的介紹，不同以往的是，這些配備的說明，並非以生硬的語言做制式的介紹，而是用抒情作文的形式，帶入一場充滿回憶與笑聲的旅程，讓消費者有許多搭乘後的想像空間。與上一則電視廣告相比，平面廣告多了些汽車內裝的介紹，如滑動車門、七人座設備、座椅折疊兼收納功能、娛樂影音設備等等。兩者廣告手法的不同，在於電視廣告是動態媒體，所以廣告內容先以故事劇情及悅耳動聽的音樂打動消費者，然後點出關鍵的標題，讓人們先產生審美感受，再細細回味汽車品牌帶給人的信任感；至於平面廣告因為是靜態訴求，所以一本傳統方式，以更多的文字說服消費者認取品牌的特色，但表現形式仍維持如電視般的感性手法，藉由文字的畫面開啟人們旅程中的知性滿足。

# 三、網路廣告（靠得住溫柔宣言—霧氣篇）

　　圖片網頁：http://work.omdigital.com.tw/work/kotex/natural/banner/

（靠得住衛生棉廣告，金百利克拉克台灣分公司提供）

　　此則廣告的目的，主要在讓消費者認識新產品。眾所周知，女性貼身用品的市場十分龐大，而其中的訴求往往貼近女性細膩敏感的特質，專注在如何「貼心」的擄獲女性的青睞。針對以上的考量，該產品的推出，即將重點放在對女性「情緒感覺」的呵護上，提升產品的透氣度20%，讓女性所詬病的「生理」悶氣，能夠在瞬間消散，「心理」的悶氣也就不復存在，而有了不一樣的全新體驗。為了加深消費者對產品特色的印象，企業主選擇以網路方式呈現廣告，安排了三個動態橫幅，讓觀眾玩了一個小遊戲。第一個對話框出現一朵烏雲，加上「有悶氣？」文字，引發觀眾的好奇，不知葫蘆裡賣的是什麼藥。順著畫面上的文字指引「用滑鼠撥散」，網友自然接受提示，以滑鼠撥散雲霧（雲霧象徵悶氣）。接下來立刻出現第二圖，答案揭曉──「靠得住　溫柔宣言　讓悶氣瞬間消散」（靠得住衛生棉廣告，金百利克拉克台灣分公司提供），產品正式與觀眾見面。第二圖停留二秒後，立刻進入第三圖，進一步揭示產品的特質「能透氣才舒服」、「透氣度20%UP」，凸顯產品的優越特性。廣告成功的地方，在於利用網路的對話框，即時與消費者互動，引發大家的共鳴，也激起觀眾的好奇：不管你是生活悶，還是工作悶，甚至是

生理悶，或是心理悶，只要用滑鼠一撥，彷彿就能把擾人的悶氣撥開般！

　　這則廣告符合創意的特質，在遊戲的設計上，不分性別，所有網友皆可參與，即使後來產品屬性出現，也能搏君一笑，所以，獲得了「4A　YAHOO！創意獎」中的「最佳網路廣告獎」，而且在當年度（2009年）達成傳播行銷的目標。就當時網友點閱率、流量或成交量報告來看，廣告效益不容小覷：

（靠得住衛生棉廣告，金百利克拉克台灣分公司提供）

1. 實際曝光數達31,562,181次，多出正常39.81%；每千人曝光成本降了12.6元。
2. 總點選數為18,603次，整體CPC：（Cost Per Click 每次點擊成本），共降低了5.2元。
3. 廣告曝光及點閱數逐日提升，廣告效益漸佳。

## 陸、作品觀摩

## 一、平面廣告——眼鏡行

　　（店名）明鏡坊潮流眼鏡
　　（主標）明鏡的心　您的眼睛
　　（副標）你還想被笑是書呆子嗎
　　（口號）我「安」鏡　你專心
　　（正文）
　　戴上明鏡坊的眼鏡，告訴大家什麼叫做「潮」。
　　你還在爲找不到適合的眼鏡苦惱嗎？
　　經教育部的調查，臺灣的近視人口已超越日本成爲世界第一，眼鏡儼然成爲國人生活不可或缺的物品。想要眼鏡比

別人更時尚、更有型，就來我們明鏡坊。明鏡坊不僅有多種流行款式，更提供大師專人訂作眼鏡的服務。店內不但有日系的角矢慎治郎系列、小竹長兵衛系列，歐系的ALAIN、DELON、GUCCI、DIOR、BVLGARI，美系的Rayban、Oliver People，更有其他平價的品牌，讓你能挑選出獨一無二，專屬於個人的眼鏡。

目前全坊八折優惠中，配鏡片另贈鏡框。

還在猶豫什麼？

請洽：05-5820263或至雲林縣古坑村中華路42巷7號「明鏡坊」古坑店

（由張絃誠同學提供）

## 二、平面廣告──鞋店

（店名）A咖鞋店

（主標）想成為A咖嗎　就來A咖鞋店

（副標）我們等的咖　就是你～～

（口號）A等鞋　就是罩得住你的「咖」

（正文）

真誠！信用！品質！是本店的基本精神。

為了讓顧客穿好鞋，我們採用符合人體工學技術，精心打造出每一雙鞋，讓你快快樂樂的出門，輕輕鬆鬆的回家。

本店有舒適的購物空間，專業的客服人員，一流的材料品質，更有貼心的售後服務，保證讓您物超所值！

選對合適您的鞋款，是A咖不變的宗旨。服務您賓至如歸，是A咖不變的態度。

本店主打超人系列──超彈性、超耐磨、超透氣、超舒適、超防滑。穿上它，你就是超人一等的A咖。

全店週年慶，滿500元就可參加抽獎──暢遊東京迪士尼樂

園。

　　您心動了嗎？快來A咖搶好康，週週抽，週週送。等你哦～～

　　　　免付費專線：0800-520-999（我愛您—久久久）

　　　　　　　　（由王宥荏、林莉明、林豔華、溫佳琪等同學提供）

## 三、平面廣告——雜貨零食店

　　（店名）柑五　柑仔店
　　（主標）酸甜滋味　點滴在心裡
　　（副標）柑五柑仔店　想到的柑仔糖　攏五喔
　　（口號）柑五　攏總五
　　（正文）
　　五彩繽紛的柑仔糖　甜甜辣辣的鱈魚片
　　驚喜無限的抽抽樂　清涼解渴的彈珠汽水
　　給你源源不絕的歡樂　回味無憂無慮的童年
　　歡迎光臨柑五柑仔店
　　來店優惠：
　　消費滿五十元　可免費抽抽樂乙次
　　豐富大獎等著你!!!!!!!
　　即日起網路訂購滿2,500元　免費宅配到府
　　線上預購網址：www.twinklefive.com.tw
　　柑五在屏東市民生路54巷35號　等你唷～～
　　客服專線：08-7943535（就是閃五閃五）
　　　　（由李晨瑄、許淑媛、簡宇筑、鄭至芯、劉宴如等同學提供）

## 四、平面廣告——衛浴專賣店

　　（店名）缸缸好　衛浴設備專賣店
　　（主標）缸缸好，缸溫上市！

（副標）好缸缸讓你洗得缸缸淨淨

（口號）價錢定得缸缸好

（正文）

你想要的缸缸好都有

你需要的缸缸好都知道

好缸缸給你最缸缸好的舒適

現在來店消費缸缸好就送缸鐵人公仔一隻!!

缸快來喔！

現在促銷期間，來店消費—

缸缸好就送缸鐵人公仔一隻

缸快來喔！

缸動人心的聯絡電話：717－7176（洗一洗，淨一淨囉）

住址就這麼缸缸好：高雄市岡山區岡山工農旁。看到斗大「扛棒」寫著「缸缸好」就對了！

（由連昭全、黃裕洋、黃睦棋、黃奕捷、萬偉智等同學提供）

## 習作題

1. 請推薦三則你個人認為最優秀的廣告標語（口號），並說明理由。

2. 請為「搬家公司」、「影印店」各設想三個標語（口號）。

3. 請由網站找出「摩卡咖啡」、「雀巢咖啡」、「麥斯威爾咖啡」三家的平面廣告，比較並評論其文案的特色。

4. 請為個人所居住的城市撰寫一則平面的形象廣告（採廣義的廣告文案，除文字外，須有圖像）。

5. 請為「保險公司」撰寫一則廣告文案（採狹義的廣告文案，含標題、正文、口號）。

# 第六單元
# 報導文學

余昭玟

## 壹、報導文學定義

報導文學是以客觀的報導性文字，針對特定時空下的歷史問題、人文現象、社會結構、生態環境等，蒐集各種見聞與資訊，而用科學的思辨方式加以記錄報導的一種散文體裁。從傳播界的角度看，也可以將報導文學解讀為以新聞的體裁，運用文字的技巧，作有目的、有系列、有結論的報導，以補充新聞的不足，並引導讀者，增進閱讀興趣的一種新聞寫作。

文學是民族記憶的陳述，最早的歌謠或傳說，所傳遞的是實質的生活訊息，原本就有報導的特質。廣義來說，用各種不同的方法來達成報導目的者，都是報導文學的起源，高信疆就認為《詩經》是報導文學的濫觴，這些詩對真實的追求正是報導的要素。他也認為中國第一個偉大的報導文學家，是漢朝的司馬遷，司馬遷寫作《史記》時所採取的實證的態度、參與的熱情、承擔的精神，就是報導文學的基本特質。

報導文學的特點可以歸納為以下四項：

一、**強烈的現實感**——報導文學的內容具有記錄、報導的價值，尤其是一般新聞容易忽略，卻值得深入探討的題材。文章以生動的語言寫出真人真事，有具體的形象。

二、**深刻的議論性**——從情節與場面中自然流露出作者的觀點、態度與評價，有獨到而深刻的探討，有時也加進大眾觀感與歷史感。

三、**鮮明的文學性**——綜合各種文學技巧，建立作者寫作風格，但不可虛構。以文學為主體，語言要具體化、形象化，以生動的形容打動讀者情緒。

四、人道關懷與人生理想——報導文學寫作的抒情內涵，是來自於作品中貼切的人道關懷，以及發現問題、改善社會的人生理想。

報導文學不只是為報導而報導而已，作者要有社會責任感，道出真相，創造文學境界。報導文學可以用文學筆法，寫出人物、對話、場景、情節，但它不同於小說，小說可以虛構，而報導文學有真人實事為依據，作者的態度要公正客觀，必須有自我的洞見與判斷。臺灣因為工商業發達，都市化程度高，每個人對自己周圍以外的環境十分隔閡，報導文學作品正縮短了人們彼此的距離，增加彼此的了解，激發讀者對社會的關心。對作者而言，報導文學承擔著推動社會前進的責任，是一種社會使命感，也是理想的實踐；對讀者而言，報導文學傳達了環境中的各種知識，使讀者對社會產生切身感與關懷意識。將文學與社會、經濟、政治結合，使報導文學成為一種表現的新形式，它既要理性事實，又要有感性提升，以事實為根據，不斷尋訪與查證，開拓文學的新領域。

## 貳、報導文學在臺灣的發展

臺灣報導文學在日治時期受到日本報告文學風潮的影響，強調敘事結構的鋪排，及掌握事件的真相。1935年楊逵發表〈臺灣地震災區勘查慰問記〉，報導1935年4月21日的臺中、新竹大地震，他以敏銳的觀察和寫實的筆觸，記錄當時慘烈的災況，為臺灣的報導文學寫作樹立了一個批判與人道精神的典範。

「報導文學」一詞，在中國五四運動之際就被引用，1931年「九一八」事變是報導文學在中國的催生者，1932年「一二八」事件正式確立它的地位，並稱之為「報告文學」。抗日戰爭展開後，報導文學成為文壇主流，作家以此形式來救國救民，為時代與戰爭做見證。抗日戰爭勝利，四年後國民政府撤退到臺灣，1950年代臺灣戰後初期，報導文學作品卻很少見，主要是因為局勢緊張，政治壓制，而報導文學對時局具有敏感性，所以令作家敬而遠之，只有吳新榮自1952年起，以十五年時間對臺南、嘉義進行七十四次田野調查，寫作《震瀛採訪錄》，成為當時報導文

學的先驅。

1960年代，《聯合報》連載柏楊的《異域》，以第一人稱敘述1949年自雲南撤軍緬甸的過程，打破了政治題材的禁制。1966年「國軍文藝金像獎」、「嘉新新聞文藝創作獎」同時設立報導文學獎項，但成果不彰。1968年11月張任飛創辦《綜合月刊》，以美式新聞特寫手法進行深度調查，是最早提倡報導文學的一份刊物。

到1970年代，報導文學發展快速，蔚為大觀，出現好幾年高峰期。當時中華民國退出聯合國，臺灣開始反省自己存在的問題，關注政治局勢；文壇上，1977年發生鄉土文學論戰，使許多作家的寫作題材導向一般民眾生活，回歸本土。七〇年代後，臺灣邁入一個新領域，經濟快速成長、政治越來越開放、國民教育程度提升、出版事業蓬勃發展，這都是報導文學能迅速茁壯的背景。此時，又受到美國「新新聞」的激發，「新新聞」容許作者主觀意見的介入，並運用寫實主義技法，讓場景與對話大量出現，使作品體裁介於文學與新聞之間。

由於臺灣對外開放，經濟開始起飛，工商業社會取代原本的農業結構，在大都會中，青少年犯罪問題出現，色情行業氾濫，而山林與河川的生態破壞嚴重，許多問題產生，這些都激起寫作者要加以反映並尋求解決之道，而一般文學的直接性不足，及時性有其局限，作者想要以一種更主動、積極、有說服力的文學形式來適應社會要求，所以引燃報導文學燎原之勢。這時臺灣文化界也有了覺醒，出現一股理性的批判精神，知識分子成為文化尖兵，關心社會現實問題，所以注重採訪、調查、拍攝的報導文學受到青睞。

此外，報界的推動功不可沒，報導文學能在七〇年代的興起，和新聞媒體及專業雜誌的成長有密切的關係，尤其高信疆更被稱為「七〇年代媒體英雄」，是臺灣報導文學重要的推手。當時他擔任《中國時報・人間副刊》主編，1975年7月他在此副刊推出新型專欄「現實的邊緣」，提倡以文學的筆、新聞的眼，來從事人生採訪以及現實生活真實報導的生動寫作方式，這確立了臺灣報導文學的意識與主題。1978年高信疆又在「時報文學獎」增設報導文學獎項，這首次舉辦的報導文學獎，以「反映並促進社

會進步」為宗旨,尋求一種有社會性、前瞻性和文學性的新聞學形式,這是第一個全面將報導文學向社會推介,並在短短數年內成為文學運動的重要徵文獎項,其型態是融合新聞與史觀,結合事實與思考,為臺灣的報導文學開啟新紀元。

在此時期,其他報刊雜誌也大力提倡這種新型態的文學,《聯合報·副刊》、《臺灣時報·副刊》、《綜合月刊》、《書評書目》、《愛書人雜誌》、《皇冠雜誌》、《人間雜誌》等版面,優秀作品大量出現,年輕作家脫穎而出,報導文學一時蔚為風潮,成為文壇的熱門話題,十餘年之間興盛不衰。

## 參、田野調查

要蒐集資料,了解所要報導的對象,就需要正確的研究方法,最常用的是調查法和觀察法。調查法是指詢問並記錄受訪者的反應,可以使用電話訪談、問卷調查、書信往返、電子信件等,可利用郵寄問卷或進步的網路問卷等方式來蒐集資料,這是藉由紙上作業的方式,因為不必到現場,所以較節省時間與成本。調查法雖然經濟有效,但要融入實地與事件中,仍須觀察法的運用,實地到現場訪視,其中最典型的方法就是田野調查。

田野調查是報導文學寫作之前,為了取得第一手原始資料的前置步驟,來自文化人類學及考古學的研究方法論,是一種「直接觀察法」的應用。所有實地參與現場的調查研究工作,都可稱為「田野調查」(field research)。對於報導文學的寫作對象,都可透過田野資料的蒐集和記錄,架構出完整的體系,因此,田野調查是報導文學不可或缺的利器,可以善加應用。只要是要從事實務性質的研究工作,都可透過實地的田調工作來達成目的。

田野調查是要到現場實地記錄與工作,而這些記錄更是可以帶回,或再次轉換成為研究展示的成果,這種透過田野調查的實地採訪和記錄,是第一手寶貴資料的取得,其資料蒐集的型態,大約有以下四個項目:

一、採訪記錄：藉由受訪者的口述、操作或表演者示範的錄製，可蒐集到最直接的影音記錄，經過整理、考證後，加以摘錄，寫成文字稿，即是最忠實的田野採訪紀實。

二、拍攝記錄：針對所欲報導的古蹟、聚落、造型藝術、表演、各行各業工作型態或重要人物等，在現場實地拍攝，一一記錄，所蒐集到的第一手的影像圖照資料，是報導文學不可或缺的圖像佐證。

三、翻製記錄：田野調查過程中，若徵得原收藏者的同意，可翻印或翻拍古籍、圖稿、劇本、圖畫、秘笈或老照片等珍貴資料，做為日後進一步研究的基本材料。

四、測繪記錄：有關空間現場的實地測量，或是造型藝術品的大小尺寸，以及模擬方式的簡圖或描圖等，應測繪實際的數據與簡圖，以便日後資料整理和現場復原的模擬。

田野調查是社會科學蒐集實際資料最普遍而有效的方法，工作包括訪問、問卷設計、事前聯繫、實地觀察等。主要配備是地圖、手電筒、相機、錄影機、筆記本。在交通、住宿、飲食、底片、錄音帶、錄影帶等安排上，需要一些金錢花費。訪查前先熟讀資料，設計問卷，到現場記下訪談時間、觀眾反應、自然環境與社會背景，對受訪者應記錄其姓名、綽號、年齡、職業、教育程度、性別、地址、電話。拍照片時鏡頭要短、快門要快、畫面要準、移位要勤。訪問時最好以誘導方式進入主題，製造討論議題，或輕鬆的對談，重要的是要尊重受訪者，建立長期的關係。以下列出人物類田野調查的表格供參考：

| 人物名稱： | | 別稱： |
|---|---|---|
| 人名發音： | | 錄音編號： |
| 外貌特質： | | 語言別： |
| 性格特質： | | 族群： |
| 居住地：　　縣市　　鄉鎮市區　　村里　路　　號 | | |
| 環境： | | |
| 家人： | | |

| 主要敘述（人物故事、歷史事件）： | |
|---|---|
| 相關訪談人員的聯絡方式： | |
| 採訪編號： | 在場人員： |
| 攝影編號： | 攝影者： |
| 參考文獻： | |
| 調查時間：　年　月　日　時 | 調查人員： |
| 備註： | |

# 肆、報導文學的寫作

　　報導文學依作者參與的狀況可分兩類：㈠作者親自參與，直接體驗事件始末的，稱為經驗式報導文學；㈡作者彙整資料及查訪考證，參考史地資料、傳說，但並未參與報導主題的，稱為考證式報導文學。不論是哪一類型，都可以經由整理資料，切實訪查，來完成一篇報導文學，其步驟是：

　　首先，選擇題材，擬定主題。要找尋值得報導的對象，以感興趣且熟知的為優先考量。事先查閱資料，蒐集相關文獻資料，掌握背景，了解問題真相及事件的來龍去脈。由於報導文學的素材來自此時此刻存在於周遭的問題，所以也不可忽略時效性與真實性，作者要有靈敏的新聞嗅覺，掌握時間，迅速對事件做出反應。

　　其次，彙整史料，田野調查。關於民俗文物、歷史背景的報導，要先彙整史料，至於社會事件的客觀訊息，可以剪輯新報導。還有一項更重要的資訊來源，即田野調查，不論任何題材，都應該找到關鍵的人、事、物，由當事人現身說法，寫作時即可引述其口述記錄。作者親自去採訪記錄，採集資料，透過精細的觀察，更能精確詮釋主題，所以掌握田野調查

的要領十分重要。

　　當書面資料及實地調查的工作完成後，就可以開始構思文章的謀篇布局，決定寫作形式，有明確的主題後，選擇精準的敘述語言，試用各種技巧，平鋪直述過於單調，如果穿插事件與人物，深入人性，加入採訪者的心得與看法，與受訪者交互比照等，文章會更生動精采。若以人物為中心，是類似傳記的寫法；以景觀、地理為中心，就要注意時空架構；以事件為中心，要注意情節次第的發展性；以現象為中心，如政經情勢、文教、生態環境等，主題要有重心，切忌模糊焦點。

　　最後，要善用文學筆法潤飾新聞，時空跳接、對話、細部描寫等，都可靈活使用。新聞只存在一天，而報導文學能流傳久遠，兩者的差別即在文學性不同。報導文學特別注意藝術手法，人物塑造要兼顧外部描寫與心理描繪，揭示思想感情；語言運用以平實、直接、生動為原則，新聞寫作的特徵就在於簡單明瞭，層次分明。此外，訂題目的方式有：敘述式、概括式、結論式、設問式、對比式、比喻式、描寫式、奇趣式、祈使式或直接以人名、地名、時間為題。而報導文學的體裁有專訪體、問答體、分析體、描寫體等，可視類型靈活運用。

　　至於適合大學生寫作、採訪的報導文學對象，列出以下各類型供參考：

　　一、各行各業：里長村長、釣蝦場、養殖業、飲食業、影印店、交通警察、刑事警察、退休公務人員、果農、建築工人、流浪教師。

　　二、校園生活：大學生的愛情、網路成癮、打工、課業、宿舍、交友等問題，或學校行政人員、教官、工友、外國交換學生等。

　　三、沒落的行業：碾米廠、歌仔戲、雜貨店、賣杏仁茶、挑擔賣豆花的人等。

　　四、族群議題：原住民、客家人、械鬥歷史。

　　五、歷史記憶：鄉前輩、遷村、日治事蹟、白色恐怖。

　　六、環保議題：雜亂的街景（招牌、閃燈）、河川污染、養豬戶。

　　七、特殊人物：拾荒老人、老兵、外籍新娘、殘障者、人瑞、模範父親。

　　八、特殊狀況：癌症病房、急診室、車禍。

# 伍、臺灣報導文學的重要作家與作品

　　臺灣七○年代出現了一批報導文學作家，他們的作品內容豐富翔實，考察現實問題極為敏銳，觸及社會各層面的問題。林清玄、吳念真、小野、心岱等原本寫作散文的作家也開始創作報導文學，陳銘磻、古蒙仁、楊憲宏、徐仁修等，大多是新聞記者出身，深入民眾生活的底層，甚至與採訪對象共同生活，以便掌握最真實的材料。劉克襄、劉還月、胡台麗、楊南郡、邱坤良等人，亦從歷史、自然、人文、生態、環保議題進行調查、反思，作品令讀者震撼，產生不小的影響力。

　　陳銘磻，世界新聞專科學校廣播電視科畢業。他認為報導文學是一種「最能表現時代意義、社會活動，以及真實人生的文學」。他擅長用知性感性挖掘事實，再分析整個事件。他的作品可讀性高，有趣味，能吸引人，具有很強的文學傳播效果。著作有〈鷹架上的夕陽〉、〈最後一把蕃刀〉、〈賣血人〉、〈最後的妝扮〉等。〈最後的妝扮〉報導卑微的洗屍人行業，文中強調他們堅守崗位，沒有職業自卑感的態度，標榜他們那種為人所不欲為、不敢為的精神。

　　藍博洲，輔仁大學法文系畢業。1987年於《人間》雜誌發表第一篇有關「二二八事件」的報導，從此即致力於揭露二二八及五○年代白色恐怖的真相，著有《沈屍‧流亡‧二二八》、《消失在歷史迷霧中的作家身影》、《幌馬車之歌》、《白色恐怖》、《尋訪被湮滅的臺灣史與臺灣人》、《麥浪歌詠隊》、《共產青年李登輝》等書。《幌馬車之歌》探討的對象是1950年被槍斃的鍾浩東，作品採口述的方式寫作，全以鍾浩東的妻子、兄弟、受難者等受訪者第一人稱的敘述方式呈現，強調紀實性的效果，使讀者彷彿身歷其境。尤其以鍾浩東執行死刑前，獄友合唱送別的「幌馬車之歌」做為開頭，彰顯角色為了理想，一往無悔的悲壯場面，這一幕更成為日治時期知識分子在戰後受難的一個象徵。

　　古蒙仁，本名林日揚，輔仁大學中文系畢業。自幼即嚮往流浪的生

活，憧憬遠方的天地，所以大學畢業後開始採訪報導，樂在其中。他志在
發掘社會問題與刻劃人性，主要記錄臺灣七、八〇年代的災難和困境，如
煤礦災變、南部苦旱、遠航空難、農產品滯銷、澎湖的越南難民營等。他
跑遍全臺灣及外島，以浪漫兼寫實的風格，勇於挖掘問題，並試驗各種文
學技巧，作品有深刻動人的力量，常令讀者耳目一新。《黑色的部落》完
整表現秀巒山村原住民的歷史、社會結構、生活實況。《失去的水平線》
收錄二十二篇報導文學作品，探討了潛水伕、蕉農、養蠶業、攤販、蔗糖
業、水產養殖業等人物與行業。《臺灣社會檔案》蒐集了他二十多篇報導
文學作品，其中有血淋淋的現實，及赤裸裸的人性，感人至深。

　　林清玄，世界新聞專科學校電影技術組畢業。林清玄善於發掘一般人
不易見到，卻真正有價值、有意義的事物，以一貫的悲天憫人的筆調來刻
劃人物，作品中抒情意味濃厚。他寫作極勤，自1979至1987年，出版了
十多部報導文學集，有《傳燈》、《在暗夜中迎曦》、《永生的鳳凰》、
《城市筆記》、《林清玄人物集》等著作。

　　韓韓與馬以工關注全臺灣的生態環境，探討臺灣因過度開發所造成
的嚴重災害，她們的足跡從淡水河、阿里山到恆春半島，目睹人們對紅樹
林水筆仔的摧殘、對高山森林的濫伐、對梨山果園的濫墾、對墾丁公園的
破壞等，她們都一一加以分析及批判，兩人合著《我們只有一個地球》，
期能為子孫留下一些自然美好的生存空間。類似的題材還有心岱的〈大地
反撲〉，心岱於1980年騎機車從淡水、八里到桃園海濱玩，發現「移民新
村」充滿了死亡、敗壞的氣息，於是觸發寫作動機，以遷村經驗傳達大地
反撲的訊息。

　　凌拂，原名凌俊嫻，輔仁大學中文系畢業，曾任國小教師。〈兒童教
育與人文思考——荒遠深山教學手記〉一文獲第十八屆「時報文學獎」報
導文學類評審獎，是少見的探討小學教育的報導文學。作者以她1987年至
臺北三峽「有木國小」任教的經驗寫成。教六年級時，學生第一句話是：
「我們這班很壞呦，教我們你會哭哦！」而三年級則程度差異大，數學測
驗須分智仁勇三種考卷才行得通。種種狀況道出深山偏遠地區小學生的學
習困境，及學校走調的教學型態。全校共六班，共一百三十一人，很難教

學正常化，作者在文中反映了她對教育體制、教育資源的無力感，種種省思激起教育界對小學教育的改革與檢討。

翁台生，政治大學新聞系畢業，美國紐約州立大學環境科學碩士。曾任《中央日報》、《民生報》記者，《綜合月刊》編輯。他認為從事報導文學的工作者，最需要擁有一顆愛心，因為報導文學往往針對不好的現象或落後地區而寫，希望它變好、變得進步，並不是要表現自己，只有從愛心出發，才不至於造成誤會。

翁台生《痲瘋病院的世界》（臺北：皇冠出版社，1980年）一書，收錄多篇他的報導文學作品，關心的層面很廣，挖掘社會的各種問題，他認為不必為顧及人性光明面而淡化內容，只要呈現事實本身，沒必要減低讀者的深沈感受。他見到臺北縣阿美族豐年祭草草了事，探詢後發現在大都會生活的原住民，在失去故鄉田地後，來到都市卻常遇到身分證被老闆扣押，薪水所得低，工作量又重，他決定寫〈大臺北小部落〉，先向原住民輔導中心詢問，理出問題所在，接著觀察環境，感染氣氛，再整理中研院民族所關於原住民的研究論文，看夠正反面資料後才下筆；視覺採訪的部分，則以白描方式寫，力求運筆靈活。〈我碰上了海盜〉是以新事件導出舊問題，採用新的取材角度。1977年，屏東東港「新慶旺號」漁船被菲律賓士兵劫持，船長被丟入海裡，船員被抓走。為了了解事件，翁台生找漁會人員談，他們透露出報紙登不出的消息，又到碼頭找船員聊天、查詢，發現他們描述的內容比書面資料還要生動，於是整理成此篇作品。為了寫〈替死人化妝〉一文，翁台生想去殯儀館實地調查，但幾次都鼓不起勇氣進去。幾經掙扎後，一踏進洗屍間，辛辣的福馬林氣味薰得人睜不開眼，員工在受訪時表示：「我只是做好我的工作，替死人做事跟替活人做事，其實沒什麼不同。」文中介紹了替死人打防腐劑、化妝、著裝入殮等過程。寫〈童乩的根在哪裡〉，是因為南投發生乩童坐禁死亡事件，翁台生先找專家分析，參考中研院民族研究所報告，向相關人士詢問經過。扶乩不僅是宗教信仰而已，對心理層面而言，這也可以說是一種民俗療法，像八〇年代，到臺南南鯤鯓代天府的進香團絡繹不絕，每天乩童起乩做法事亦不間斷。撰寫期間，他自己也幾次在半夜到臺北公館的廟裡

看人扶乩，現場感受那種神祕氣氛，認為這樣寫出來的作品才會令人感受深刻。

　　大致而言，翁台生的作品充滿了人道關懷，讓社會的黑暗死角曝光，每一篇均有特色，尤其專精於人物報導。翁台生是第一位關注痲瘋病人的作者，〈痲瘋病院的世界〉於1978年獲《中國時報》第一屆報導文學優等獎，發表於1978年12月的《中國時報》，又收錄於翁台生的報導文學專輯《痲瘋病院的世界》中，翁台生其他著作尚有《玉山頂上的沈思》、《共有地的悲劇》等。

## 陸、報導文學示例與分析

【示例】

〈痲瘋病院的世界〉　　　　　　　　　　　　　　　　　　　翁台生

　　黃西泉呱呱落地就被抱離生父生母，在基督教會辦的育幼院中度過了童年。他從不知依偎在母親懷裡是什麼滋味，也不知道父母是什麼模樣。他的爸媽都是省立樂生療養院的痲瘋病人。

　　卅二歲的高平益從醫生判定他得了痲瘋病那一刻開始，真正體會到生離的滋味。他的妻子要求離婚，往日常來往的親朋好友一下子失去蹤影。他像被判了無期徒刑的囚犯一樣搬進了這個痲瘋病院。過去的一切剎那間變成是很遙遠的事了。

　　這裡是縱貫公路上臺北縣與桃園縣交界的迴龍，佔地卅四公頃的山坡地上住著八百一十三位痲瘋病人。這片綠樹叢的大土地與外界沒有圍牆與鐵絲網相隔，但跟人世卻遙不可及。山下公路上車聲喧囂，人來人往；療養院裡頭卻是個孤獨封閉的世界。人們對痲瘋病的恐懼與歧視把他們隔離了，他們與外界的關係在這裡斷了線。但在這裡，他們也感受到外面社會所缺乏的真情。

　　病人自己建立他們特殊的世界。他們自己碾米，自己種菜，自己餵豬，自己養雞養兔養魚，自己管理他們的商店。卅四公頃大的療養院就是一個千人大社區，有餐廳、合作社、理髮廳、圖書室、運動場、醫療室、花園涼亭，還有佛堂、基督教堂、天主堂，完全是一個自給自足的大社區。維持生活所必須的機能幾乎是齊備了，欠缺的是對生活步調的安排與外界的接觸。

　　大部分病人無顯著病癥，只是眉毛脫落，有的身上只有一塊塊白皮，禿斑；但有的人卻有生動的病苦模樣。他們的手足收縮只剩一截肉椿，指趾捲曲如爪，潰爛的腳上包著繃帶，撐著拐杖，行走艱難；有的抬起傷殘的臉，塌鼻眼盲，獅面肥耳，眼球凸出。對初進入這個世界的人來說，病人友好的笑容也會變成可怕的睨視。

　　在院內四處走一遭看不到一雙皮鞋，每一個走過的病人腳底下不是塑膠拖鞋，就是黑布鞋。麻瘋病人最常發生而又最嚴重的就是外周末梢神經被侵犯造成合併症，病人手足受侵蝕毫無知覺，穿上硬底皮鞋、膠鞋，腳很容易受損傷，病人又無感覺，時日一久就會起水泡、化膿、潰瘍。麻瘋的腳需要的是柔軟、舒適的鞋子，價廉的黑布鞋成了院內的註冊商標。

　　行動不便的麻瘋病人是個大忙人。起床後穿衣套鞋成了一椿困難的工作，把衣服扣子逐一扣進釦門的過程，平常人看來簡單，但需要手指的許多神經、肌肉靈活配合，麻瘋病人手腳大多萎縮癱瘓，知覺遲鈍消失，無法用力，穿一件衣服花上十幾分鐘是常有的事。

　　在石階上經常可以看到病人彎下身子集中精神地繫鞋帶，用卷曲拇指和收縮的掌心緩慢地蠕動，總要好長一段時間才起身。

　　每天三頓飯也很難辦，院舍所使用的炊具、熱鍋、熱壺、電壺及熱茶杯等可以導熱的東西都必須裝上不傳熱的木柄以防

燙傷，大部分麻瘋病人的手腳麻痺沒有知覺，平常大家都得特意保護自己的手，煮一鍋稀飯，炒道菜，燒開水……都得小心，否則不會傳達痛楚的手就會遭到損傷引起潰爛。

有菸癮的麻瘋病人的手指呈現黃褐色，中指、食指末梢在長期煙油燻燙之下特別明顯。他們手上的香菸常是燒到末端還不自覺，幾個老菸槍圍在一塊聊起天來，很容易就忘掉手上還燃根菸。

病人的視力也容易受到損傷。麻瘋桿菌直接侵入眼球後，若未能及時治癒處理，眼睛很快就會瞎掉。有的病人入院時，視力正常，等到麻瘋桿菌擴散到眼神經、顏面神經後，連成整個眼瞼內翻或外翻，甚或上下眼瞼不能閉合，眼球凸出長期暴露就經常可能染患角膜炎、結膜炎，眼角膜也逐漸潰瘍，視力一天天衰退。

儘管視力不易維護，麻瘋病人看書報還是很仔細，從不略過有關外面世界訊息的一字一行，以找尋一整天的談話資料。電視機是長時間開著，螢光幕上每一個畫面都會帶給他們有關外面世界的聯想，那些有二、三十年沒出過院門的病人當然不會放掉這個對外溝通的唯一工具。

樂生療養院內收容的八百一十三位病人幾乎有三分之一以上，二、三十年沒有接觸過院外的世界，他們除了透過電視畫面去領略外面社區的變遷外，在他們看得見的周遭環境最大的改變就是山坡下縱貫公路車聲日漸嘈雜，和那山下迴龍社區逐漸蓋起的公寓住宅。

跟這些新式公寓比較起來，山坡上六十一棟院舍顯得老舊，不過對山下住慣公寓狹窄空間的人，樂生療養院內開闊的空間卻是他們理想的居住環境。

山坡中央石階走道來住的中心點，樹立了前任院長題的一座「以院為家」石碑。這座石碑是在民國卅六年立起來的，有好多比這個石碑更早進院的病人至今仍住在石碑上方的院舍

中。

　　六十一棟馬蹄型、長方型、L型的院舍分成六排依次排蓋在山坡地上．房舍左右前後，各有石階、石板道通往下方的護理治療室。每一棟院舍前院裡種著枝節蔓生的大榕樹，兩、三對石椅、石桌依次排開；院舍後方是一排排絲瓜架，左右兩邊空地分別開闢成小型菜圃，番薯枝葉爬滿一地，不時可見土雞跳躍走動。這是典型麻瘋病人的家園。陽光似乎穿不透有四十年樹齡的大榕樹枝，也驅不走院舍長廊陰晦的濕氣；對照之下，院舍四周納涼聊天的環境要比房內侷促的空間舒坦多了。

　　走進單身房舍內，可以感受一種說不出的擠迫感。病人床舖四周都塞滿了衣服皮箱、收音機、電扇、臉盆、鍋爐、碗筷⋯⋯這是他們所有的家當，全部塞在這蜷曲二、三十年的角落裡，情況稍好的病人床尾茶几上會擺著黑白電視機，陪伴左右兩旁病人打發每天大半時間。房舍各個角落散發著一股潮濕空氣具有的霉味。

　　這類濕潤空氣分布的空間使人聯想起麻瘋病發病的原因。至今醫學一直無法找出這個疑點，只知道人的肌膚長期暴露在冷熱不定，潮濕的空氣中，就容易受到麻瘋桿菌的侵犯，臺灣全省臺南、嘉義、高雄、澎湖⋯⋯等沿海地帶，成了麻瘋桿菌肆虐的地帶。許多居住環境不良的中下階層居民就成了這不知來由的受難者。

　　大多數院民都是在二、三十年前被強迫收容進來的，有不少都跟家裡失去了聯絡，過去的一片已不復記憶，只有所住院舍的取名能撩起他們的鄉思。

　　住在「嘉義」舍的王知義，六十一歲，嘉義布袋人。廿三年前搬進樂生療養院後，最初數年家人逢年過節會來探望兩、三次，偶爾寄點錢來接濟，從他五十歲以後一直是孤零零地過日子。

　　王知義細長雙手因服用一種DDS特效藥後，皮膚萎縮、鬆

皺，呈古銅色，黑白斑紋遍布。他現在每天架著老花眼鏡，靠這雙手替別人做衣服，賺點零用錢。他說：「得了我們這種病還有什麼好說的？命啊！要緊的是日子還得過下去。」

住在王知義斜對面「西高雄」的鄭必信，家住旗津，住進來近三十年只回過家一次。那是十三年前回去看他唯一的兒子成婚；他遠遠地望著兒子握著媳婦在露天酒席來回不停地敬酒，跟胞弟打過招呼後，就沒再和家人聯絡。他也沒有什麼埋怨。他指著牆上貼著的兒子結婚照片說：「這是我兒子。染上這種病真是的……我兒開機車店，生意忙也抽不出時間來看我。」

五十五歲的吳金福孑然一身，了無牽掛。他的身高一百一十公分，只及一般成人的腰帶，話中有一種莫可奈何的樂觀，多少帶點自諷的味道。他相信是媽媽懷他時犯了忌，綁了他手腳，使他長不高。他在民國五十年被送進院來前，曾在家裡被「關」了七年，進院時雙手已萎縮失去知覺。

吳金福做的是院內傳達工作，喜歡到各個院舍去陪人聊天，他指著院舍最上方的一座精神病院，自慰地說：「那裡關著十四個瘋子，話都說不清楚，真可憐……。」

病人言談中都帶有點像吳金福這樣具有宿命色彩。他們自怨自艾，同時也自憐自愛。也有人受不了現實煎熬懸樑自殺，有的想不開發了神經。近年來，這種情形已逐漸減少。

樂生療養院在日據時期強制收容這批病患時，曾分別按他們的居住所在地，安置在同一院舍互慰鄉思，高雄地區住「東高雄」、「西高雄」舍；澎湖地區的住「漁翁舍」；嘉義地區就住「嘉義」舍；臺北地區住「七星」、「大屯」舍；臺南地區病患較多，分列為六棟，都稱「臺南」舍。民國卅八年政府遷臺以後，部隊裡陸續發現有些轉戰滇緬、廣東、福建麻瘋病流行的士兵受到麻瘋桿菌侵襲，也都送進樂生安置，也打破了院舍的地域觀念。

　　部隊中的麻瘋病患發現得早，四肢受到戕害的程度較輕，等進院四、五個月，麻瘋桿菌壓制以後，除了皮膚顏色稍微變黑、結疤以外，通常與常人無異，卻得過著比軍隊還不自由的隔離生活。許多人按捺不住，常鬧情緒，打架、滋事，院方迫不得已，增加了一些輔導人員，並蓋了一座「反省室」，等於把那些控制不住情緒的人關禁閉。隨著病患年事不斷增高，火氣暫消，反省室經常空在那兒，有一陣子還改成臺灣地區最小一座監獄，關些臺北地檢處判了刑的麻瘋病人。

　　趙英是在隨部隊轉戰廣東、福建，而後駐紮澎湖時被發現四肢皮肉腫脹。有一天下午，部隊長請了一位到澎湖來搜尋麻瘋病人的檢驗員用手術小刀在他面部、耳部劃了六刀，他卻一點感覺都沒有。那位檢驗員很含蓄地說：「不是你真能忍痛，就是我的手很輕。」切片浸潤組織液後在顯微鏡下呈現一團團麻瘋桿菌。

　　成群同事擠在馬公碼頭和他做生死訣別，他當時心情就像是押進死牢的囚犯。到院後，發現院內情況並沒有外傳那麼恐怖，趙英靜心接受治療。他為了早些康復，提早下山，曾因大量吞食一種叫DDS的新藥，弄得嘴唇發紫，腹部絞痛，惡夢不醒，差點喪命。

　　他撿回這條命後，買參考書，聽廣播，一心一意準備退除役官兵轉任教師資格考試。他原打算取得教師任用資格後到山地學校教書。

　　他報了幾次名都被打了回票，原因是「健康條件不符」。後來他拿了榮民總醫院的健康證明去報名，承辦人員才告訴他，因為他住過麻瘋病院，政府機關不能任用。這對他是個很大的打擊。他不懂，醫院既然證明他的症狀已列為隱性，可以就學就業，他為什麼還是碰釘子？他下定決心今生今世再也不出麻瘋病院一步。因此，他皈依了佛門，去年一整年每天早出晚歸，到三峽一座荒山上蓋廟。

丁士祺是在抗日戰爭期間在滇緬地區染上了麻瘋病，被送回成都後，太太要求離婚，女兒又小，他身心都受了創痛。他會修汽車，對機械很在行，因一病在身，從此也無用武之地。

他在民國四十八年進了療養院後，整天廿四小時不曉得該怎麼打發。有一次，院長千方百計的請到一隊康樂隊上山來表演，一個星期前付了訂金，到了表演前一天康樂隊負責人聽說要上麻瘋病院，嚇得連夜退錢。丁士祺氣不過，設法訂做了十幾套制服，組織了一支鼓樂隊，後來口琴隊、國樂隊跟著成立，籃球隊、排球隊他紛紛組成，院內活動辦得有聲有色。

他的女兒有了男朋友，他堅持不讓準女婿到麻瘋病院去看他，恐怕會誤了女兒的終身。另一棟院舍的一位女病人的姐姐就是被連累而嫁不出去的。丁士祺的準女婿是一位醫生，了解麻瘋病是不會遺傳的，他的女兒不久前結婚了。

不幸的是，他的女兒新婚不久就得了腦瘤去世了。丁士祺熬過了病院裡一、二十年的日子，卻受不了這個打擊，信了基督，目前他帶著基督教女青年服務隊員陪那些行動不便，孤苦無依的老病患聊天，陪他們出遊。

張啟平在廿四歲那年突然發現皮膚上有光亮的斑點，出汗時更加明顯，看了幾次皮膚科醫生都沒有結果。出斑點的部位逐漸像是有很多螞蟻在爬，時常會口舌乾燥，流鼻血，渾身不自在，透過當地教會門診的結果，竟然是麻瘋病。張啟平一直不敢面對這樣的事實，結婚不到兩年的妻子回娘家一住就沒有消息。最後他媽媽送他走進樂生療養院，他噙著淚水住了下來。

張啟平病況控制後，曾出外謀事，別人一打聽到他住過麻瘋病院，馬上就將他解職了。後來他乾脆回院內辦消費合作社，賣些日用雜貨。

院內成立合作社是一件偶然的事。政府撥付樂生療養院收容病患每人每月可領到卅九公斤自設碾米廠打出的白米，加上

三百四十三元菜錢；退除役官兵另加三百四十元零用錢。到今年七月，一般院民也可以多領到三百七十元零用金，這些補貼不斷受到騰升物價的壓力，用起來相當吃力。

　　早期山坡下迴龍社區的菜販也不太願意把東西賣給院民，居民還傳出麻瘋病人放出的垃圾水會感染疾病。逼得沒辦法只好由病人自組一個合作社，兼賣些香菸、日用雜貨。後來院方乾脆開放一個餐廳做為菜市場，每天一大早合作社辦事員趕早到桃園採買，臺北縣政府也特別通融，准許一位幹過屠夫的院民每天私宰一頭免稅豬。這大概也是臺灣地區唯一的合法免稅豬。

　　樂生療養院在十五年前開放隔離政策後，有工作能力，四肢外觀未受損的病人每天可以到院內附設的製磚廠當搬運工作或外出打零工，院民生活大為改善，菜市場的交易也轉旺，山坡下面生意人開始上山做生意，附近的居民每天一大早趕著上山買便宜的免稅豬肉。

　　在擔任合作社理事時候，張啓平邂逅了現在的太太，他們戀愛六年終於結了婚，這成為麻瘋病院裡大家津津樂道的韻事。

　　張太太是高雄人，她最初的症狀看起來像皮膚病，跑了幾家醫院都治不好。最後到臺灣大學附屬醫院看病，醫師診斷後起先不敢把病情告訴她；有一天她的家人沒有陪她去看病，主治醫師說出了實情。她聽了以後僵了半天，接著放聲痛哭，一直到她進了麻瘋病院後還是整日哭哭啼啼的。

　　張啓平看在眼裡就不時勸她看開些。她仍然不死心。過了兩年，她的病況控制住了，沒有散播病菌的危險，她滿懷希望和信心回高雄做事。

　　一年以後，她受不了左鄰右舍甚至家裡人的精神壓力，哭著回到療養院。她和張啓平的情感到了談及婚嫁的時候，她的爸爸卻因為他是外省人而不肯答應，婚事一拖又是兩年。前年

他們準備公證結婚，她的爸爸不同意她在法院結婚又拒絕了。
最後總算在高雄行了婚禮。

　　住在張啓平夫婦隔鄰的陳姓夫婦也是在療養院內認識、結
婚的。陳先生是臺北人，他在十三年前進麻瘋病院之後就嚐到
了妻離子散的滋味。

　　陳太太的前任丈夫從苗栗送她進院後，就沒來看過她。聽
人說他家裡又另外找了老婆。

　　起初陳太太是幫忙陳先生補衣服，陳先生也貼補她一些日
用品，後來兩個人在院裡由同居而結婚，他們生了一個小孩，
現在唸小學，寄居在親戚家裡，寒暑假才回院內跟他們同住。
陳先生現在在臺北附近做流動性批發雞蛋、鴨蛋生意，生意還
夠全家人餬口。

　　這兩對夫婦都是在患難中相依為命，自莫可奈何的苦悶中
培養出真情來，療養院裡共有卅五對這種同病相憐的夫婦。

　　百分之九十的人對麻瘋病人都有自然抵抗力，只是嬰兒抵
抗力較弱，在與患病母體長期接觸下，有可能被傳染，最直接
的傳播方式是吮吸母奶時，嬰兒的口腔黏膜接觸母親的奶頭皮
膚傳染，長大後可能十年、廿年才開始發作。

　　早幾年，院方還准許他們有小孩，送到院外的育幼院養，
後來因為這樣牽扯情感太深，院方規定要結婚就得結紮。

　　夫婦合住的房舍內部看起來較寬敞，沿著馬蹄型的走道，
擺滿著瓦斯爐，塑膠水缸，洗衣機，炊具，一日三餐都是在院
子內起鍋的。經常有單身院舍的人跑來搭伙。

　　院舍邊緣山坡地散搭著一間間草棚，病人在那兒養雞、餵
兔子，也養著幾頭豬。平常沒事大家幫著採些番薯葉、青草，
每隔一段時間，飼主就載著鐵籠四處兜售，回來免不了左鄰右
舍圍坐打一場牙祭。

　　嘉義來的一對張姓兄弟因發現治療太遲，眼面被侵蝕嚴
重，嘴歪眼斜，無法外出工作，純靠養雞兔維生。家裡除了一

位七十幾歲的老爸爸外，就只有一個正在唸國中的妹妹，周圍鄰居都很同情他們的遭遇，沒事幫著照顧雞兔，到了一定時間，總有人騎腳踏車幫他們叫賣，幫忙多籌些錢寄回家。

這類相互扶持的小事在這裡相當普遍。

經常可看到男女病人圍坐在大榕樹下的石桌椅合做手工藝品、或簡易的電子組件，每個人各依其雙手、手肢關節的狀況，負不同的責任。

以四人合作的電燈開關組件來說，在平常人看來組合四項小零件稀鬆平常，他們卻做得很帶勁。

手指微微彎曲無法用力的人，只能用手肘夾住開關元件搭在一起，另一個十指腫脹，指甲烏黑，拼合組件也不容易。有的手已經由手腕關節處切除，腳背、腳趾還纏著紗布。真正能用得上力的把守最後一關，用鐵鉗子把四個組件鉗緊。這樣四人合做零件一組可以賺五分錢，每天手腳快的話可以做上一千五百個上下；還得一大早就四人圍坐在馬蹄型院舍前樹下圓桌開始動工，有時又會在樹上吊盞日光燈，工作到深夜。

病人接這樣的工作，不純粹是為了錢，也賺不到幾個錢。他們總是一面做，一面聊；有時候左鄰右舍一些手腳殘缺的也跟著圍進來閒聊。

在這個小天地裡，聊天已成了每天生活的主要部分，和吃飯、看電視一樣重要；每天早上十點過後，榕樹下就開始擺出躺椅，沿著石階望過去，一排排石椅上到處圍著一團人，蓮花涼亭、單車房舍的長廊角落到病床上，四處都在擺龍門陣。

他們聊的話很廣也很細，經常會為著報上一小則新聞或是電視幾秒鐘的畫面反覆爭論、頂嘴；兩個人一起下棋總引得大堆人圍觀，指指點點。

麻瘋病人大概是世界上最懂得消磨時間的人，他們的生活步調相當慢，這裡沒有人會感受到時間的壓力，他們幾十年都熬過了，也沒有人趕著過這麼一天。

　　這段「時間」的考驗，對父子妻女之間的親情是一段最真切的試煉。樂生療養院左側一座簡陋竹棚搭建起的村子卻處處洋溢著中國人特有的倫理親情。

　　這座「龍壽村」住的都是麻瘋病人的親屬，有些病人住進樂生療養院後，他的家人也跟著搬到療養院外圍以便相互照應。他們在那裡搭起的房子越來越多，慢慢形成一個小村落。一些出了院無處投靠的人也搬進這個村子長住下去，每隔兩三個月回院裡定期檢查也方便些，還有同病相憐的朋友可以無拘無束的聊天。

　　龍壽村上方的一塊山坡地上，中校退伍的張先生和少校退伍的韓先生合夥養了四百多隻雞。張先生在出院期間曾看了一場以古羅馬時代為背景的宗教電影「賓漢」，其中有幾個鏡頭描寫麻瘋病人躲在荒山野谷的生活。他鄰座的一位女子看到這兒突然驚一聲：「唉呀！這些大麻瘋真是恐怖，我旁邊如果生著一個麻瘋病人多嚇人。」他強忍著一肚子氣，走出了戲院。他們都曾外出謀生碰壁，才回到這塊空曠山坡地上養雞。

　　有些病人在不會傳染麻瘋桿菌後，院方通知他們的家人領回休養，卻一直沒有回音。許多老弱病人寧願留在院內互相慰藉，也不願回家給親人添麻煩，遭到冷落。更有人在住進來後就決心這輩子抱殘守終了。

　　樂生療養院幾乎所有病人都把戶口遷進了病院；戶口名簿「住遷註記」欄上，填的都是「臺北縣新莊鎮中正路上百九十四號」，外面有些人一看到這個地址就知道曾在麻瘋病院出來的，給出院謀生求職的病患帶來很多的不便，一直到幾年前，院方開放隔離治療，改採追蹤門診，盡量替對方保密，才鼓勵院民把戶口遷出去。

　　在院內落戶生根的院民中，最可憐的要數盲人舍的那群老人了。麻瘋桿菌特別容易侵蝕眼面神經，視力重度障礙的人佔去很大比例，這些老弱病人，獅面、兔眼、肥耳、塌鼻、四肢

不全，大都已由院方強迫收容二、三十年以上。目前院內看護人員不夠，只有找其他養護房舍病情較輕、能夠走動的人來替他們換洗衣服、餵飯、照應起居。

六十坪大 L 型房舍內，在一長排床板上，雙目凸出的病人依次癡癡地坐著，有些氣色較差的病人蜷縮在被子裡，床下擺著馬桶、尿杯、痰盂，四周牆上貼著象徵上天國的一些宗教圖片，使人領受到生命的脆弱、無力。

在痲瘋病人不自覺的傷殘過程中，肢體受到痲瘋桿菌侵蝕後，四肢似乎一點一點地短下去，直至只剩下一截肉樁，甚或全部喪失為止。這個銷蝕過程實際跟病菌沒有直接關係。有的病人痲瘋桿菌已經壓制了七、八年，然而手指、腳趾仍然繼續潰爛，細究原因在痲瘋病人的手腳知覺遲鈍，他們手腳用力過度，難免受到剗傷、壓傷、切傷、撕傷……這些皮骨長期損傷的累積結果使手足逐漸潰爛、消蝕。這些定期更換紗布的病人就成了護理室的常客。

頭帶圓頂白帽，一身白色制服的女護理人員在上午八點十分進入護理室，門外的長廊裡早已排滿了手腳裹著紗布，滿臉愁苦的病人。護理室有一張長形方桌，卅四位護士輪班查驗病歷，填寫表格，有的在細數病人一月份的藥劑，有的用消毒棉布擦拭注射器，有的把大綑紗布攤開準備作業。

卅四名護士有三分之二以上跟大多數病人一樣都已經在這裡工作二、三十年，每個人在左胸制服都繡上名字。病人很少直呼他們大名，通常都用閩南語直呼他們慣用的綽號；手腳不便，精神不濟的病人坐定後，一個個伸出萎縮的手腳，直指皮膚潰爛部位，等著塗消毒藥水更換紗布繃帶。

比這些外傷、潰爛更叫病人受折磨的是長期偶發的神經炎、神經痛、關節疼痛、長骨炎。護理室每天廿四小時不斷有滿臉病苦的患者前來索取止痛劑。得了鼻炎，眼角膜炎的病人來接受抗生素治療的人也不少。

　　護理室例行繁忙的工作是病人注射抗麻瘋桿菌藥劑，調配長期服用的藥丸、藥粉。麻瘋病人的營養狀況與抵抗力的強弱直接影響到對抗麻瘋桿菌的治療效果，病人急需補充高蛋白食物，維他命B、C，預防貧血及其他併發症。問題是病人長期服注藥劑，腸胃無法適應，營養不能吸收，頭暈目眩，噁心嘔吐。常有臉色慘白，精神恍惚病人走進護理室，要求打營養針劑，補充體力。

　　能上護理室看病都是還能夠行動的，在院內六十一棟院舍內，幾乎有四分之一的病患臥床靜養，無法起身行走，三餐都是趴在床上吃的；日班護士每天得輪班巡察這些病患，替他們的潰爛傷口消毒，更換紗布繃帶，打抗生素，注射營養針，偶爾也陪他們聊些老舊不斷重複的往事。沿著小山坡石階梯巡迴一趟至少也得花上兩小時。

　　緊鄰護理室的是檢驗室，裡頭上下支架盛滿各種組織液，皮下組織切片，還有幾具顯微鏡。麻瘋病人按發作時身體狀況不同分成四種類型，有的皮膚會出現結節斑紋，皮膚增潤肥厚，全身腫脹，有的皮膚會出現斑疹、丘疹等紅色斑點，也有的人會同時出現這兩種病徵；病人入院連續服用立復黴素或DDS特效藥後，可以壓制體內麻瘋桿菌。病菌檢查呈陰性，就不具有傳染性，但得隨時接受追蹤檢查治療，繼續服藥。

　　住院舊病人通常每三個月得檢查一次，由檢驗員持手術小刀取下患者顏面、眉、耳部位皮下組織液，或是鼻腔黏膜液，腫大周圍末梢神經塗白染色檢查，在顯微鏡下觀察，按麻瘋桿菌多少分成零、一、二、三、四、五個測度。

　　樂生療養院八百一十三位住院病患中只有百分之六左右帶菌量在二度以上具有傳染性，其餘百分之九十四病患常年檢查結果，切片測度徘徊在一與零之間，體內已經不含病菌，無法根除，但不會傳染給別人，屬於非開放性病患。

　　帶菌的開放性病患採取隔離治療法，連續服用三個月抗

麻瘋桿菌特效藥後，就轉為非開放性病例，只需要定期接受門診。

接受過治療的麻瘋病人很少死於麻瘋病。他們身體其他部位有了疾病，碰到需急診，麻瘋病反應引起的其他併發症時，馬上從養護房舍移到急病房治療。院內內外科醫生都缺乏，眼科、骨科醫師根本請不到人來。萬不得已就只有轉送到外頭醫院。

目前退除役官兵，榮民之家病患送榮民總醫院，一般病患只有馬偕醫院肯收留。許多病人住院治療時都有很深的自卑感，萎縮的雙手藏在被子裡，不願意讓護士量脈搏、打針。

鄭美在樂生療養院做護理治療已經有卅四年了。跟她同時考進來的護士還有二十個左右留在院內。她從臺北樹林高校畢業考進這裡來接受三個月講習，就開始工作：「那時候大家對麻瘋病仍然相當恐懼，護士規定穿長筒膠鞋，穿戴手套，整個臉都罩起來，只露出二隻眼睛，病人看到我們這副模樣無形中感到自卑沈重。」

當時還有日本警察押進院裡的麻瘋病人問鄭美：「日本人是不是準備毒死我們？」這類的恐懼感至目前仍存留在未出面治療的麻瘋病人心裡。

廣東、福建、臺灣民間有關麻瘋病流行的傳說很多；有人迷信禁絕煙火可以防止麻瘋病傳染，北投有一位老婦人得了麻瘋病死了，她出殯前，嚇得左鄰右舍的人不敢生火煮飯。澎湖離島有一個小村莊中，更發生過為了一個死掉的麻瘋病人，全村遷移的怪事。

卅幾年前，樂生療養院到澎湖去收容麻瘋病人時，沒有人肯提供暫時收留所，麻瘋病人只好借住在省立澎湖醫院的太平間，當地人知道這件事都繞道而行。到處傳言麻瘋病人是千奇百怪的怪物，更有的說他們會飛簷走壁。

這類以訛傳訛的誤解，使樂生療養院的追蹤檢查人員在

作業上常碰到很多困擾。一般人家裡有人得麻瘋病就把他藏起來，深怕家醜外揚；有些新發現的病例在檢查人員第二天上門時已經搬了家；還有的檢查人員常遭到惡言相向。

感染麻瘋病菌不會馬上發病，有一段不規則潛伏期，長的可拖到廿年，短的則幾個月，平均三至五年後發病。樂生療養院護理主任陳雪三年前剛從臺南結核病防治醫院調過來，麻瘋桿菌要比結核桿菌脆弱得多，一碰到空氣就活不長。要經過長期皮膚緊閉接觸才會受到感染。事實上，樂生療養院從民國十九年成立以來，前後有近兩百位醫生、護理人員在那兒待過。有的護理人員跟病人接觸四十六年也沒有異樣。

一般人不了解這個事實。仍是心存恐懼地歧視或躲避，像一層無形的網，封住麻瘋病人的出路，使病人的精神和他們四肢同趨麻木，逼得一些可以走出麻瘋病院過正常生活的人，再度逃回這個封閉的世界。久而久之，他們的心裡也築起了一道牆，阻斷了跟外界溝通的機會。

麻瘋病人在現實精神生活中找不到出路，他們的希望寄託在渺不可知的未來。八百一十三位院民幾乎都信了教，有四百卅多人皈依佛門，兩百人左右信基督，七十多人信奉天主。

走進這大片山坡地，最先映入眼簾的可能是左方山坡上基督教堂上的十字架。從這座教堂大門前望過去是一座琉璃門宮殿建築的佛教「棲蓮精舍」，離佛堂不到三十公尺處，蓋著一座宮殿式的天主堂。

每天清晨五、六點鐘，天空乍明的陽光洒落在這片山坡地時，山坡石階道上來來往往都是趕往「棲蓮精舍」聽經講道的信徒，有撐著拐杖的，有坐輪椅的，大家輪流默坐靜跪在佛祖金身前，祈求我佛慈悲，賜與再生希望。

三個教派在這塊小天地裡，不單是闡揚出世的精神，替信徒導引心理出路，更需要做的是入世的工作，幫忙信徒解決生活細瑣的問題。他們各有組織，彼此解決困難，很少發生衝

突。

　　每個教派都成立福利互助會的組織，輪流接辦院內三、四百人的伙食，安排行動方便的教友就近照應無法起身的病人，若有教友住進急病房，則互相濟助，代為禱告。

　　天主教會過去幾年一直派有外國修女照應病患，院民都親切地稱呼她們「姑娘」……這些修女年紀已高，工作負擔不了，有的回國休假就沒再回來。照顧病人的擔子逐漸交由天主教輔仁大學的一個學生社團。

　　輔仁大學醒新服務社是在七年前成立的。團員一直維持在四十人左右。這批大學生常利用假日到院內陪老弱病人聊天，還會替龍壽村痲瘋病人子女補習功課。好些團員瞞著家人參加，父母知道後都要求他們不要太傻，有一度服務社被迫解散幾個月。

　　隊員在與病人聊天時，發現竟然有些人二、三十年未跨出療養院一步。一項院外參觀遊覽活動就辦了起來。最初沒有遊覽公司願意租車給他們，隊員輪流用借來的轎車來回接送，慢慢有遊覽公司租車給他們用；隊員們陪病人走高速公路，看石門水庫、蘇澳港，出遊的病人見聞一開聊天的聲音就比別人大多了。

　　最近兩年，基督教女青年會服務團也加入他們的行列。

　　樂生療養院重建科主任胡舜之很歡迎這批年輕人上山。過去一直只有外國教會團體、扶輪社、獅子會員上來參觀，本地人上山來看護的人不多，這等於切斷病人跟外界接觸面。他說：「比這些病患可怕的外觀更令人傷心的是他們內心的孤獨、絕望，病患心理上治療遠比藥物治療來得重要。」

　　教會對臺灣地區痲瘋病防治醫療貢獻很多。全省各地分設有九個門診中心給藥、治療、聖經馬太福音第十章第八節上說：「醫治病人，叫病人早日恢復健康，叫死人復活，叫長大的痲瘋潔淨。」前後有不少外國教會人士抱著這樣濟世活人的

奉獻精神到臺灣來替麻瘋病人工作。

　　澎湖男女老少都叫得出口的白小姐、白媽媽，是最顯著的例子。她在民國四十四年，由基督教信義會派到澎湖工作，這位廿二歲的美國姑娘經常在強風烈日下，搭著舢板、漁船到離島去訪視麻瘋病人，已連續工作了廿三年，白媽媽成了澎湖家喻戶曉的人物。

　　在樂生療養院和八里的樂山療養院內，先後有幾位類似白小姐這樣的人，貢獻二、三十年青春時光陪著麻瘋病人度過，這些愛心點滴累積已逐漸打開病人內心和外在封閉的世界。

　　單靠這些少數人的愛心是衝不破麻瘋病院那層無形的網。我們的社會亟需要的是具有奉獻精神的社會工作者，更重要的是要有更多的機會幫助社會大眾消除對麻瘋病人的誤解，鬆開他們的精神束縛，讓他們有走下山坡過正常生活的希望。

　　美國時代雜誌曾以封面故事介紹一位在印度加爾各答街頭收容垂死麻瘋病患的修女泰麗沙的事蹟，稱譽這位瘦削、羸弱奉獻的修女為「活聖人」。她的可貴在於尊重麻瘋病人的求生意志，和在卑微環境下造就的尊嚴感。

　　樂生療養院麻瘋病人需要的不只是內科、外科醫生、看護人員、和一些物質上的濟助。他們更迫切期待那些能夠以整個人生活、希望完全投入的奉獻者。

　　　　　　　　　　　　　　（〈麻瘋病院的世界〉，翁台生提供）

【分析】

　　麻瘋是一種侵犯人類皮膚及周邊神經的疾病，上呼吸道是主要的入侵途徑。得病後，皮膚感覺消失，神經腫大，造成面容殘缺、手足畸型，所以大眾對此病症極為恐懼、排斥。「樂生療養院」成立於1929年，當時為日治時期，日本政府的做法是「強制收容，絕對隔離」，所以當時入院的病人只能老死其中。

　　翁台生決心報導麻瘋病的機緣，是1975年他在《醫院》雜誌讀到一篇麻瘋病人的敘述，說到自己生命的無奈，及千辛萬苦住進麻瘋病院的境

遇。翁台生不禁為之鼻酸，希望能改變過去社會大眾對痲瘋病人的歧視和誤解，並且讓社會上有影響力的人了解病人的遭遇，進而改善他們生存的環境。1976年他於《綜合月刊》發表了〈痲瘋病的故事〉，這是臺灣第一篇深入痲瘋病院的採訪，結果引起相當多的迴響，當時的臺灣省主席謝東閔讀了這篇文章後，買了五十份《綜合月刊》送衛生所，還特別請衛生主管多多留心照應痲瘋病人。不久，政府補助一千八百萬元改建從日治時期以來沿用的院舍，病人的伙食費與零用金也調高了。有很多讀者讀了文章後深受感動，主動捐錢到痲瘋病院。

　　1978年翁台生三度探訪病院，完成此篇〈痲瘋病院的世界〉。訪問時發現所有八百一十三位病人，都有不同的際遇，等於有八百一十三個故事，要如何在八百多位病人中找出具有代表性的故事，對作者是一大考驗。翁台生儘量讓自己成為一個客觀的敘述者，為了完整呈現病人的遭遇，自己並不介入。他先查詢病人發病特徵及家人反應，再問醫護人員對病人的印象，也加入病理方面的文獻資料。為拉開痲瘋病院神祕的外衣，除了一個個的故事外，他並列出病理統計數字當佐證，再穿插醫生護士在醫療照顧上的說明，以強化報導的主題。病人資料必須透過院內的人與事，才能生動呈現出來，作者的處理方式是交代病人的年齡、省籍、入院年月、發病特徵、家人反應、與其他病人互動等資料，分別整理過濾，再訪問醫護人員對病人的印象，用醫生護士的話增加說服力。

　　翁台生從食衣住行分別探討病人每天面對的困境，這都是他採訪時的所聞所見。有的病人手足只剩肉樁，或手指腳趾蜷曲，所以每天一早穿衣套鞋就十分艱難。有的臉容變得獅面肥耳，眼球凸出，令初來此地的人望而生畏。因為作者親自做了詳盡的訪查，所以對病人的生活了解清楚，除了醫學報告之外，翁台生是最早將痲瘋病院的實況向外界揭露的人，難怪會引起震撼。

　　本文開頭兩段簡述痲瘋病人家屬與痲瘋病患者本身的遭遇，馬上就讓讀者清楚認知到：原來痲瘋病人的痛苦不僅來自疾病的折磨而已，與至親生離、與社會關係斷絕，雖生猶死，才是最悽慘的感受。接著道出病院所在，它距離臺北大都會這麼近，卻是一個孤獨封閉的所在，八百多位病

人自給自足，形成一個大社區，他們大多數人一進來後，就注定要終老此地，而外界也早就遺忘了他們的存在。

在病人的形體外，他用更多的篇幅來探討病患的尊嚴，病人能忍受疾病侵蝕，但與親情、社會、體制間的衝突，才是這篇文章的重心。文中選取的病人遭遇都有其代表性，有的三十年來只回家一次，那是參加唯一兒子的婚禮，可是做父親的只能自卑的遠遠觀看。有一位病人是從大陸隨部隊駐紮澎湖時，被發現得痲瘋病，到病院裡他發憤苦讀，想在病癒後取得教師任用資格，但因為住過痲瘋病院，政府機關不能任用，這種打擊使他發誓，終身不出痲瘋病院一步。有的病人的病情已受到控制，但在出外謀生碰壁後，只能再度逃回這個封閉的世界。

外在世界的種種排斥，使院中的病人只能自力救濟，康樂隊不敢來病院表演，他們就自組鼓樂隊；山下菜販不願來做買賣，他們又自組合作社。難得的是因病而被配偶拋棄的男女病人，在苦難裡互相扶持，結為夫婦。他們不認輸，以堅忍的毅力、高貴的愛心爭取到自己生命的尊嚴，克服了宿命。在對病人的描寫之後，文章歸結到醫護人員的用心照顧，及宗教界人士無私的奉獻，終究，人性還是發揮了最大的力量。

文章對照式的情節，往往能觸動人心，不僅敘述具說服力，批判性也很強烈。作者充分掌握研究對象之資訊，挖掘事件本身的深度，正面與負面的故事誠實羅列，並不刻意美化或標榜光明面，分別從病人的形體與內心說起，探析深入而有條理，使文章的切入點清晰呈現，開創了疾病報導的新視野。

傳統觀念認為痲瘋病是因為做了不名譽的事而遭到的天譴，所以又稱「天刑病」，這讓病人也無奈的歸之宿命。當訪客問道：「你們將來怎麼辦？」所得到的答案都是：「我們沒有將來。」採訪時所見所聞都是一段又一段悲慘的故事，使作者也感染了沈重的悲傷，文中無法摻入愉悅的氣氛。他在採訪後記中透露，難忘「樂生療養院」痲瘋病人愁苦無奈的表情，這些人物都是社會上卑微的角色，有的只為一個外人無法了解的簡單的目的活著，或一個人躲在孤獨封閉的世界裡過了三、四十年。訪問時，曾有一位方先生帶他們到家中，招呼入座，並遞了幾個橘子請大家吃，翁

台生很快剝了橘子，一瓣一瓣嚥進肚裡。訪談進行得很順利，臨別時方先生才說：「剛才給你們橘子吃，是試探你們的誠意。如果你們連橘子都不敢吃，還談什麼關心，只不過是好奇著跑來看我們可憐罷。」這令他十分震撼，如果新聞工作人員沒有專業能力，沒有人溺己溺的人道精神，社會上各種黑暗死角就不可能被挖出來整補，那些長期畏縮在陰暗角落的人也沒有機會表達他們的痛苦和無奈。

　　病人與家庭往來的情況，最能看出人性，親子關係、夫婦之愛、朋友之情都一一受到考驗，香港《明報月刊》主編胡菊人說本篇「前後連貫，脈理相連，給人一氣呵成的痛快感，又都有一種本領，能把讀者帶進現場，又都能提出問題，取材選例，又充分，又適切，使我這個自小就對這種病人聞之如鬼魅的讀者，不單完全改變了觀念，對他們發生極大的同情，且有主動要為他們服務，和他們做朋友的衝動。」〈痲瘋病院的世界〉中，報導與文學平衡，把讀者帶進現場，取材充分而有技巧，使一般大眾產生同情心，並改變了對痲瘋病人的成見。

### 習作題

1. 〈痲瘋病院的世界〉使我們體認到痲瘋病患的不幸遭遇，其實世界上還有許多陷於病苦中的人，以你的專業能力，可以怎樣來幫助他們？

2. 高信疆在〈永恆與博大〉一文中說：「選擇報導文學，正是一個年輕人接觸人生真實的、具有反哺意義的事業。報導文學是種不斷追尋的良心作業，靠著我們的行動、我們的愛心、我們的知識，才得以實踐並且成長。」你認同他的話嗎？為什麼？

3. 參照報導文學的寫作步驟，嘗試以人物為中心，從身邊熟悉的人物著手，創作一篇報導文學。

# 附錄一：屏東地區報導文學作品標題

〈水鄉珍味——筍殼魚養成手記〉（陳俊甫）

〈其實你不懂我的心——了解憂鬱症〉（張慧萍）

〈屏東街頭的吉普賽族群——從蔥油餅看路邊攤〉（林倩儀）

〈粉墨人生夢〉（林逸萱）

〈看，山上的孩子舞琉璃——認識「蒂摩爾古薪舞集」〉
（徐麗敏）

〈健康的堅持——祥園有機農業實訪〉（陳凱琳）

〈默默辛勤的校園尖兵——工友甘苦談〉（顏呈珊）

〈飲食與建築藝術的結合——莊輝煌先生採訪實錄〉（曾仲甫）

〈救援，無宗教之分——和平教會葛兆昕牧師的救災經驗〉
（詹宜蓁）

〈優雅的「字」虐狂，魔幻的敘述者——屏東作家郭漢辰〉
（雷蕾）

# 附錄二：學生作品

〈媽祖廟疑雲——鹿耳門溪畔媽祖正統之爭〉

（郭軒成撰，由天下雜誌提供）

## 一、臺灣之門

明永曆十五年（西元1661年），鄭成功率領戰艦和將士抵達鹿耳門外沙線。當時的鹿耳門港潮退水淺，無法進港，鄭成功於是設香案，穿戴冠帶禱告：

> 成功受先帝眷顧恩重，委以征伐。奈寸土未得，孤島危居，今而移師東征，假此塊地，暫借安身，俾重整甲兵，恢復中興。若果天命有在，而成功妄想，即時發起狂風怒濤，全軍覆沒。苟將來尚有一線之脈，望皇天垂憐，列祖默祐，助我潮水，俾鷁首所向，可直入無礙，庶三軍從容登岸。

——江日昇《臺灣外記》

祈禱完畢，潮水大漲，鄭氏戰艦得以經由鹿耳門港進入臺江。鄭荷之戰結束，鄭成功也認為一切的戰勝都是媽祖的保祐，於是便將鹿耳門港南岸島上的媽祖廟予以重建。這就是鄭成功於鹿耳門與媽祖的一段故事。

在臺灣的歷史上，有所謂的臺江內海，它就位於現今臺南的赤崁樓以西，安平古堡以東，北達嘉義，南達高雄的範圍內，是一個廣闊的潟湖。又名海翁堀，荷蘭古圖註為「T Walvis Been」，即鯨魚棲息之處的意思，實為海翁之湖。

北線尾嶼與大員島之間，就是所謂的大員港，以此港為界，北邊的島嶼稱為北汕諸島，南邊的島嶼稱為南汕諸島。鹿耳門，是位於隙仔線嶼與北線尾嶼之間的一個港道，因狀似鹿耳而得名。

鄭成功靠鹿耳門港進入臺江後，此港便聲名大噪，一度取代了當時日

漸淤積的大員港，成為當時進入臺灣的必經港道。

位於北線尾嶼北邊小漁村，因瀕臨鹿耳門港而絡繹不絕，是為「鹿耳門村」。

鹿耳門村附近，有間荷蘭時期的草寮媽祖廟，明鄭時期擴建為天妃宮。鄭氏投降，進入清康熙時期後，又擴建為天后宮，為此地的信仰中心。

清乾、嘉時期，鹿耳門港之盛況此時可謂空前盛大，每日往來於此的船隻極多，而有「鹿耳連帆」之喻：

> 沙礁屈曲海門通，
> 幅幅蒲帆挂遠空。
> 擘絮亂雲天上下，
> 斷行飛鷺浪西東。
> 風搏喜近鯤鵬路，
> 星落剛臨牛女宮。
> 畫意詩情何處最，
> 桃花春漲夕陽紅。

——錢琦〈臺陽八景詩·鹿耳連帆〉

## 二、臺江風雲變

從荷、鄭時期，一直到清朝的康、雍、乾、嘉，臺江的範圍雖不斷的在縮減，但仍有一定的範圍，然而到了道光年間因發生了兩次臺江海變，使得整個臺江內海完全變成了海埔新生地。而同治十年（西元1871年），臺灣所發生的一次大風雨，滾滾洪水改變了鹿耳門村的位置，鹿耳門媽祖廟也被大水沖毀，淹沒於溪流當中……。

循著這段歷史故事以及媽祖的神蹟傳說，我騎著摩托車，從家裡所在的臺南市安南區東邊，往西騎向靠近臺灣海峽的鹿耳門地區，想要踏查這段故事的歷史遺跡，以發思古之幽情；並去參訪長大之後聽聞的鹿耳門媽祖廟，向乾媽媽祖上炷香，以感謝我的成長過程，祂的護祐，以及了解一

下現在的鹿耳門地區的發展情況和面貌。

　　順著海風拂來的方向，我來到了鹿耳門地區。接著，我尋找著前往鹿耳門媽祖廟的路，而路上的指標卻讓我困惑了：「正統鹿耳門聖母廟──往北」、「媽祖宮鹿耳門天后宮──往南」！

　　鹿耳門媽祖祖廟，在清朝同治年間雖被大洪水沖毀，但我只聽聞之後有重新修建一座，怎麼會出現兩間，鬧雙胞呢？奇怪了，到底哪一間才是循著原本祖廟而蓋起來的呢？

　　想著想著，我決定兩間都去探訪，於是我便先前往位於北邊的「正統鹿耳門聖母廟」，然後再去位於南邊的「媽祖宮鹿耳門天后宮」。

# 三、誰是正統？

　　來到了「正統鹿耳門聖母廟」，此地俗稱土城，是臺南市安南區的城西里！

　　我走到了廟前，為這座廟宇的宏偉壯闊大感讚歎！我在這座廟的四周仔細端詳，發現它總共有三個殿：前殿祀奉王爺、中殿祀奉媽祖、後殿祀奉觀音和天公，除此之外，周圍還有護城河似的水域環繞。那天是假日，有許多進香團遊覽車聚集在那裡，可以想見它的香火是多麼鼎盛。

　　為了了解這間廟的興建過程，我進入了員工辦公室，很幸運的，問到廟的秘書蔡明泉先生，他向我講解整個媽祖廟的興建過程：「嚴格來說，我們這間媽祖廟，有所謂的五建之說，除了荷據和明鄭清朝的兩次之外，還有民初的重建、民國七年迎入五王船之後的擴建、民國六十四年集合各地信徒捐資費時六年的擴建，也就是我們現在所看到的規模。」從蔡先生的敘述神態中，可以看出他身為聖母廟幹部的自信感和為他們所認為的全臺第一間媽祖廟服務的榮譽感。

　　蔡先生表示，清朝年間的洪水將祖廟沖毀時，有人將媽祖神像抱出，而那尊本尊神像，就是現在聖母廟裡所供奉的媽祖。然後到了民國初年才復建小廟，最後有媽祖神火的指示，選定此地興建。

　　關於土城的地名，一個廟旁的老人跟我說，因為當初鄭成功來到臺灣

後，在這個地區蓋起了土角城，故以此命名。土城從那時候就一直持續在發展，以致於現在有這樣規模的聚落。他還跟我說，鄭成功的登陸地點，是有經過學者考證的，絕對錯不了！可以見得他深信的程度。

在廟的附近有一座鄭成功登陸紀念公園，據說就是當初鄭成功的登陸地點。往南走，大約兩千多公尺，在鹿耳門溪的北邊，一處隱密的漁塭附近，可以看到一座石碑，標示著那個地方就是鹿耳門古廟的遺址所在。

從鹿耳門溪往南，大約八百公尺，便可以到達「媽祖宮鹿耳門天后宮」，此地俗稱媽祖宮，是臺南市安南區的顯宮里。從土城到顯宮大約要半個小時的摩托車車程，沿途都是片片漁塭，在黃昏的夕陽照耀下顯得格外迷人，我一邊賞著美景，一邊騎車，不久便到了媽祖宮。

這間媽祖廟的規模，比不上聖母廟的宏偉。廟前有一個牌坊，穿越中間廣場，進入廟內，有前中後三殿，中殿主祀媽祖，兩邊還有左右兩廡。除此之外，還有名為「鹿耳門公館」、「九龍壇」、「接官亭」三個殿堂，「春潮門」、「連帆坊」兩個小坊。人潮也少，來來去去總是二三人。如此的落差，引起了我的好奇。

我走到了員工辦公室，廟方人員為我介紹了文書組長陳熙城先生。說到廟的沿革，陳先生說：「荷據時有草寮媽祖廟，然後明鄭和清朝前期都有擴建。清同治年間，祖廟被大水沖毀。日治時期，因經費問題，本欲交給土城人士暫時供奉，不過光復後，他們卻欲搶奪鹿耳門之名，進而捏造史實，自謂正統！這間廟，是民國三十六年，由地方信徒所蓋的簡陋廟宇，民國六十六年才蓋成今日明清廟宇模式輝煌的面貌。」從陳先生的口氣中，可以聽得出來他對捏造史實的那些人的不齒以及為媽祖宮蓋廟的艱辛感到心酸。

至於顯宮的地名，陳先生說：「清朝時期，這裡叫媽宮。日本時代改稱為媽祖宮庄，光復後才稱為顯宮里，所以這是前有所承的！」幾年前，在廟附近的鹿耳門溪中挖到「重興天后宮碑」，也是證明祖廟在這附近的證據。

我離開媽祖宮，沿著鹿耳門溪向出海口騎去，仔細的觀察這邊的地勢和風貌，看到了一個「府城天險（鹿耳門港）」的石碑，據說是當年臺大教授考證的鄭成功登陸地點。離開之前，我為這滄海桑田的鹿耳門，深深的歎了一口氣！真的是物換星移啊！

　　不過，我也開始思索著，土城和顯宮兩間媽祖廟說法的正確性，究竟誰是誰非？

　　回到家裡，我開始大肆翻查資料，想要為正統的這個問題，找到一個答案，最後，我擬以下的幾點，作為分析比較：

　　　史蹟證據

　　第一，是關於「鹿耳門古港道」的考證。土城聖母廟，以臺南市文獻委員會編纂組長黃典權等人的考證為據，認為位置在土城地區北邊。顯宮天后宮，則以民國五十一年臺大地質系教授林朝棨等人的考證為據，認為位置就是今日的鹿耳門溪。若依前者之說，祖廟應位於鹿耳門溪北邊；若依後者之說，則應位於顯宮地區附近。

　　將他們考證的地圖做個比較，黃氏等人所考證的北線尾嶼較長；而林氏等人所考證的較短。若把此島和臺江諸汕島做相對大小比較，再對照康熙臺灣輿圖，可以發現黃氏的考證是不成比例的，林氏的考證較為正確。而且經過後來的重新考證，發現黃氏的荷蘭古圖荷尺換算的公尺有誤，林氏的考證較接近事實。

　　第二，是關於「鄭成功登陸地點」的考證。土城聖母廟，既以黃氏等人考證的鹿耳門古港道為據，而鄭成功的登陸地點，自然以今日土城的「鄭成功登陸紀念公園」為是。顯宮天后宮，則以民國四十五年臺大歷史系楊雲萍教授等人的考證為據，認為鄭成功的登陸地點，應在今鹿耳門溪的出海口處，就是在他們所立的「府城天險（鹿耳門港）碑」的附近。

　　若黃氏的古今地圖對照比例尺有所錯誤，他的考證便不足為信。而臺大的兩位教授先後考證的吻合，正可說明鄭成功登陸地點位於顯宮附近為真，而媽祖祖廟的位置，也應以顯宮天后宮附近為確。

　　第三，是關於「鹿耳門祖廟遺址」的位置。土城聖母廟，認為應在鹿耳門溪北畔的「鹿耳門原址天上聖母遺蹟紀念碑」處，而聖母廟就在此處的北邊不遠處，所以祖廟應在土城附近。顯宮天后宮認為，因在鹿耳門溪裡，挖到「重興天后宮碑記」和「新建鹿耳門公館碑記」兩塊石碑，而顯宮的位置，甚為接近此處，所以祖廟應在顯宮附近無誤。

　　關於此點，土城聖母廟認為只靠挖到一個「新建鹿耳門公館碑記」石

碑，就以此作為考證鹿耳門祖廟的位置，並不足為信，因為公館可能只立碑而未建。顯宮天后宮則認為，有些事實，雖沒被文獻加以記載，但也不能否認它的存在性，既然挖到公館碑記，公館就可能存在。若鹿耳門公館未曾存在，也無法證明土城聖母廟較為接近祖廟的位置；但若真有鹿耳門公館，那祖廟接近顯宮的證據，就又多了一條。

第四，是關於「鹿耳門媽」的下落。土城聖母廟，說明在祖廟被大水沖毀後，鹿耳門媽的神像是暫時被寄放在市內的海安宮，民國七年後，由土城人士迎回聖母廟舊廟，他們所供奉的媽祖神像，應是鄭成功所帶來的。顯宮天后宮，說明當初鹿耳門媽被顯宮庄民從祖廟當中搶救出來後，就暫時祭祀在民家，民國三十六年後，才由顯宮信徒迎回於天后宮舊廟。

關於這點，雙方都各持己見，而神像的雕工，都各有專家鑑定為明清時期所雕的神像，所以到底哪間廟的媽祖神像是鄭成功所帶來的，難有定案。但若以此點來證明自己正統與否，似乎不夠客觀，因為這只是當初祖廟被沖毀後，兩地媽祖信徒的心意，誰家的媽祖為真，都無法改變祖廟位置的所在和媽宮住民的居住地。

另外，有三點可深入討論：

首先，我所認識的安南區住民，撇開土城和顯宮不說，包括我的朋友和媽媽、舅舅，都認為顯宮那間才是正統，去朝拜的和心裡所認定的，也都是那間。而土城那間朝拜的信徒，多為外地來的進香團，而且憑著他們的財力，使得名氣較為響亮，這也是有可能的事。若以本地人和外地人的認知做比較，前者似是比較可信的。

其次，小時候拜媽祖為乾兒子的安定鎮安宮，其媽祖神像，是從顯宮那間分靈過來的。西港慶安宮每三年的刈香回娘家，回的娘家也是顯宮。除了「西港刈香」的活動外，為感念當初府城三郊為鹿耳門媽寄普恩情的「三郊還香」以及繞整個安南區迎神的「臺江迎神祭」活動，也都是天后宮所舉辦。這些應足以說明顯宮為正統鹿耳門媽祖廟的確切性。

最後，若從地名分析，「顯宮里」是由「媽宮」轉為「媽祖宮庄」再轉為這個名稱的。若以廟名分析，臺灣的媽祖廟傳統，只有官方所立，才可稱為天后宮，私人所立的都不能配享這個名號。若以這兩者來看，地名

和廟名的延續皆前有所承，「媽祖宮鹿耳門天后宮」應為正統才是。

## 四、護祐不分家

　　經過了考證分析，在我的心中，雖已有一個明確的答案，不過這時我的心中卻思索起爭執正統的價值意義所在。

　　既然信徒都受到媽祖的保祐，哪一間媽祖廟是鹿耳門正統的有那麼重要嗎？我想，心誠則靈吧！若是因為爭奪正統之名，可以換來名氣和香火鼎盛，進而賺取很多的香油錢，我想，這已經失去了信仰的真諦了吧！信仰，應該要回歸純質，信奉就只是信奉，不該去爭什麼第一間媽祖廟的廟名，這樣已經不是信仰了！

　　口傳的媽祖神蹟，歷來不斷，從荷鄭時期的「鄭成功向媽祖祈求潮水大漲成功的故事」、清道光時期的「媽祖勸阻黃任開竹筏港以免敗鹿耳門地理成真的故事」、清同治時期的「媽祖勸阻洪水來時移動神像以免廟宇被沖走成真的故事」、日治時期的「媽祖以衣服擋美軍炸彈的故事」，乃至於光復之後，各地信徒傳來媽祖相助的故事，都如雨後甘霖，滋潤著信徒們乾涸的心。

　　先暫時不管神蹟真實與否，從這邊都可看出，在信徒的心中，媽祖是不吝嗇幫助信徒的，只要有需要，祂便出現。

　　或許爭奪正統之名，在土城和顯宮這兩間廟宇之間還是存在：聖母廟一直驕傲的宣揚它們的正統性；天后宮一直抗議著聖母廟捏造歷史的舉動。不過，從兩間廟宇並存的狀況來看，或許他們已經知道爭執正統不是最重要的，而應是虔心祝禱。不然，應該還會像當年一樣鬧得沸沸揚揚吧！

　　訪問過很多媽祖信徒，他們對正統的事情，並不是最關心的。他們關心的是，媽祖是否都會時時保祐他們！獲得媽祖的保祐，事事平安順利，才是信徒心中最希冀的。

　　身為媽祖信徒的我相信，如果媽祖看見人間的這一切，一定會是一笑置之的。搞內鬥、爭正統，應該不是祂所願意看到的；如果信徒齊心將媽祖的信仰文化加以推廣到各地，祂才會真正笑開懷，真的感到開心吧！

# 第七單元
# 網路與文學

朱書萱

　　網際網路帶來全球資訊化的便利與人際溝通的迅捷，同時也改變了文學創作的型態與作家成名的途徑。網路書寫平臺有別於傳統的文字書寫，其即時發布與交換訊息、意見的功能，以及圖文並茂的創作方式，突破了書寫者與讀者間的藩籬，並為單純的文字書寫帶來多媒體的視聽效果。這些不同媒材的結合本身所蘊含的融合多元化素材的能力，是一種新的自我表達方式，已經越出純文學的形式。

　　2006年，臺南縣政府文化局主辦的南瀛文學獎中，新設立了文學部落格獎項目，顯示在數位科技書寫平臺中，部落格的出現了影響了大眾文學的傳播形式和書寫趨勢；而2007年由國立臺灣文學館推出的第一屆臺灣BLOG文學獎，可說是回應了一個新讀寫者時代的來臨。

## 壹、區別網路文學與傳統文學

　　網路文學乃是結合了網路和文學兩個要素而形成的一種特殊的文學現象。這個文學現象有別於傳統文學之處在於其傳播手法乃是以網際網路為媒介，而其內容亦或涉及運用網路科技與多媒體對文本的介入與製作。目前學界對網路文學一詞的定義包含了這兩個向度，其中第一類並不涉及文學形式與本質的改變，只是傳播媒介的不同，並不足以構成形成一種特殊文學類型的條件，因為幾乎只要能刊登或複製在網路上且流傳的所有的文學作品都能涵蓋其中。第二類超文本文學（須文蔚亦稱數位文學），是一種複合式的多向文本型態。也就是除了文字之外，包含圖畫、動態影像和超連結、互動功能的新型數位文學作品，顯現一種融合視覺、聽覺、多媒體與藝術通感的創作手法，是整合科技表現與純文字敘述的一種新體材。

這種新文體為大多數研究與關心臺灣文學傳播發展的先驅們所推崇。

向陽在〈超文本‧跨媒介與全球化：網路科技衝擊下的臺灣文學傳播〉一文中提到，「超文本文學」顯然加入了各種電腦與網路的新元素，其與傳統文本（平面印刷文本）相異的性質，透過網路這個「新媒介」形成了方興未艾的「新文類」。此新文類的出現，昭告了一個「文學與網路科技的婚媾」年代的開始。

研究臺灣數位文學發展與傳播成果卓著的須文蔚主張，數位文學不僅僅象徵著文類界線的泯滅，這種新文類代表一種鬆綁與開放的性格。數位文學自不能脫離傳統文學的脈絡，但我們應將數位科技本身看成一種語言，以全新的手法來從事寫作。

在名稱使用上，無論是以電子文學、數位文學或超文本文學指稱網路文學，都有概念內涵不盡相當，涵蓋範圍無法一致的問題，因此就觀念論述上的探討來說，是無法彼此取代的。而就李順興對網路文學的定義中所包含的兩個要點看來，第一類過於寬泛，第二類就文體特徵來看相對嚴謹、明確，但卻無法包括1998年以後流行的痞子蔡、藤井樹、九把刀或敷米漿等人的作品在內，對於臺灣文壇普遍使用網路文學指稱這些作家作品的情況顯然無法相互對應。

當大多數人對網路文學的認識僅局限在網路小說，而忽略其他散文、詩歌在網路上的創作時，更遑論超文本文學概念的具體實踐，為大多數社會大眾所忽略的事實。反觀超文本的創作實驗發軔於現代詩壇，在網路小說《第一次親密接觸》尚在BBS電子布告欄上逐字發燒風靡的年代，就已經開始其前衛性的嘗試與創作，這種新文類的開放性與多樣性、自由與互動的新穎特徵，廣為許多學界詩人期待，卻也因其創作過程必具嫻熟科技多媒體操作運用的本事，徒增技術上的困難與挑戰而使大多數人望之卻步。此外，超文本（數位文學）也不限於網路上傳播，故而也無法以網路文學一詞來涵蓋。

儘管學界對網路文學的定義討論很多，充分顯現這個新興的文學領域亟待建構與充實，一般大眾的認知和學術的專業角度理解分歧，但最後我們還是習慣以網路文學稱呼那些在網路上流傳的文字作品，證明了網路文

學這個詞彙使用的以及指稱文體之特性皆與網路有關。而為了排除與區別那些僅以網路為傳播媒介的複製文學（以掃描或複製剪貼方式放在網路上供人閱覽者，或先出版書後貼於網路者），網路作家九把刀認為，寫作過程並未與網路發生關係的，不能算是網路小說。換言之，寫作過程並未利用網路或電腦者，不能算是網路文學。這裡強調在寫作的過程中，電腦或網路扮演著重要的參與媒介或載體的角色。

這或許可以為兩極化的網路文學的定義提供一些範限。小說也好，詩歌也罷，只要是透過電腦輸入、數位化格式所製作出來的文學篇章，或者在網際網路平臺上直接創作的文學性文本，透過網際網路發布傳遞的，都可以納入網路文學的範圍。因此，不論傳播方式或書寫的形式、題材，與網際網路或電腦科技運用相關的文學創作，都可以算是網路文學的範圍。

看來，放寬網路文字書寫創作局限於多文本、多媒體的形式，並限制傳播媒介的格式，會是一個比較符合現階段臺灣網路文學生態與文學現象的概念。而傳播媒介與寫作平臺正是網路文學和傳統文學最大的差異所在。

# 貳、部落格（BLOG）──網路書寫平臺

部落格是繼電子布告欄、留言板、討論區與新聞臺之後的一種新網路平臺，1999年以後廣泛被社會大眾所使用，做為記錄個人生活，分享經驗、故事與社群互動的一種新興媒體。因其簡易方便與低技術的操作，迅速流行於世界各地。臺灣作家於2005年左右開始進入創作書寫的「部落格年代」。

Blog，又稱網路日誌，最早是指網路活動的紀錄檔案。根據維基百科，Blog是一種由個人維護管理，或隸屬於某個網站之下的以定期發布文章、敘述故事，或加入其他圖像、影音等內容的網站。其中的文章日誌是以反時序羅列。中文譯為部落格（臺灣）或博客（大陸）。

部落格之所以能夠盛行的一個重要原因，在於其使用介面極其簡易，幾乎只要會打字，能看懂介面上的指令、功能，能將文字資料或各種圖片

影像嵌入文本，能複製連結網站的地址等，便能輕易上手。而且申請一個入口網站的帳號之後，即可免費擁有個人Blog以供記錄。簡易的操作方式和實用的工具性能讓部落格具有以下幾種特性：

## 一、個性化與開放性

部落客可以按自己的興趣習慣、知識背景、工作經驗與專業領域來建立屬於自我個性化的部落。從版面格式到布景樣式選擇，顏色、圖片的搭配，其本身就是一種排列組合的遊戲。依賴作者個人的審美經驗與視覺好尚所形成的部落格，基本上就象徵了部落格主人的性格。儘管部落格的內容十分多元，由於是屬於個人空間，完全可以由部落格主決定張貼的內容和設定主題，此無異於實踐了個人出版的經營理念，也具體形象化了部落格主人風格的內涵。此外，作者本身有設定讀者的權限與篩選控管的機制來維護個人隱私，部落格介於私領域和公領域之間，是一種既具個人色彩又富有開放性格的傳媒。

## 二、文本獨立，文章易於管理

相較於在討論區或BBS站上張貼的文章之片段瑣碎與不易整合，部落格就像一個大型資料夾，可以分門別類地放置許多不同類型的文件資料。部落格提供了紀年紀時的文章發布功能，而且便於檢閱與修改。每一篇文章可以自成一個獨立的單元，也可以好幾篇文章構成一個共同的主題。既可以按照時間序列，亦能根據內容、主題設立標籤，將同性質或同類的文章分類歸檔，在管理上十分方便，也利於讀者閱覽搜尋。

此外部落格裡的文章，即使沒有寫完也可以日後增補，就像一篇一篇放在資料夾裡的檔案。即使有讀者回應，也不會跟原來的文本混雜一起，這種形式使文本具有獨立性與完整性的特色，較能保留作品的原創性質，與集體創作的網路小說也有所不同。

## 三、鍵結互動與訊息交換

　　目前大部分的部落格允許訪客留下意見與評註，甚至透過部落格本身的小工具，像電子郵件或分享機制，傳遞交換訊息，這是Blog區別於其他靜態網站（意指只提供閱讀資料或知識傳播的網站）最顯著的特徵。並且部落格可以針對某些特定的主題提供評論或張貼新聞，雖然其他的功能就跟一般日記差不多，但是典型的部落格乃是整合文字、圖像，以及和其他部落格、網站或與文章主題相關的特定媒體進行連結的一種平臺，因此，部落格裡最重要的功能，在於使不同讀者可以透過留言的方式進行互動。目前Blog中的RSS裝置，就是讓讀者在部落格更新的第一時間獲得資訊。

　　向陽〈尋找書寫新部落〉認為，由於部落格具有提供讀者／作者評論回應的機制，確立多向／互動傳播模式，也使文學書寫不再只是封閉的體系。相較於以往純粹用符號或文字記錄日常生活中的經驗模式，部落格可藉由評價、意見、電子郵件或其他鍵結與相當多的網路使用者互動分享，而在資訊的搜索與引用上也有相當的回饋機制。這種具有編輯文字和圖像，並能向外拓展的網頁，使網路上資源的聯繫與共享在變得輕而易舉的同時，又能保有個人自我個性化的色彩，成為部落格最具魅力的特性所在。

　　雖然大多數的部落格都有文字、照片及有聲影音，但多半還是以書面紀錄為主，有少數的部落格是以藝術創作、視覺圖像，或攝影、音樂音響、影片或有聲書等專題形式呈現。由於部落格開放的性能與高度的溝通互動能力，不僅能提供豐富的閱讀資料，也能讓讀者對某一主題進行補充、延伸、觸發以增加經驗與知識的擴展，因此具有相當強大的凝聚力與集結能量。

　　各個領域都有專門的部落格，除了各行各業與新聞媒體的部落格之外，學界也普遍用部落格來進行教學、提供學術訊息，記錄教師個人專業成長歷程。甚或個人用部落格書寫來自我療癒，進行自我成長、自我認同的建構，以及用部落格書寫鄉土人文、在地化的記憶與歷史文化進行互動

的對話等等。

　　部落格的種類可以從絕大多數在入口網站中的項目概覽得知。以網友較常登錄的雅虎、蕃薯藤、Pchome、中華電信為例，檢視這些入口網站的部落格分類簡表我們可以清楚發現，部落格幾乎已形成一個全民「書寫」運動，各入口網站分類名稱不一，但項目繽紛，包羅萬象，各種行業、各種興趣，琳瑯滿目的題材，展現了部落格的包含性與議題的彈性之廣大，極其貼近真實社會與人類生活的各種面向。同時，也證明了網路年代書寫已非文人專利，書寫權力已不再只掌握在文人或知識分子手中：「文學創作」這個類目已被「文字創作」所取代。象徵了以輕鬆「書寫」取代嚴肅「寫作」的風潮正方興未艾。

## 參、部落格寫作與自我表達

　　當人們用部落格進行書寫，添加聲音、圖像或多媒體來構造自己的文字樂園，記錄自己的所感所想、生活點滴時，人們其實是在表達一種透過自身經歷所得的自我對事物的認知與反應。在這樣的書寫過程中，書寫者一方面表達自我，另一方面觀看自我。只是這種觀看已經不同於純文字的日誌書寫，部落格可以透過顏色、形狀和影像、聲音各種具像媒介物，讓人們更清楚而充分的表達自我，並且使作者在自我觀看的同時也更明確地意識到其與其他個體之間的差異。因為畢竟文字還是較具有抽象概念的符號，雖有強烈的感染力，但聲音和形象卻是更為具體。

　　其實，部落格就像是一個屬於自己的房間密室。你會在自己的房間裡擺些什麼東西呢？大部分是你喜歡的照片、藝術品、熱愛的音樂、書籍。你會有一些你特別喜歡的家具或小飾物，這些可以由部落格程式提供，但是是有限的資源。你可以給自己添加些自己的手作物品，像是自己的圖畫或攝影，而且你還可以從其他網路的資源中下載你所需要的任何材料。你可以舒服地待在你的房間，自由地做些你想做的事情。如果你不想讓其他人看到你的心事，可以把他封鎖起來，這樣你的祕密也不會洩漏出去。你也可以走出去看看其他人的生活。就像每個人的房間裡都有電腦一樣，你

可以透過網站上的連結，觀看其他人的文章，他的每一天，他做了甚麼，在幾點幾分。

　　當你寫了一些新的文章，並公開的發布了，那表示你也想要跟人分享這些美好或令人沮喪的事情。你的內心獨白，其實就像是裸露在房間裡的自己一樣，是應該要留給自己，還是也讓不意經過的路人看見？王智弘〈網路上的「薄紗舞臺效應」與宣洩治療功能——部落格現象的心理解讀〉中提到，部落格具有一種「薄紗舞臺效應」。與其說這是滿足個人自戀、暴露自我或被偷窺的心理，不如說這是人類自我展現的一種慾望和本能。是一種人類群居意識當中尋求認同的心理狀態，透過吸收資訊與分享，尋找能認同自我價值與信念的群眾。這種分享的生活態度，正是以書寫者自我為中心主動傳播出去的。

　　「書寫」這種行為本身對人類的意義並不僅止於記錄事件，根據科學和心理學的研究，許多人寫部落格的原因，可能和尋求自我治療有關。在教育和心理學領域關於部落格的研究，有很多著重於部落格的互動功能和自我療癒效果的探討，顯示書寫行為本身具有一種心理治療的功能。儘管這種行為發生自古已然，並非從部落格開始，但是部落格提供了一個輕易便捷的書寫管道，也因此，促成了人類運用部落格書寫記錄之餘，也進行自我反思，亦即一種內在經驗的自我省視與覺察。

　　郝永威〈部落格在教育上的意義初探〉一文中說，在部落格的環境中，人們能夠輕易提問，對外界直接寫下、發表自己對事物的看法，進行反思，檢視自己的思考方式（亦即後設認知），進行高階思考，並藉由部落格閱讀他人的看法。人們透過書寫來表達與解決生活難題，或者藉此以增進個人成長，部落格的日誌書寫過程也能提供類似閱讀治療的功能，而猶有過之的是部落格還能提供廣大網友的回饋，而形成了一種支持性團體的氛圍，這可是傳統閱讀治療所不能提供的。

　　部落格書寫其實包含了人們向外拓展自己信念與價值的自我展現，也同時提供了一種觀看、閱讀自我與自我檢視、省察的機制，從而提升個人對自我存在狀態的意識。這種以個人為中心，進一步形成社群互動的社會行為，透過網際網路傳播的迅捷途徑，形成了一個廣大的書寫網絡，既有

助於個人私密情感的傾瀉抒發，亦能經由網路社群提供價值認同與情感聯繫，裨益個人心靈成長與思緒沈澱。在重塑自我認同之外，也能深刻理解個人心靈追求的層次與行為、情緒發生的起點，可說是一個非常有利於個人剖析、表達和觀照自我的平臺。

人人都可以有自己的部落，網路社會中的平等性與社會階級的泯滅，使現實生活中的種種限制隱遁於無形。虛擬世界中，每一個個體都有發聲的權利，沒有明顯的高低貴賤雅俗之分。網路作為一個文學作品發表的場域，不再僅是作家的版圖。以往文學家或作家的養成之路，乃是必須透過報紙副刊、文學雜誌、文學獎競賽的認可而來，現在部落格與BBS站上貼文的即時性，讓作品面世的機會大為增加，文章的曝光率隨著點閱率攀升，使作家的身分認同也有了與以往不同的途徑。

讀者、作品與作者之間更為緊密的關係，使傳統出版業也不得不正視網路上流傳的作品；而風行於網路上的讀物，之後經過平面實體書出版的形式躋身文學作品與作家之林。此外，副刊與文學雜誌在題材上偏向新詩、散文、小說等主流體裁，但部落格與網路書寫卻從各種文化評論、政治經濟、電影、音樂、流行服飾、漫畫、電玩，到日常生活、食衣住行、娛樂八卦聽聞等等無所不包，彰顯書寫的真實性與實用性，也展現了書寫本身的意涵乃是超越了文學性質的範圍而具有無遠弗屆的影響力。儘管如此，部落格書寫並不會對純文學創作產生不良影響，反而，從事純文學創作者，可以透過持續不斷的筆耕，在自己的網站上累積為數可觀的作品篇章。

事實上，部落格書寫讓許多文字創作愛好者趨之若鶩的，正是這種在嚴格與寬鬆的出版型態中自由出入的彈性，和作者集編輯、審閱、出版於一身的自主性。

## 肆、文學性個人部落格舉隅

個人部落格的使用率逐年攀升，各種類型多如過江之鯽，令人眼花撩亂，一般讀者若不是因為搜尋資料，偶然地路過某個人的部落格──就像

迷失在熟悉的街道巷弄裡卻發現了一個你不曾見過的鋪子一般的意外；否則，誰會刻意去找一個他不知所在的格子？沒有作家的身分，或者透過某種篩選機制出線，絕大多數的部落格默默地在全球資訊網中，像開在深山中的野花。你不可能攀越過所有的山峰，因此，勢必有些美麗的花朵與你無緣。

　　理想中的文學部落格，是以純粹的文學創作為主，部落格裡的文章出於自己的書寫，有追求文學意境的企圖，重視文章結構和修辭，主題內容不僅是一般大眾所好的娛樂消遣，而能有較多的人文思考與理性反省。有作家身分的自然比較容易被看見，因為作家的文字精練，他們也都比較深思熟慮。

　　一般而言，部落格裡最常見的文體是散文、雜記與詩歌，小說較少，因為部落格的性質是隨寫隨貼，講究時間性，小說是複雜的文體，需要耗費大量時間構思醞釀，不適宜用部落格來寫；但也不盡然如此，極短篇是常見的。大部分我們可以看到許多篇幅大小適中的散文或詩歌，散落或被組織在眾多的部落格當中。以下三篇探討部落格裡的文學寫作也是以散文和詩歌為例子。

# 一、塔羅牌之屋——作家王家祥民宿

　　散文以觀察自然荒野，提倡保育思想，思考人與自然的對應關係為主要內容，自稱「綠色皮膚的嬉皮」的王家祥，長時間行走在臺灣田野、海岸、草澤，記錄動植物的繁茂與衰亡，見證了自然中的美，也對照出科技的扭曲、粗暴，人心的無知、混亂。他擅長把自己的體驗，結合生態、田野、山川、種族，細膩描寫種種生命活力，成為感性的自然書寫。（臺灣文學作家系列・作家身影）http://www.rti.org.tw/ajax/recommend/Literator_content.aspx?id=74

　　塔羅牌之屋——作家王家祥民宿，是作家的部落格，雅虎奇摩部落。Yahoo部落格頁面看起來有一點凌亂。咖啡色的底頁上畫有可愛小狗的卡通漫畫圖樣，淺藍色的主欄，粉紫的兩邊側欄上密密麻麻的文字，非常生

活化地像一個普通人家，屋子裡的家具和生活用品都沒有刻意的收拾和精心的擺設。分類文章項目有：臺東心記錄、狗狗心記錄、流浪狗、塔羅牌之屋、人與自然、王家祥的簡介、塔羅牌占卜、哈士奇家族史。文章數最多的是哈士奇家族史，其次，臺東心記錄。這個傾向介紹作者日常生活和生存方式，頗為自然而易於親近的部落格，一度讓人以為是一個愛護流浪狗的動物保育人士的部落。

　　王家祥的文章，除了描寫自然、生態，同時也宣導一種生活方式和自然觀。在人與自然、臺東心記錄標題下的文章，是一般人熟悉的王家祥。這一篇〈睡在曠野中〉是他真實的生活寫照，其中他對於土地、生長環境的意識，頗不同於資本主義社會下視土地為個人資產、經濟投資、可自由交易買賣的私人物品。相較於以土地為產物的現代人而言，這種觀念來自於對生存空間與生長地域所懷抱著的一份虔敬與愛惜。尊重自然，讓自己成為自然的一部分，人類才能體會真正的美與和諧。

## 露營拖車記

〈睡在曠野中〉，王家祥

　　在美國印弟安保留區內，時常見到現代化的印弟安人住在小小的露營拖車內，由營帳改為拖車在大地上四處遷移的古老傳統仍未改變，四週則是一望無際的曠野或沙漠；歐洲的流浪吉普賽人在現代化之後，則將必須由馬匹拖曳的馬車改成由汽車拖行的露營拖車，每流浪到一處城鎮，吉普賽人並不住進城內，而是選擇一處美麗的郊外，譬如溪邊或森林聚居，然後再進入城內做生意；通常吉普賽女人們總是拿著她們辛苦做的手工藝品販賣或幫人占卜算命，男人們則是走唱賣藝的優秀音樂家。

　　據我所知、印弟安人或吉普賽人並不擁有土地，或者說、在他們的古老文化深處，並沒有私有土地的概念。

　　一百多年前、有一個西雅圖酋長在與向他購買族人生活土

地的白人大酋長（美國總統）談判時，所發表的談話至今仍發人深省，他的意思是認為土地怎麼可以買賣交易呢？森林、沼澤、蜜蜂、花鳥、鷹隼、河流、大地、是我的兄弟姐妹和家，我居住其中，我不擁有土地，我怎麼有權利賣它呢？

　　最近二年、來到都蘭購地，準備退休蓋房的有錢新移民，有一個普遍現象，除了建築豪宅外，他們還犯了一個嚴重錯誤，通常他們會雇請怪手大肆整地，而那新購的農地，如果已經休耕很久，會長出苦苓、血桐、構樹、茄冬的雜木林，甚至十數年生的野生珍貴樟樹參雜其中，不懂得土地生態的新地主，通常會任由怪手作業方便隨意毀掉這些堅韌而容易照顧的樹，然後再笨得花一筆大錢去別處買大樹移植來種，然而移植的大樹存活率不高，卻期望它們早日成林有涼蔭，真是愚蠢至極！

　　我的財力所能購買的露營拖車，空間也不大，小小的客廳的沙發，晚上可變換成雙人床，車內有浴室、櫥櫃、冰箱與爐子，夠用了！露營拖車營地的居住方式並不是著重內部的空間，換句話說，貧窮而沒有私有土地觀念的印弟安人或四處流浪的吉普賽人不會住豪宅，把自己關在豪宅裏，而是親近大地，生活於曠野中，起居睡覺的地方只要小小的。

　　我住在小小的露營拖車內，每每便有這種美好的感覺，感覺星空很近，經常遇見，經常都是大把大把的星星，像碎鑽一般遍灑在營地的上空，有月亮的夜晚也很多，此處不會有高樓大廈擋住天空高掛的月，也不會有亮眼的霓紅燈搶走微弱朦朧的月光光采，還有、經常抬頭便看見大冠鷲，竹雞與環頸雉就在車旁的草叢鑽來鑽去；因為內部空間有限，在拖車外我擺了張啤酒桌，搭了棚架遮陽擋雨，很多日常生活都在戶外進行，除了吃飯、上廁所與洗澡，我還發現戶外的光線非常充足，看起書來眼睛一點都不吃力，可以連續閱讀很久，換作在室內，既使點燈，書還是無法久看。

　　我不擁有土地，我無權大規模改變土地，所以我住在露營拖車裏。

　　http://tw.myblog.yahoo.com/taro-531600/article?mid=17&prev=161&next=16&l=f&fid=25

　　平鋪直敘的手法，沒有太刻意的修飾，卻充滿了發自內在的人文精神。王家祥的作品中往往有一種由知性而生的感性，他的文字總能讓你了解一些歷史、部落知識、山川地理、動植物的種類、名目、生長環境與型態等等。過著與一般人迥異的遊蕩生活，王家祥在〈我在台東當嬉皮〉一文中，寫道：

　　我的前世也許是一隻遊蕩在曠野的孤魂野鬼。
　　我愛死了這種遊蕩！
　　遊蕩可以讓人放鬆，可以讓人專注，進入一種空的冥想狀態。
　　http://tw.myblog.yahoo.com/taro-531600/article?mid=1&prev=3&l=f&fid=5

　　或許很難令習慣於都會生活的人想像，這種遊蕩與進入空冥的狀態到底是怎麼一回事，是什麼樣的一種感受和經驗。但是如果你不習慣人群裡的擁擠和現實社會中為了生存的鬥爭，而也喜好親近自然，自然可以感受到，你的心因為接近自然而變得柔軟，且不再過於在意有形的物質，漸漸擺落了外在的裝飾，反璞歸真。進一步你能體會，萬物自有靈性，你可以與他們在某一種層次上共感共鳴，你們在宇宙當中成為一體。
　　路過作家的部落格，就像拜訪一位陌生又熟悉的朋友。

## 二、蘇紹連‧意象轟趴密室

　　蘇紹連的意象轟趴密室在2007年第一屆臺灣部落格文學獎中獲得推薦獎。評審主要表彰他在BLOG中提出了精采的現代詩、數位詩、評論，以及攝影創作作品，深刻與前衛兼具。

　　蘇紹連是嘗試超文本文學創作的悍將之一，對現代的前衛表現有極大的興趣，他的詩歌類型多元，善於使用超現實筆法，表現現實人生的悲劇本質。他所主持的吹鼓吹詩論壇在網路社群中有重要的影響力。他的個人網站有現代詩的島嶼、**Flash**超文學，部落格有新浪網和痞客邦的意象轟趴密室、目擊成詩‧孤王、影像練習曲。另外還有四個新聞臺，分別是目擊成詩、出師表、鎖住眼睛的影像、那人是誰，利用網路來推廣現代詩的創作、組織社群、集結出版作品，在虛擬世界裡以他所熱愛的文學和影像表達對人間現實的覺察，在現代詩壇實為罕見。而能如此嫻熟而充分地運用電腦多媒體來厚實自己的創作實力，保持自己在現代詩壇的地位，並藉網際網路無遠弗屆的力量傳播現代詩的種子，更證明了蘇紹連和網路之間的關係實在是非常的密切。

　　意象轟趴密室裡最多的詩作是分行詩(89)，然後依次為超文本(44)、組詩(27)、小詩(23)、散文詩(16)、朗誦詩(12)、臺語詩(8)、童詩(1)等。頁面上有最新的回響和出版訊息。比較特別的是，有些詩歌配上超現實的攝影照片，呈現出一種詭異和莫名的氣氛，如〈時間的影像〉──致一位紀實攝影工作者：

　　　　你和我，都同時在拍攝時間
　　　　像同時磨著鏡子的兩面
　　　　有一天你和我卻被時間磨至死亡

　　　　然後從鏡子裡，撈出
　　　　緩慢，及以出生的時辰
　　　　播放早已存在的
　　　　瞬間，及以灰色的速度
　　　　擦拭塵埃的光，那人

　　　　那人被局部放大，皮膚
　　　　有一分一秒的長度

有蠕動著隱喻的疤痕
鼻子，有呼吸的障礙
有懸掛一日一夜的霧水

凝結的真實被放大成一顆露珠
那麼，倒映的頹圮建物
成為垂天而降的翅翼
肌肉線條的細微轉變
是城市風格，那人

那人的餘像殘影是文字
在天地之間，無限渺小
速度的極致，風的靜止
文字仍舊繼續列隊進城
以詩的形式遊行，圍堵

事件被壓縮，被摒棄在新聞之外
縮什麼小，小小的皮癢
都不如用暴力，力與美的影像
想像自己是一頭會攝影的野獸
鏡頭在流，血

你和我，都同時在拍攝時間
像同時磨著鏡子的兩面
有一天從鏡中相互拍攝了死亡
蘇紹連・意象轟趴密室 http://poempoem.pixnet.net/blog/cat-
egory/83035
（〈時間的影像〉，蘇紹連提供）

## 三、花樹春天與流雲山泉

　　這是筆者自己的部落格，建立在google所屬的Blogger中。部落格名稱緣自於一種即興的、潛在的對於自然的嚮往。內容則是日常生活中，所思所感的一些隨筆、散文小品、詩歌等等。

　　花樹春天與流雲山泉中的文章編排按時間，以月分年分歸檔，就像日記一般，沒有標籤和分類，只是自然地隨著時間之流。版面以無邊框白底的色彩襯托出一種清新與廣大無邊的不受羈約之感。側欄裡安置了花與樹的投影片，隨機播放。顏真卿的書法作品，和一些作者個人收藏的網站連結，傳達出部落主人的興趣和性向。至於音樂，古典吉他的彈撥聲，流水一般洗滌心靈，能使思慮沈澱，靜謐油然而生。

　　文章儘量輔以圖片，幾乎所有的攝影都取自生活中隨手可得的素材，身邊環繞的自然景象、花草樹木。因而寫作的構思有時是從圖片而來，如〈春天的唇印〉這首小詩。但大部分的文章，作者在創作之前都會有較長的醞釀構思，例如〈小巷〉，寫生活中經常路過的小徑，在小巷中的所見所想以及回溯童年時代的家居，主要表達作者對於家的概念以及「家」之於人類的意義：

　　　　很久沒有穿越家旁邊的那條小巷，不像去年這麼悠閒地，每每在離開研究室後會想走這一條曲徑通幽的小路回家。那時往往都是深夜十一點了，走在這條無人的巷弄裡，抬眼望著一路相伴的月牙和星光，悠悠地想著遠方的人兒，夜空中灑下的熠熠星輝，是他笑意與思念的符碼，那是只有我能領略的神祕，伴著我一路回家。

　　　　寧靜的風和清涼的夜色，偶爾飄來的樹梢上的花香，隱約地幾聲貓叫和貓影，住戶庭前的盆栽和院子裡的古樹，窗樓上透亮著的未眠人的夜燈，走在地上的自己的細長的影子總是那樣的，不疾不徐～～

　　　　沿路兩旁都是房子，各式各樣的。有新建的歐式住

宅，三層樓的小洋房，成排的矗立著。還有些難得一見的
舊式平房。臨大馬路前一條左拐的小徑，一兩戶裝點富麗
堂皇的住家，和幾棟連成一片的低矮破舊的黛瓦厝。右轉
幾步後前面就是省道，一間教堂獨自坐落在僻靜的巷弄
裡，離學校圍牆僅幾尺之遙，與車水馬龍、川流不息的城
市比鄰而居。彷彿一片與世隔絕的淨土，無聲無息地摒除
擾嚷、喧囂與崇高的對比，一種驀然回首的寂寞歸宿近在
咫尺。我從來不曾進去，只路過時的一番瞻仰，亦足以澄
心淨慮了。

　　……

　　家，對我的意義，就是一個能全然自主的地方，你可
以隨興地播放你愛的音樂，遠眺窗外的景象；可以烹調美
味的佳餚，給心愛的人分享。裸身其中，閒適地安置你的
四肢；靜靜地休憩，調息，冥想，神遊四方。當然，塗抹
上任何的色彩，釘上你想看的各種圖畫，也不須要顧慮他
人。這是一個非常個人的空間，儲備了能讓我們應接外物
的能量，提供一個蔽體的方位，在我們宇宙的遊歷當中，
一個暫時的棲身之所。作為安定內在與銜接外境的調和區
域，她像是一個遠遊的中途驛站，但你卻不知道自己會在
那裡停留多久～～（節錄）

http://jasmineroseandbluesky.blogspot.com/2011/04/blog-post_15.html

　而〈黑白之間〉，則是描寫案頭上懸掛的于右任書法真跡，從中闡發
作者對於書法的審美意識與對藝術作品的鑑賞。

　　牆上右老的字伴我很久了，家裡也並非沒有色彩鮮麗
的圖畫，任伯年的花鳥，藍帶淺紫色的花卉畫在褐色的絹
底，山石樹木都用淡墨勾勒，並不濃豔；呂鐵州的荔枝

圖，紅綠相間的飽滿與新鮮，很是富貴氣息的。然而，每當想在案頭牆上，掛上一件百看不厭的作品，那種能經得起時間考驗，經年累月不被遺棄或汰換掉的；那種能不被主人的狎暱觀玩而喪失其神祕底蘊的，選來選去，只有右老能當之。

　　這倒是件耐人尋味的事情～～書與畫，孰美？

　　黑白相間，不比五色炫麗的奪目色彩更吸引人，然而那充滿色相布局與物體描摹之美的圖畫，久視之，反倒讓人心有旁驚。不知道是因為老子五色令人目盲的暗示，還是自己對於顏色的挑剔。對於畫的感覺，是那種可以置於餐廳或臥房等視聽娛樂場所，卻不宜放在廳堂或書房，需要凝神專注或莊嚴肅穆的地方。這或許是一種個人的偏見吧！但我很早發現書與畫的不同，在於其所渲染出的氣氛；恰如吟哦著詩與賦那般的簡淨與富麗，同有著節奏與韻律，卻如琴鍵的清響與提琴的綺妮，風光大不同。

　　當一件作品掛上白牆，散放出她的節律，也同時賦予這空白的場景一些相當抽象的意義。而人類總是需要許多不同的布置來表現自我的情思與嗜好，這些藝術品的價值彷彿不是獨立存在的，因為他們總是需要被展示，需要被挑選出來放置在相應的情境當中，才能發揮其作用。而那些被供在博物館中的藝術品則另當別論了，但其差別也只不過是，他們是為了被展示而展示著。我想，這處境並不比那些居家親近人類的情況要好，頂多他們可以這世界上活得久一點。但那種與某人朝夕相對，傾心相待的禮遇是不會降臨在他們身上的。

　　雖然各種藝術品各有擅場，但我還是獨鍾於黑與白這種簡單的色彩。那是因為，這兩色之間的變化不是一眼就能看穿，她需要你細細的琢磨端詳，她需要一種挑剔的眼光與不輕易放過細節的審美能力。而當你發現了黑白之間

竟可以有無盡的可能存在，你便因此而耽溺於這既單純又繽紛的世界裡了。

她是那樣簡單，又端的的不可思議。

每當伏案久之，牆面上那張右老的筆墨便從容地攫住我下意識的倦怠與游離，從書本裡繁瑣的文字邏輯與喧鬧的情節裡離開，到另一個不須要思索的直觀的世界。那些雄強有力的筆跡與墨塊，大小不一、奇形怪狀的既不具物象與幾何意義的圖形，可以讓我複雜的臆想與思緒，閒置於一片空白之中，而絲毫不會干擾你的視線與覺知。

當黑色的線條在白色的領地上馳騁，光是被那些黑色的墨跡占領的，除了你的目光之外，還有心與意識的跟隨——那些起伏跌宕與高低綿延，停停走走的頓挫，像是山行一般的崎嶇蜿蜒，令人目不暇給，卻也有種種意想之外的驚奇。而這種凝想神遊，並不因為你熟稔了她的路徑與察知每一個細節後而殞落了她的曼妙。

你會欣然發現，這種觀賞，一直在一種不斷發現的認知當中，隨著你的心境觀照，注意力與焦點的轉移而不斷變換著～～與時俱進。

http://jasmineroseandbluesky.blogspot.com/2011/04/blog-post.html

花樹春天與流雲山泉屬於典型的網路文學，符合網路文學的定義，第一時間作品經由部落格發布而不是登載於平面媒體之後才收錄進來。雖然其中一些文章後來也陸續發表在報紙的副刊上，但是寫作的平臺與媒介乃是透過電腦完成。作品是先見於網路，後見於平面媒體。雖然網路有普及與迅速傳播的優點，但平面媒體仍有篩選的機制，而目前各大報紙也都有電子版，在網路上閱讀，成為不可避免的趨勢。不過我們很難說電子報裡的文章能否算是網路文學，因為讀者並不清楚作品的創作歷程。但不論冠以文學任何的形容詞，文學本身的功能和意義都不會縮減和消失。

## 伍、建構個人部落格要點

### 一、要怎麼開始寫自己的部落格？

　　要怎麼開始寫作自己的部落格？其實最簡單的動作，就是著手去寫。「寫」這個行為，就是開始「面對」。面對電腦螢幕，面對你自己，或者面對你想要傳達訊息的對象。不管是什麼，當你面對電腦螢幕，開始在部落格編輯器裡敲打一些文字，在標題列下一個標題，這就是了。你隨時都可以開始寫你的部落格。如果你覺得沒有靈感，毫無頭緒，那你可以參考下面這個例子：

　　　　從一張照片開始，瀏覽旅途中拍攝的每一張照片，一邊回憶旅途上發生的種種，然後選擇一個敘述的主軸作為藍圖，將時間、地點與蒐集來的資料織成文字，是我寫部落格最常用的方式。若是書寫非旅行類的網誌，大致也是相同的模式，只是把有形的照片，換成無形的心智地圖而已。

　　　　寫作前，我從不預先安排結構文體，對於邏輯完整性或是前後連貫的嚴謹要求，平常寫科學論文時已經忍受得夠多了。在部落格的領域我只想要自由的抒發，並嘗試任何可能。自由的抒發，是一件有趣的事情，即使是寫作，一篇具體的遊記，到最後也往往會寫出始料未及的東西，對於「為什麼文章寫到最後會變成這樣」，我也同樣享受到新鮮感，彷彿自己正在閱讀的，其實是別人的作品。

　　　　對我來說，寫作的本身便是一種未知的冒險。

　　RUSS的享樂主義——關於部落格寫作的實驗http://blog.yam.com/russdiyan/article/18612160

　　部落格寫作不同於一般寫作，因為大多數人是用它來抒發感受、意

見。因此大部分部落格裡的文章多是隨筆的形式；那種隨心所欲，自然而然，隨著思緒的流動傾瀉而出的文字，最符契你的意識和心意。然而，這種隨思緒凌亂、跳躍的或者欠缺明確意向性的書寫，在沒有特意結構和主題安排之下，文章的結果往往不可逆料。但，這是一個非常簡單的開始。

## 二、關於內容和主題

多數人用部落格記錄生活起居，每天所發生的大小事情。那些瑣碎的日常囈語，偶爾也會有一針見血的時候，偶爾自己的體會，成為別人的啟發或讓類似經驗的讀者產生共鳴。但你的部落格如果像是一個十元店的雜貨鋪，集貼了各種文章、各式媒體訊息，沒有自己獨特的嗜好和見解，陳列架上的那些小玩物又似乎在其他許多人的部落裡也可見到，純粹只為自娛，也並不是違法的事情。不過如果你希望自己的部落格能是一個精緻的展示空間，有許多能代表你個性的事物，你希望自己有些不同凡響，能在平凡中保有一點點特殊，或許你應該要注意你必須要有所篩選和節制。主題的設定，可以讓一個部落格呈現一種知性與感性兼具的型態。

須文蔚數位文學創作建議：部落格能呈現個人特色，要吸引讀者閱讀，主題、書寫風格與文類不宜過於龐雜。除了一般心情記事的小品文或日記以外，作者不妨思考專注在現代詩、雜文、旅遊文學、飲食文學、藝術評論上，透過長期的筆耕，無異透過數位媒體出版了精采的文學專著。

當然，你也可以運用自己的專業，建立一個具有專業性和針對性的部落格。

## 三、圖文並茂創造閱讀的氛圍

部落格裡應該是圖文並茂，因為部落格的性質不是平面的單一媒介，而是雷同於電影那種綜合性的混合媒材形式。依部落格的整體表現來看，筆者認為，普遍在Blogger裡製作的部落格有較高的美感與藝術性，個人風格也最為突出，整體效果可以呈現出現代設計與精緻的質感（一部分是因為部落格程式本身設計的精良）。部落格中的文字和圖片應具有相當緊

密的聯繫，圖文彼此呼應，也能各自獨立。版面的設計應根據內文性質和所放置的圖片來構造，選擇與部落格標題相映的音樂元素，讓閱讀在音樂的陪伴下進行，聽覺與視覺協同作用，可以增加一種舒緩的流動感，使身心安適而舒暢。善於創造一種閱讀的氛圍，展現部落格經營者的用心，能讓閱讀有更多的樂趣。

## 四、定期更新

　　部落格起源自每日的工作記錄，所以定期更新是部落格的基本性質。像寫日記一樣，要保持持續書寫的好習慣是需要一些毅力和意志的。部落格應隨個人成長而不斷地累積、豐富其內容，如此才能增加部落格本身的可讀性與吸引力。相對的，透過和讀者的互動，讓網友的回響來激發作者的經營和創作的動力也是一種有效的方式。

## 五、著作權與發文倫理

　　此外，在書寫或編製個人部落格還要注意，部落格因為是開放的空間，網路上複製剪貼文章圖集的便利性，使許多網友使用未經授權的圖片或文章，或者在引用張貼文章時，沒有註明資料來源，容易導致一些版權上的糾紛。如果不是個人擁有的文字圖像，最好註明作者和提醒讀者不可輕易複製剪貼。

　　最後，部落格畢竟是一種可以被公開搜尋和瀏覽的平臺，如果你不希望自己暴露在公共領域之中，你可以選擇不公開的私密狀態。實際上，有一些部落格並不容易被搜尋到，必須要在特定的搜尋入口下才能發現，如Google下的Blogger。但有一些部落平臺有強大的連結互動功能，譬如無名小站。你可以依據自己的個性和對部落格的定位來選擇哪一個入口網站的部落格比較適合你。如果你希望能與較多的人互動，那麼部落格本身的定位將成為一種人氣搜尋的指標。

## 陸、網路文學社群的社會功能與前瞻性

　　網路社群，是指一群人基於相同的意識形態，或為共同愛好與興趣，集結成而成的群體，他們透過網路平臺互動、聯繫並相互支持某些理念、主張。類似古代文人的結社活動，但網路社群能跨越地理與空間的限制，藉由一條網路線，傳送、儲存、分享、評論彼此的創作。

　　網路文學社群之建構在創作方向、互動模式與社團組織上與傳統的文學社團有所不同。須文蔚〈邁向網路的文學副刊：一個文學傳播觀點的初探〉認為：這些新生的文學社群利用網路去中心的作用力，挑戰以副刊為文化主導權，吸納文學副刊守門人企劃編輯所排擠的作品，開設許多發表空間，也和副刊形成一股較勁的現象。

　　早期的網路文學社群的確有重視創作的純粹性與非主流性的理念，如晨曦詩刊；有別於平面媒體的編選標準，目的在呈現多元化和自由化的參與與書寫，並跳脫商業化與社會價值的牢籠，意在建立、引導出一種新的文學論述與批評。又如壹詩歌，其中心精神：展現此一瞬間詩與跨媒介的新浪潮，傳統繼承與前衛造反並俱。它的主旨則是：整合詩網路與詩平面兩大塊範疇為新世紀詩歌之火。可以看出一種超越與求新的企圖。

　　柯景騰（九把刀）於〈網路小說社群的社會建構初探〉中表明：

　　　越來越多人以各種目的投入網路世界，各種研究也相應著人們為何進入網路的目的產生，這些研究隨著人們坐在電腦前的時間不斷增加而增加，反應著虛擬世界正逐漸真實化，或是逐漸將真實生活虛擬化，我們的生活有越來越多時間跟螢幕做沈默卻澎湃的對話。小小十五吋的方格猶如深邃不見底的井，我們不停朝井裡好奇張望，或是試著爬入井內，在另一個虛擬世界尋找自我認同與自我的再建構，並追求集體的社群感。此時，有個朝氣蓬勃的網路社群，它輕易與資本主義結合，飛快躍出虛擬的深井，向所謂真實世界的芸芸大眾伸出友誼雙手，招睞更多的年輕學子一起加入這個由無限創意與美夢組合的虛擬拼圖。

　　這無疑是網路小說社群的寫照——網路社群的存在其實是現實生活的虛擬化，與虛擬世界現實化的交互作用之下的產物。無論是詩歌界的前衛新潮或小說社群的向大眾人群靠攏，文學社群作為文學生產機制中的一環，與大眾媒體、學院派文學的訴求和目的並不相同，在網路科技不斷推陳出新的環境變遷之下，社群本身的認同基礎是維繫社群能否永續經營的關鍵。在網路社群結構鬆散的條件下，要讓一個專業的文學網站生生不息，歷久不衰，乃是需要成員投注相當的熱情，除了在創作數量上不斷積累，還需要強化社群組織並凝聚共識才行。

　　隨著WWW全球資訊網的使用與近來Blog的興盛，臺灣的文學社群也多半結合了網站和部落格的型態來建構文學社群。以論壇方式架站的有喜菡文學網、文學創作者、楓情萬種文學網以及臺灣詩學吹鼓吹詩論壇等。這些純文學網站提供一個自由免費的發表園地，透過站內徵稿與文學獎勵來邀集新的寫手，以競、飆的方式鼓勵創作交流，並設有作品精華區，也會不定期出版集結作品，或推薦優秀作者，各式各樣的活動，足以讓寫作愛好者盡情消磨而樂此不疲。

　　喜菡文學網的頁面相當簡潔悅目，進入討論區首頁之後，立刻會看到站內最新的文學活動，包含飆詩的主題、徵詩或文學獎徵稿的公告。也可在公告區直接點進作品精華區閱讀。站內設置了三個投稿區，第一投稿區是一般的新詩散文小說；第二投稿區為文學競技場所，包含極短篇小說、青少年小說，命題詩，童詩、臺語、外語等特別限定的文體；第三區屬於應用文學，有報導、旅遊、影像、音樂、戲劇文學，或結合影像與文學的創作。綱張目舉，涵蓋所有主要文類，並也與其他文學社團連結。

　　除了一般文學論壇都有的電子報、定期徵稿之外，喜菡文學網還有較為特殊的「個人文學部落總集」和「喜菡文學網文學人物誌」這兩個項目。個人部落文學總集是連結部落格的形式，透過網站連到個人網誌，既能擴展站內空間，又能使讀者對某一個作者有較為全面的認識，一舉兩得。目前約有一百多個部落格登錄。喜菡文學網自2010年起，挑選站上認真創作、熱心奉獻的文學人，製作文學人物誌，為作家記錄身影，為文學史記錄作家。站長喜菡本身除了創作之外，也為文學史的累積做出貢獻，

拓寬了文學創作者的社會關懷和社會責任，並將文學納入與實際生活相關的領域以融入現代化社會。

　　另外由詩人蘇紹連架設的臺灣詩學吹鼓吹詩論壇，以詩歌為主。在詩創作發表區中以類型、主題和媒材分三大類，鉅細靡遺地包羅所有型態的詩歌作品。比如詩歌類型下的：俳句、組詩、散文詩、圖像詩、隱題詩、小說詩、童詩、臺語詩、國民詩。詩歌主題則包含政治詩、社會詩、地方詩、旅遊詩，女性詩、男子漢詩、性詩、同志詩，預言詩、原住民詩、惡言詩、史詩、人物詩，情詩、詠物詩、贈答詩、親情詩、勵志詩。而在跨界詩作當中有影像圖文、數位詩、應用詩、朗誦詩、歌詞‧曲等。臺灣詩學吹鼓吹詩論壇中設置了創作與教學團體（建構中），也有個人專欄，不過有些文章必須是註冊會員才能觀看。

　　其他像文學創作者提供投稿實戰要略，教導寫作技巧與投稿要領，發表創作甘苦談，探討創作與出版趨勢等議題，則為其他文學社群網站較少關注。這些議題凸顯對多數人而言，網路社群與平面媒體之間的界線並非涇渭分明，兩者的互動交流，實是文學界所不能免的一種途徑。虛擬世界中的寫手，最終也必須面對真實世界裡的種種機制，不能自外於傳統媒體，以便能在網路的開放性和自由性當中，找出自己的定位。

　　至於傳統報紙副刊跨媒介所架構出來，以知名作家為核心的部落格社群，有中國時報系的中時部落格，聯合報系的udn網路城邦，以及聯合文學的作家沙龍等。這種類型的作家的部落格附屬於電子報網站之下，並非各自獨立。藉電子報的媒體平臺，文學作品與網路新聞同步出現在電子刊物上，相當於網路副刊的型態。但作為文學作家的部落格，因受限於電子媒體本身的結構和格式，每一個部落格看起大同小異，相當制式且缺乏創意與個性化的表現，卻正是一種群體化的表徵。大部分這些部落格裡張貼的是一些心得隨筆、生活感言，書寫風格隨意、口語，文學性不是太強，但作家能與讀者即時地交換意見，讀者也能因此窺見作家較為生活化和輕鬆的一面。

　　用部落格經營文學社群是目前的趨勢，詩歌界有臺灣網路詩人部落格聯盟（與臺灣吹鼓吹詩論壇相輔相成），其中將近一百八十個部落，蔚

為大觀。而較小型的如無名小站的小說家讀者，由許榮哲、高翊峰、李志薔、李崇建、甘耀明、王聰威、張耀仁、伊格言八人共同設立的小說平臺，在這個網站上張貼了部分〈吉普車少年的GY生活（24-49）〉內容，供讀者閱讀。這是典型的網路小說，形式上同於蔡智恆的〈第一次親密接觸〉，已出版成書。小說家讀者也刊載了一些其他的短篇故事。比如許榮哲的〈悲傷的故事12：從今以後，真正的愛〉：

> 少女和男人分手了。
> 分手的那一夜，男人對少女說：「妳還小，不懂得什麼是真正的愛。」
> 「什麼是真正的愛？」少女問。
> 男人淡淡地說：「真正的愛是……彼・此・傷・害。」
> 一句不明所以的話把少女推進無法自拔的憂鬱裡，即使走在最熱鬧的大街上，少女也緊緊握著拳頭，全身不自主地顫抖，幾幾乎就要尖叫出聲了——為什麼真正的愛是彼此傷害？為什麼要彼此傷害？
> 啊——尖叫出聲的是一名抱著嬰兒的婦人，她親眼目睹一個少女打著赤腳，失魂落魄地走過大街，朝大海的方向走去。鮮血不斷從少女的臉頰、指尖、腳踝……滴落下來。滿頭滿臉都是污血的少女，嘴裡還不停喃喃唸著：從今以後，我們就是真正的愛了，真正的愛了……再然後，就是一片不知被什麼給染紅的大海了。
> http://www.wretch.cc/blog/novelist/2327870

〈悲傷的故事〉系列，主要用極短篇的體裁來表達作者對社會現象的同情關懷與無可奈何。現實人生許多的悲傷遭遇，往往是來自於人的無知和冷漠。故事裡出現的男女朋友分手，在男人淡漠的言語中說出了一種被曲解了的愛，少女象徵一個無知的、涉世未深的心靈，無法對這種錯誤的認知作正確而智慧的判斷，最後導致其自身存在的消殞。對於扭曲了的

一種對永恆事物的價值的理解這種現象，作者用一種近乎真理的宣言與不帶情感的口吻，襯托出人性的荒謬與矛盾，此與少女的無知兩者都是相當令人悲哀與悲傷的事情。而這種事情卻每天都在上演、發生在真實的世界當中。故事告訴我們，人類往往用與真理背道而馳的方式追求真理，而那個抱著嬰兒尖叫的婦人，也只能尖叫而已。作者用憂鬱、尖叫來凸顯一種無法紓解的壓抑的窒悶；少女緊握著拳頭、全身不自主地顫抖，則暗示著內心的恐懼，一方面是對於失去所愛的心理害怕，另一方面是失去對愛的理解能力的惶恐。大多數人經驗過這種現象，除了一瞬間的感歎或尖叫之外，還能如何？人類社會中自身經驗的主觀與無理性的行為，本身就是一種悖論。這篇故事當中對社會價值扭曲與人心迷失的隱喻透過平常的愛情事件透顯出來，既簡單且深刻。

　　由優秀寫手所組成的社群，文章的可讀性會比較高一些，儘管部落格文學社群中的作品內容龐雜而且參差不齊，但是包容廣大的寬容性，如海納百川，其延續文學世代的命脈，意義非凡。志同道合者結社的行為，能匯聚個體的力量成為一股龐大的、不容忽略的勢力，藉此增加個人存在的價值與曝光率；或者對抗某些獨大的團體，為共同的理想目標而奮鬥。跨文學、藝術領域的「臺灣文學藝術獨立聯盟」便是由認同臺灣獨立的文學、藝術家所聯合建構的論壇。加入的成員，多半是認同此一事實的臺灣文學、藝術前輩，以及各族群母語作家及新生代文學、藝術愛好者。社群本身的定位與方向，可以從其聯盟的成員和創作中一覽無遺。

　　大型的文學社群，不會忽略教育的功能，而學術機構成立的文學社群網站所蒐集與編寫的作家資料較為詳贍，關注議題較具歷史意義，論述亦較為嚴謹，如政治大學臺文所建立的臺灣文學部落格，發布學者和研究生關於臺灣文學的研究論述。文章分類包含：世界文壇評介、古典文學、原住民文學、母語文學、戰後新文學、文學史與其他、文學創作、文學理論、日治新文學，十分有學術價值。其次，有資料庫功能，可供閱讀檢索和研究相關用途者，以行政院文建會輔導之詩路（臺灣現代詩網路聯盟）最具規模。這些目前對網路時代的臺灣文學發展有重要貢獻的社群，見證、引領了一個時代的文學風氣，記錄了許多文學愛好者、寫作者的眾生

群像，於焉，一個理想的文學國度在虛擬的世界中繁花似錦地盛開著。

# 柒、結論：文學與生活的結合之外——作品的內涵

　　書寫與思考可以表達一種個人的生活內涵與人生態度。藉由閱讀與書寫認識自己，記錄意識的流動，捕捉心中模糊朦朧的意象，讓一個清晰的自我透顯出來，是大部分文字創作者共有心路歷程。

　　香港作家鄧小樺在〈文學共同體〉中認為：當大眾娛樂取代了文學之後，推廣文學迫切的任務就是如何重建文學社群與維繫對文學的熱情。畢竟，文學是一種精神性的糧食，相較於其他的娛樂休閒，本身較不具競爭力。而文學最有價值之處，也是與商業消費邏輯相違背的，不應該是一時性的消遣之物。然而，文學的熱情究竟是針對什麼的熱情？這種熱情如何貫注傾瀉？有什麼行動的方式？如何連結互動？網路上的社群聯結，可以給予以往的文學消費帶來甚麼樣的影響，又會以何種形態存在並與人類保持一種密切且深厚的關係？

　　相信這是很多寄望網路新型態之下文學創作能有另外一番局面的學者和文學家們所共有的期待和疑問。所謂：「文學不該是單向的消費，而應如影隨形地在生活的每一個環節，給人類予力量。」這樣的意見相信是所有文學愛好者、創作者一直以來的願望和共識。但是文學如何如影隨形地與生活連結？或許不是達到共識就能解決的問題。當社會大眾被眾多的娛樂媒介所吸引而冷落了文學欣賞，放棄了文字書寫，或者不再以文字為記錄與表達的唯一工具時，便捷的網路書寫平臺的誕生，確實能給許多文字創作愛好者一個重生的機會。部落格的盛行，對於日常書寫有一定的推廣作用，對於個體自我的認同與理解有心理治療上的功能。但是，這樣的書寫能不能提升文學的內涵和作品的素質，相信是另外一個問題。

　　隨著微網誌的出現，部落格的使用者有下降的趨勢，科技日新月異，網路傳媒的變化不可逆料，但是人類的書寫不會因此而中斷，成為絕響。期待新的形式帶給藝術或文學一種前進與創新的動力固然可喜，但書寫者對文字創作應有何等標準和追求，也就是為了什麼目的而寫，這或許是更

為重要而有意義的認知。

　　當網路小說開始流行，網路作家開始也能與純文學作家平起平坐的時代已經到來之際，對流行文學或者大眾文學的批評並不足以阻擋這股潮流和勢力，因為在文學史上，每一個時代都有俗文學和雅文學，但卻並不是對立而互相排拒的。重點是，文學裡的經典應該具備哪些要素和條件？就像藝術品中的典範，何以成為典範？不同的人需要不同的方法與經歷，眾多的網路文學和部落格，也會以一種物以類聚的方式傳播開來。怎樣讓書寫成為個人的一種習慣，成為一個抒發自我的管道，讓自我對話變成一劑卸除心靈枷鎖的妙藥，或許才是網路文學與部落格書寫存在最具意義之處。

## 習作題

1. 如果你需要建構一個屬於自己的部落格，你會怎麼做？你會想在自己的部落格裡做些什麼事情？它對你的功用是什麼？

2. 如果你已經有自己的部落格，請說明你是怎樣經營和設計的？你的部落格有沒有特定的主題和理念？

3. 請列舉三個你最喜歡造訪的部落格，並請說明原由。你如何和這些部落格互動？

4. 你認為怎樣的部落格會吸引你？你寫自己的部落格時，會考慮到點閱率和人氣的問題嗎？為什麼？

# 第八單元
# 評論寫作

簡光明

　　所謂「評論」是指對於人物或事理加以批評議論；評論是針對人物或事情抒發議論、講明道理、辨別是非的一種議論文體。評者，議也，所以繩理也，也就是議論是非高下；論者，言語循其理，而得其宜也。語文是人類表情達意的工具，當我們在描述人物行為、敘述事情發展經過的時候，內心有一些觀點想要表達，於是有評論的產生。評論可以是宏觀大論，點出問題的輪廓；也可以微觀細論，深刻闡述一種觀點。

　　發表評論需要對於相關的課題有深入的了解，專業評論更是需要專業知識，經濟評論、運動評論、軍事評論、音樂評論、文學評論、科技評論都必須有該領域的專業知識才能寫出夠水準的作品。就大學生而言，關懷時事，只要對於評論的事項能夠深入了解，提出建言，就可以寫出好的「時事評論」；欣賞電影，只要能有深刻的感受，提出分析，就可以寫出像樣的「電影評論」，故本單元只討論「時事評論」與「電影評論」。

## 壹、時事評論

### 一、時事評論概說

　　時事評論寫作針對各種事務進行評論，評論本身有其目的，主要在於使人們對事物有更為深入的了解，促進思想的溝通與意見的交流，形成共識，使政策的制定能夠朝正面發展，使不義或不恰當的社會行為能夠獲得改正。因此時事評論有其正面的社會功能。

　　時事評論有其基本要件，可以從三方面來說，一是引論：交代事件的基本背景，點出評論的問題；二是本論：承接引論所點出的問題，進行分析，分析應該所依據，論證應該做合理的推論，並且提出問題的改善之

道，三是結論：總結全文，或者說明改善可以獲致的成效。在寫作上，應該具備「起」、「承」、「轉」、「合」的論述順序。

評論是為了改善現狀，因此立論必須有憑有據，不可虛構妄論；立場應該明確堅定，不宜模稜兩可；推論應該合乎邏輯，不應互相矛盾；態度應該寬容謙遜，不作謾罵攻擊。

## 二、時事評論的寫作方法

時事評論的寫作方法相當多，無法一一介紹，這裡僅介紹最常見的兩種：因果式評論的寫作方法與對比式評論的寫作方法。

### (一) 因果式評論的寫作方法

事情的發生有其原因，若能從分析導致錯誤原因，往往可以找出解決的辦法。因果式評論的寫作方法主要就是透過惡果去分析惡因，再從善因去推得善果，符合寫作上起、承、轉、合的架構。因果式論說結構與醫師看診過程很接近，醫師看診首先觀察病人外在的症狀，出現什麼現象，然後分析病因，接著再下診斷開藥方，而後病人症狀獲得改善或痊癒。如果原因分析錯誤，種下的不是相應的善因，是不會獲致預期成效的。

《戰國策》中，觸龍遊說趙太后讓長安君為質，就是利用因果關係的推理，使太后透過利弊的因果關係，終於讓長安君為質，使齊國出兵，解除趙國之危。我們可以看看觸龍如何運用因果關係的論述：

> 左師公曰：「今三世以前，至於趙之為趙，趙王之子孫侯者，其繼有在者乎？」曰：「無有。」曰：「微獨趙，諸侯有在者乎？」曰：「老婦不聞也。」「此其近者禍及身，遠者及其子孫，豈人主之子孫，則必不善哉？位尊而無功，奉厚而無勞，而挾重器多也。今媼尊長安君之位，而封之以膏腴之地，多予之重器，而不及今令有功於國。一旦山陵崩，長安君何以自託於趙？老臣以媼為長安君計短也，故以其愛不若燕后。」太后曰：「諾。恣君之所使

　之。」

　　趙原為大夫之家，到趙肅侯（簡子襄子）時，趙國開始由大夫之家變成萬乘之國。戰國時期諸國力征，講求的是實際的功勞，大夫之家能變為萬乘之國，當然不可能只靠血緣關係，因此，趙王的子孫無法單靠血緣關係就繼續當諸侯，各國的狀況也沒聽說過有子孫繼續為諸侯的，實際上就是當時普遍的狀況。

　　如果這是最壞的結果，那麼原因何在呢？難道是國君的遺傳特別不好？當然不是，而是因為「位尊而無功，奉厚而無勞，而挾重器多」，這才是惡因所在。依賴血緣關係的庇蔭，卻對國家毫無貢獻，在戰國時期是無法享有絕對的權利。

　　因果關係既然已經確立，現在太后「尊長安君之位，而封之以膏腴之地，多予之重器」，無疑是在種惡因，將來必定會得到「近者禍及身」以及「遠者及其子孫」的惡果。

　　反過來說，「尊長安君之位，而封之以膏腴之地，多予之重器」不及「今令有功於國」，因此，最好的辦法就是現在讓長安君對國家有功勞。「今令有功於國」就是種善因，有了善因，言外之意，將來會得到善果，也就是讓長安君的子孫可以繼世為侯。這一層意思不必明講，太后也可以透過因果關係而了解，正因為不必明講，也避免被唾其面的尷尬。

　　因果關係的論說方式，我們可歸納為四個部分：(1)現象描述（惡果產生的現象）；(2)原因分析（分析導致惡果的原因）；(3)改善之道（提出解決之道以種下善因）；(4)獲致成效（種善因所得道的善果）。

　　當代的時事評論，也有從因果關係論述者，林清玄〈心靈與環保〉一文就是從環境問題切入，運用因果關係的結構來論說：

　　1. 現象描述（惡果）：從日常生活的不良現象來說，吃的方面，買到的可能是含汞的米、鎘污染或農藥過量的青菜、噴了劇毒四氯丹的水果、發霉發臭的病死豬肉、含有硼砂或硝酸的豆製品；在住的方面，很可能買到輻射鋼筋和海砂屋的房子，或者地基水土保持不良，一夕之間就倒塌流失；在行的方面，捷運系統工期一延再延，問題千變萬化，黑幕疑雲

重重。

2. 原因分析（惡因）：林清玄認為一切問題都是由「人心敗壞」所引起的，人心敗壞，所以才會做公共工程時收賄、偷工減料，完工後可能傷生害命；人心敗壞，所以明知土地受污染，還要種菜害人。人心敗壞，所以貪求暴利，去賣病死的豬肉。

3. 改善之道（種善因）：佛教認為「心淨則國土淨，息心即是息災」，近幾年，佛教界的聖嚴法師提出「心靈環保」的概念，引起社會的普遍回響。林清玄認為，「心靈環保」是對治「人心敗壞」的解決之道。

4. 獲致成效（得善果）：若能心靈改革，人心不再敗壞，則可以對毫無因緣的眾生有能有廣大的慈愛，把眾生當成與自己一體，而有真實的悲憫，避免子孫受害、別人受害、自己受害；並且使有情的眾生與無情的世界，都能一起走向圓滿之境。

因果式評論的寫作方法可以使論述言之有序，但不是寫作的萬靈丹，言之有序只是形式上合於起承轉合的要求，並不確保可以言之有物，但真正要言之有物，仍需多讀書，有獨立思考。言之有序而且言之有物，才算一篇好文章。

## (二) 對比式評論的寫作方法

事情的優劣往往是透過對比而呈現的，對比是美學上的一種創造的形式或手法，將兩種對立的事物，如形式上體積的小與大、內容上道德的善與惡，透過對照，而使其特徵更加明顯。若能成功地運用對比手法，可以使評論作更為深刻。一般而言，對比式論說文在結構上有兩種基本模式：一是先描述正確的行為，再描述不正確的行為，兩者經過對比，凸顯前者做為改革後者的最佳選擇；二是先描述不合理的事物，再加以批判，而後導出合理的事物，兩者也有對比的功能。

第一種模式可以韓愈〈原毀〉為例，韓愈將「古之君子」與「今之君子」做對比，在人物的對比之中，再針對「責己」與「待人」進行對比，在兩個大項中再進一步做細項對比。

就對待自己而言：古代的君子要求自己既嚴格又全面，所以不會怠惰，聽到舜的為人仁義、周公的為人多才多藝，就會研究他們能夠如此的

道理，日夜思考並且改進；現在的君子則要求自己卻很疏略，所以收穫很少，明明沒有本領與表現，卻自認所做所為已經足夠，不但欺騙別人，也欺騙自己，還沒有收穫便停止學習了。

　　就對待別人而言：古代的君子對待別人既寬鬆又簡約，所以別人就高興去做善事，對於別人，只要有一個優點，就加以稱讚，只怕別人不能得到為善的好處；而現在的君子則要求別人非常周詳，所以別人很難去做善事，對於別人，只提別人的一個缺點，卻忽略他的十個優點；只追究他過去的表現，不考慮他現在的成就，只怕別人有名望。

　　在論述上，韓愈先從古之君子的典範談起，再與今之君子做對比，比較的項目一一對應，非常完整，對比之後再進一步說明怠惰與嫉妒是毀謗的根源，解釋篇名的意涵，最後點出在上位的人若想改善社會風氣而有所作為，必須取法古之君子的作為。顯然前面透過古之君子與今之君子的對比來論述，那麼針對今之君子所造成的當前不良的形勢，改善之道就是回到古之君子的責己重以周而待人輕以約。

　　第二種模式可以龍應台《看世紀末向你走來》書中〈在瘋狂中保持清醒〉一文為例。該文以舉世矚目的柏林圍牆守衛案為討論的對象，東西德統一之前，在不同時間，有東德人民在逃往西德途中，被東德士兵射殺而死亡，一位叫克利斯，另一位叫米夏，但是兩個案子的判決卻南轅北轍，因此值得做一比較，說明何者較為合理。

　　龍應台先從克利斯案談起，法官判決口頭發出命令的士兵無罪，用槍射擊腳部的士兵兩年徒刑，但是可以假釋，而開槍射殺克利斯的士兵，三年半徒刑，不予假釋。法官的解釋是「當法律和良知衝突的時候，良知是最高的行為準則，不是法律」。這樣的判決，死者的母親滿意了，不滿意的人卻很多。

　　法官的判決違背社會大多數人的期望，龍應台提出三個主要的質疑：第一，法官沒有回答：以今日之是非昨日之是，公平嗎？因為東德的守衛當年是在「保國衛民」，他所捍衛的國家沒有了之後，說他是殺人兇手、懲治他，是以西德的法律強加在東德人民的頭上。第二，法官不曾回答，究竟誰真正有罪。在極權統治繁複的大網絡，開槍的守衛只不過是一個極

小的環結。第三，法官也沒有回答，在極權的大網中，個人究竟能為自己負責多少？士兵在東德的環境中成長，未必受到「良知超越法律」的教育，因此法官的判決等於要求個人在一個瘋狂的社會裡保持清醒，未免嚴苛。

　　在三個質疑之後，龍應台接著提到米夏案的判決：判刑十六個月，而且緩刑。女法官的說明是，因為被告在一個極權社會中成長，沒有學習到足以判別是非的能力，而且，人大多是弱者，能夠抵抗大環境的只是少數英雄，我們不能要求大家都是英雄。文章最後以米夏的父親對於很輕的判決不滿地說：「這叫什麼正義？」做結束，雖然沒有提到大眾的反應，但透過對比，顯然已指出：這只是被害人家屬的正常反應，而一般社會大眾可以接受這樣的判決。

　　對比式論說文的特色在於對比項目的對應完整，韓愈〈原毀〉在古與今、責己周與待己廉、待人輕與責人詳、舉其一而不責其二與舉其一而不計其十、即其新而不究其舊與究其舊而不圖其新等項目，對比結構相當勻稱，但由於是提供建議，態度較為溫和；龍應台〈在瘋狂中保持清醒〉在法官的性別、判決的內容、家人反應、社會的接受度等項目，對比工整，由於是社會評論，批判性比較強。在決定採用對比式論說文做為寫作的方式時，可以依據對象與目的的不同，選擇批判力強或溫和的對比。

## 【範文選讀】

　　〈孫中山不要萬歲〉（《中時晚報》1983年10月26日）
　　報載，教育部軍訓處的代表在今年國慶典禮的籌備會議中主張，總統出場時，群眾應高喊「總統好」；總統離場時，則應高喊「總統萬歲」。後因會中有人持不同意見，才統一都喊「總統好」。

　　威權時代，國家元首為了鞏固政權，常常會透過教育來塑造意識形態，大搞個人英雄崇拜，「總統萬歲」的口號不過是其中一項而已。蔣故總統經國先生雖已諭令不必再喊萬歲，顯然意識形態深植人心，不易遽去，因而才有再倡高喊「總統萬

歲」之舉。

　　國慶典禮既是慶祝中華民國的創建，就讓我們回過頭來看看國父孫中山先生對於歡呼「萬歲」的看法。孫先生為了促成南北統一，儘早結束內戰，辭去臨時大總統的職務，於民國元年（1912年）四月十九日乘船到福州。當船抵達福建馬尾時，他看到歡迎的人群中「孫大總統萬歲」的紙旗迎風晃動著，於是令人將紙旗丟掉，方才上岸。孫先生不悅地對當時的福建都督孫道仁說，共和國的總統卸任後，就是平民了，怎麼還可稱總統？至於「萬歲」兩字，本來是臣民對皇帝的稱呼，我個人如果接受這一稱呼，如何對得起先烈呢？

　　孫先生尚且不接受「萬歲」的歡呼，孫先生之後，誰有資格接受？在宣稱「已從威權體制走向民主體制」的今天還有官員會想到歡呼萬歲（竟然還是教育部的代表），豈不令人浩歎？試想：總統倘若能萬歲，那麼這個國家還有什麼希望呢？更何況現在已非帝制時代。

【範文賞析】

　　拍馬屁的文化自古以來就存在，封建時代如此，威權時代如此，民主時代也是如此，是不是要讓拍馬屁文化繼續存在，關鍵就在於整體的文化素質。

　　封建時代，大臣們高呼萬歲，皇帝視為理所當然；民國初年，孫中山對於「孫大總統萬歲」的紙旗，不以為然；威權時代，蔣經國先生諭令不必再喊萬歲。在民主時代，高喊「總統萬歲」顯然不恰當。會議成員形成共識，不喊「總統萬歲」，避免給人拍馬屁的感受。文章透過對比，說明不喊「總統萬歲」才是適切的作法。

## 貳、電影評論

　　電影正如文學形式，必須有各種不同的題材作為內容。因此，若能使

學生能了解「電影」的表現方式，培養欣賞能力，透過影評寫作，提升語文能力，當可在日常生活中，經常接觸電影，豐富精神生活。

## 一、電影評論概說

　　李欣頻在《十四堂人生創意課》一書提到，我們可以用：當主角、當對手、當攝影師、當導演、當編劇等五種觀影方式，從電影裡學到很多人生功課，如懂得體恤別人，訓練危機意識，演練臨機應變與解決問題的能力，可見電影有助於學生多元學習。

　　基本上，電影評論可以分為專業電影評論與一般電影評論，專業電影評論是由電影相關專業人員依其專業知識對於電影進行評論，其中有較為深入的電影技術與電影史的滲入；一般電影評論則是社會大眾觀賞完電影之後的心得與評論，主要從個人感受出發。本單元所謂「電影評論」始就後者而言。

　　大學生經過多年語文教育，在分析電影時，不應該只是單純的心得，而可以有較為深入的分析與評論，例如：闡述電影的片名、結構、主題、觀點、人物刻劃、伏筆、意象、典故、結局等。

　　劉森堯教授站在電影專業的立場，認為電影評論的寫作一般而言不太可能形成什麼格局，大多只是聊備一格的性質而已，只有法國的安德烈‧巴贊例外。從語文教育的立場來看，我們不必如此悲觀，學生透過電影多元學習，透過影評寫作，表達個人的感受與意見，形成獨立思考，容或在電影專業學者眼裡，夠不上大格局，但也可以達成語文教育的目標。

## 二、電影評論的寫作方法

### (一) 篇名的訂定

　　電影的片名一如文章的篇名，如何訂得讓人感覺適切，是一門學問。以威廉‧赫特主演的《再生之旅》（The Doctor）為例，外科醫生傑克是一位著名卻無法真正地關心病人的外科醫師，在他事業的巔峰之際，卻發現自己患了喉癌，使他成為一名病患，被迫去感受病人不舒服的待遇：依

賴出錯的醫療制度、徬徨無助。之後，他才真正去了解病人所需，指導時習醫師時，要求他們裝做病患住進醫院三天，去體會病人的感受。就片名而言，中文譯名顯然比英文片名適切，所謂「再生」顯然要有大破壞，癌症即是對生命大破壞，經歷過生死交關，而後獲得再生，顯然比單純指醫生（The Doctor）的原片名來得適切。

## (二) 人物的性格

人物性格刻劃是文學及電影重要的一環，當然人物的刻劃可以從外貌、衣著、神情、旁觀的角度來描寫，但最重要的還是性格的深度呈現。以雨果小說《悲慘世界》改編成電影《孤星淚》中，賈維警長（Inspector Javert）一絲不苟的個性彰顯無遺，對於他心目中的壞人窮追不捨，最後卻發現尚萬強（Jean Valjean）不是壞人，即便要投河自盡，他仍忠於職守交代處理方式。人物性格刻劃極為突出。

## (三) 主題的凸顯

《春風化雨》中，在開學第一堂課，凱汀要學生朗讀〈把握時光的青澀少年〉（讚美詩）：「趁你能時，採集玫瑰花蕾，昔日時光依舊，飛速飄揚，今日微笑的同一朵花，明日將枯萎。」而後進一步闡述「抓住今天」的意涵，開學第一堂課便點明主旨：「抓住今天」，有開宗明義的效果，而用拉丁文唸Carpe Diem似較英文Seize The Day更為有力。教師帶出理念，學生深受啟發。其實，第一個受到啟發的是塔德・安德森，上完第一節，在唸歷史之前，便在筆記上寫下「抓住今天」。有一次，尼爾知道有機會演出《仲夏夜之夢》時，拿起披風，高呼「抓住今天」，「抓住今天」給他力量，從事他一直以來的夢想。在演完戲劇，尼爾謝幕，同學高呼「抓住今天」。納克斯原想打電話給克莉斯，後來想想不對，隨即掛電話，在眾人觀望之下，他說了「抓住今天」就算被責備、被討厭也只好打了。在舞會中，納克斯在酒精的刺激下，想要吻克莉絲，說了「抓住今天」，才有勇氣付諸行動，顯然「抓住今天」給了他力量。後來，納克斯唸詩給克莉絲聽，同學問他克莉絲說了什麼，他說：沒有。同學一再逼問，他只好回答：「抓住今天」。

## ㈣ 意象的運用

　　《春風化雨》中,當凱汀老師要學生撕緒論時,所有學生都隨興地將緒論撕掉,只有凱邁倫拿尺對齊書本再撕,電影以「尺」的意象凸顯凱邁倫中規中矩的性格;同樣地,尼爾的父親是個做事一絲不苟的人,電影中,尼爾父親上床睡覺前,先將拖鞋擺置整齊,顯示其一絲不苟的性格。

## ㈤ 典故的意涵

　　《春風化雨》中,上第一節課,凱汀即開宗明義暗示自己即「隊長」,故說:「你們可以稱我為凱汀先生,或者稍為大膽一點,稱我為隊長。」有一次,尼爾拿畢業紀念冊在凱汀後面叫「老師」、「凱汀先生」,凱汀皆未回應,但叫「O! Captain! My Captain」即回應,而片中學生多稱凱汀為「Captain」。

　　〈啊,船長,我的船長〉(“O! Captain! My Captain”)一詩是華特‧惠特曼紀念林肯而作,稱林肯為Captain。林肯為美國第十六任總統,主張解放黑奴,帶給他們自由,卻亦因此被槍殺而身亡。惠特曼的詩中,對於林肯多所稱譽,尤其對其影響多所著墨;凱汀為教師,打破傳統,主張解放學生心靈,帶給他們自由,卻因尼爾的死亡而遭解職,顯然呼應典故的意涵。透過詩歌與電影的對照,也顯示凱汀雖被解職,他的行為仍深深影響著學生。

## ㈥ 音樂的剖析

　　《春風化雨》中,凱汀以突破「傳統」的教學方式,鼓勵學生「抓住今天」,解放學生的心靈,釋放學生年輕的生命力和創造力,以不同的角度觀看事物,要有自己的想法,要找尋新的視野,大膽獨樹一幟,活出自我,創造不平凡的生命。影片中的音樂與這種開放自由的思想及打破傳統的浪漫主義相當契合。

　　影片中有兩幕,凱汀以口哨聲吹著「1812序曲」,上課的第一天,凱汀即吹著1812序曲出現,此外,當尼爾拿著舊年鑑在後面叫凱汀「O! Captain! My Captain」時,凱汀正吹著1812序曲的口哨獨自行走在校園裡。拿破崙率領大軍,攻入俄國境內,俄國人堅守得勝,重獲自由。1812

序曲，乃俄國作曲家柴可夫斯基於1880年所作，以上述情節作為題材。這也意味著凱汀將使學生獲得解放而重獲自由。

## (七) 故事的意涵

在《心靈病房》中，貝寧教授得到癌症，相當孤獨，除了醫護人員的陪伴之外，沒有親友的探視，必須獨力面對死亡，在臨終之前，指導教授愛絲佛教授的出現，為她帶來轉機。愛絲佛教授是約翰道恩詩學專家，所以探視貝寧時，原擬唸約翰道恩的詩給貝寧聽，但是貝寧卻不想聽，愛絲佛於是拿出要給孫女看的童話故事《逃家的白兔》，唸給貝寧聽：

從前有一隻小白兔想要逃家，牠告訴兔媽媽：「我要逃家。」「如果你逃家，我就會去找你。」兔媽媽說：「因為，你是我的小寶貝。」「如果妳來找我，我就變成河裡的一條魚，游泳來躲避妳。」小兔子說。「如果你變成一隻魚」，兔媽媽說：「我就變成漁夫等著抓你。」「如果妳變成漁夫」，小兔子說：「那我就變成鳥兒飛離妳。」「如果你變成鳥兒」，兔媽媽說：「我就變成你歇腳的那棵樹。」小兔子於是說：「我還是待在這兒，做妳的小寶貝好了。」兔媽媽對她的小寶貝說：「來根紅蘿蔔吧！」

愛絲佛教授說：「這是一個關於靈魂的小寓言，無論靈魂如何的躲藏，上帝都會找到它的。」若從內容脈絡來說，小兔子可以是一般人逃避死亡的態度，當然也是貝寧的處境，但是人的生命一出生便注定要走向死亡，因此死亡是無法逃避的，惟有信仰上帝，回到上帝的恩寵，得到永生，不再躲避，才能永遠的解脫。故事想要表達的意思是：宗教探討死後世界，對於面對死亡的人而言，死後世界正是他們恐懼的來源，若有宗教信仰，可以讓他們在面對死亡的時候，得到支持的力量，坦然面對死亡。

## (八) 結局的安排

《春風化雨》中，電影最後一幕，由安德生發難，不畏校長退學的威

脅,站到桌上去說:「啊!隊長!我的隊長!」學生群起呼應,觀眾最為感動,不少人因而落淚,悲壯的結局有一個圓滿的收場(而且呼應前文,如序論與站在桌上),問題是:這一幕其實是導演刻意安排的。

理由一:凱汀要收拾東西的時間多得是,不必在上課時間打擾課堂教學的進行,下課時間或用餐時間皆可以收拾,然而,如此一來便缺乏張力。理由二:所有簽字承認凱汀鼓動學生造成尼爾之死的學生之所以簽字是因為怕被退學,那麼,何以在校長「站在課桌上即退學」的脅迫下,仍有如此之眾的人站起來?顯然不合常理。(事情難道一定要合常理?)

就算這一幕是刻意設計出來的,仍不影響其感人的程度。文學的重點正在凸顯人性的真實,不在歷史的真實,甚至有時正因為是虛構所以益為感人。更何況是:理由一:當時凱汀在收拾東西時,透過門的打開程度,正好看到安德生(凱汀第一次上課也是先從門探頭出來,與最後一次相呼應)。安德生因為簽字所以在被凱汀看到後有強烈的不安之感,這時情感的作用往往勝過理智。理由二:既以安德生指涉惠特曼,以凱汀指涉林肯,當凱汀正要離出時,安德森登高一呼,詩的味道才出得來,而深具震撼效果。

## 三、文學與電影的對讀

不同文化對於某一主題的詮釋,透過文學與電影的對讀,可以發現異文化處理同一題材時,在人物結構與情節結構有其共通之處,在文化上卻呈現截然不同的風貌,提供相映成趣的對照。

### (一)錢鍾書〈靈感〉與電影《口白人生》的對讀

錢鍾書為中國近代著名作家、文學研究家,其〈靈感〉寫一知名作家死後,筆下的角色在閻王面前向作家索命,作家卻不認得他所創造的角色。於是每一個角色自我介紹:「我是你傑作《相思》的女主角!」「我是你名著《綠寶石屑》裡的鄉下人!」「我是你大作《夏夜夢》裡的少奶奶!」「我是你奇書《落水》裡的老婆婆!」「我是你劇本《強盜》裡的大家閨秀!」「我是你小說《左擁右抱》裡的知識分子!」「我是你中篇

《紅樓夢魘》裡鄉紳家的大少爺！」作家恍然大悟說：「那麼咱們是自己人呀，你們今天是認親人來了！」角色接著點出作家創作的問題所在：「我們向你來要命。你在書裡寫得我們又呆又死，生氣全無；一言一動，都像傀儡，算不得活潑潑的人物。你寫了我們，沒給我們生命，所以你該償命。」

　　電影《口白人生》的主角是國稅局的查帳員哈洛，有一天，他耳邊聽見有人在說話，話的內容竟然描述他的人生，而且只有他自己聽得見。現實生活中的人物竟然成為作家筆下的角色，女作家擅長寫悲劇小說，每部小說的主角都要死亡，於是哈洛只得尋找作家，希望能改變結局。作家之所以讓書中的主角死亡，那是因為主角只是虛構世界的一員，當她發現筆下角色活生生出現在眼前，她只得改變結局。

　　角色生活於虛構世界，作家則活在現實生活。作家要賦予筆下的角色真實生命，那是在小說中的生命，錢鍾書〈靈感〉讓角色在作家死後在閻王面前索命，電影《口白人生》中，作家筆下的角色，根本就是一個真實人物，文學作品中關於真實與虛構的，於是有了深刻的內涵。

## (二) 李復言〈枕中記〉與電影《命運好好玩》的對讀

　　人生所面對的問題是文學與電影常見的題材，因而透過文學與電影的比較，可以發現，一篇唐代中國的小說〈枕中記〉與一部當代美國的電影《命運好好玩》，時間相去千年，空間相距萬里，卻有著相似的情節結構，當然，也各自體現所處時代的宗教與文化社會特質。小說與電影的核心人物都是追求理想而尚未實現的男子，自認為遭遇困頓，而未能過著適意的生活，透過具有超能力的長者，讓他們在夢境中實現理想，他們卻都發現原來所謂適意的生活並不是他們想要的人生，於是領悟生命的意義，調適方向，過著新的生活。就文化差異而言，唐代佛道思想興盛，佛家的出世、頓悟成佛思想，與道家的無為、不執著於有無的思想影響極深，〈枕中記〉揭示的「人生如夢」意境即受此影響；西方文化重視自我實現與家庭，因此電影《命運好好玩》主角麥可·紐曼追尋的人生理想即為自我實現與與家人更多相處時光。

　　唐傳奇〈枕中記〉與美國電影《命運好好玩》呈現接近的情節結構。

如果我們進一步對比，可以發現，主角期望飛黃騰達的願望相同，未能達成願望的處境類似，兩者同樣有法力的長者（「呂翁」與「莫提」），提供虛擬的人生經歷，用以啟發男主角，而用以印證時間的物品（「黍」與「床」），功能亦無不同，連最後領悟生命的意義，改變人生觀，不再以追求功名，而過著新的生活，也如出一轍。

### ㈢ 王家祥〈山與海〉與電影《與狼共舞》的對讀

〈山與海〉是王家祥的中篇小說，描寫漢人漁民阿尾為逃避海盜而受傷，被馬卡道女孩救起，進而了解馬卡道族人的特質。馬卡道族的命運宛如他們追捕的鹿群一般，「漢人如潮水般湧來，我們注定是遷逃的鹿群」。電影《與狼共舞》則描寫南北戰爭的英雄鄧巴中尉被派到最偏僻的哨所席格威治堡，和印第安蘇族人漸漸有了接觸。鄧巴後來成了蘇族人的朋友，並有一個印第安名字——「與狼共舞」，他深刻地了解印第安人的樸實善良。後來，蘇族人被迫與政府簽訂了協議，放棄他們世代相傳的土地。臺灣開發的過程，漢人要面對原住民的反抗；美國西部的開發，白人一樣要面對印第安人的反抗，一般的歷史往往呈現開發過程的艱辛與困難，小說與電影則可以提供歷史的多元詮釋，呈現「族群的自我反省與批判」，這便是小說〈山與海〉與電影《與狼共舞》共同的主題。

歷史的詮釋關涉到權力，成王敗寇的結果，官方歷史常是定於一尊的論點，歷史詮釋則成為少數歷史學家的專利。歷史強調真實，小說與電影則強調想像與虛構。小說與電影中的歷史，透過人物與情節的發展，提供異於正史的敘述，顛覆傳統的觀點，形成多元的詮釋，使歷史擁有更為豐富的生命。本論文透過王家祥小說〈山與海〉與電影《與狼共舞》的對讀，說明兩者在族群的自我省思與批判的類同之處。

王家祥的小說〈山與海〉與凱文‧科斯納的電影《與狼共舞》不約而同地選擇強勢族群的邊緣人，當他們來到原住民生活的地方，開始與原住民接觸，他們發現原住民與他們以往所接觸到的傳說不同，原住民的開朗，面對大自然而不貪取的態度，令他們認同原住民的生活態度，進而開始自我省思與自我批判。小說與電影對於馬卡道族與蘇族生活的刻劃，細膩而生動，壯闊的場景，史詩的敘事，觀眾與讀者對於原住民的認識越

多，了解越深刻，省思也就越深刻。

## 四、文學改編為電影的評論

文學常常是電影創作者的靈感來源，文學改編為電影，透過對讀去了解電影與小說的異同，例如張愛玲的小說被改編為電影，閱聽人通常比較在乎電影能否呈現張愛玲文字的魅力；而張藝謀改編當代作家的作品，閱聽人傾向接受導演的風格。文學作品有各式改編，例如莎士比亞《羅密歐與茱莉葉》，不同的時代就有不同的改編，有從作者進行詮釋的《莎翁情史》，也有片名與人物姓名不變，卻以美國文化進行新詮釋的電影。

文學改編為電影時，觀賞者常常會以符不符合原著精神作為評價電影的標準，如此一來，經典名著原本意涵就豐厚，電影很難將讀者心目中的原著精神完整呈現，因此往往受到較多的批評。其實，電影不等於文學，電影雖然以文學作為題材，但其呈現不宜用文學的單一標準來衡量。

### 【範文選讀】

付曼〈電影人物塑造需要「臉譜化」——《父後七日》：電影的角色塑造與散文的人物刻劃之比較〉（作者為國立屏東大學視藝系交換生）

毋庸質疑，《父後七日》這部電影在不經意的情節點上，總埋伏著那麼幾個令人忍俊不禁，旋即又濕了眼眶的畫面。我一直覺得，一部影片若能夠令觀眾又哭又笑，甚至從旁觀他人生活轉而思考自己生活，那麼該片一定是成功地貼近了所謂真實，飽滿而又富有張力的。

《父後七日》在我看來，就是這樣一部影片。都說文學改編為電影總有一種說不出來的欠缺，但我覺得這部影片與原著比較起來，單從角色設計上來說，是一種極大的拓展和飽滿。影片很明智地迴避了散文在營造畫面感上的弱點，發揮了電影

這門藝術存在與文學之外的獨特魅力。

何為散文在營造畫面感上的欠缺，這很容易理解。散文，是一種「形散而神不散」的文學樣式，本身的特徵決定了它不是重在以畫面感取勝，而是重在思想的宣洩或情感的渲染。電影，則剛好不同。電影這門藝術的優勢和局限恰恰都是能夠又只能夠利用時間和空間來表現思想感情和內心世界。所以當一切文字的東西訴諸電影，抽象的隻言片語不得不化為具象的畫面內容。本來你我心中各不相同的「哈姆雷特」卻要被迫接受從髮型到腳趾的定型。

縱觀劉梓潔的《父後七日》這篇散文，縱使時間線索清晰，語言簡潔，情感與氛圍傳達都恰到好處，但是要改編成電影，恰恰缺的就是典型人物與豐滿情節。我覺得這也正是散文改編為電影比小說改編為電影更加具有二次創作空間的地方。

影片《父後七日》的編劇正是散文的作者本人，這一點很好地承襲了最初作品中灌注的那種思想感情。只有當個人感受有真實來源，才能夠打動活在真實裡的人們。編劇在承襲的基礎上，從以下幾方面對角色的塑造和豐滿進行了頗為成功的嘗試。

首先，影片的主要人物設置與散文不同。在散文中，父親有三個孩子，長子、長女和次女。敘述角度是長女。在影片中為父親送葬的只有他的兩個孩子——夜市擺攤的長子、學業有成的女兒，以及一個在影片剛開始的時候心智並不成熟、尚處大學階段的外甥。

一方面，作為主角的三位子女都被賦予了自己的職業和性格特徵，人物開始飽滿起來，這些在原文中則是幾乎忽略未提的。

另一方面，仍以女兒的角度敘述。但電影中，女兒變成了下一代中唯一的女孩子，口吻的細膩更容易接受，會發生在女兒與父親之間的回憶也更容易植入。縱觀角色關係網，女兒與

兒子兩人是處於中心位置的，離別情緒的渲染當然借女兒之口進行講述更加合適。同時影片為女兒設置了完全與鄉村格格不入的文化背景與職業身分，情節就更加容易展開了。教育良好的年輕人在祖輩代代流傳的習俗中才更加有矛盾衝突，影片有了矛盾衝突才更容易引發觀眾的思考。正如影片中，女兒對死亡的科學認知與父愛的細碎回憶以及父後七日「旅程」過後自己迥異的生活，都更加陷入一種矛盾兩端撕扯的狀態中，才會有最後那句很經典的「請收拾好您的情緒，我們即將降落」，也才會有影片的衝擊感和張力。

此外，第三個人物的改動也很有必要。影片把散文中的次女刪除，添加了外甥這一角色。這一角色首先在豐富人物方面很有必要。因為三個孩子其實代表了三種年輕人，外甥這一角色正代表著未完成學業的青年甚至青少年。代表群體越大，意味著影片可能打動的觀眾群體越大。其次，這一角色大大方便了情節的展開。換言之，以外甥為線索開啟了該影片的複線，即道士與外甥的母親美鳳、道士與外甥、道士與街坊阿琴的關係網。這層複線至關重要。第一，複線的敘述風格是極盡輕鬆幽默的，編劇甚至還增加了原散文沒有的搞笑臺詞與情節。複線幾乎承載了所有的笑點，是讓觀眾又哭又笑時悲時喜的主要來源。正是有了這層關係，影片才得以集合了人生最真實的兩大要素：哭於笑。一反所有講述死亡影片的常態，以另一種方式呈現了死亡：死亡是對生命的最大嘲諷。人總是靠著哭的宣洩和笑的希望熬過此生，直到萬事皆空以後都還在為虛假的送葬哭笑顛倒，不免令人覺得生命本即如此，喜悲從來不受自己控制。一生要麼是在承擔，要麼就是在學會承擔。所以複線的設置，讓觀眾在笑與哭之間停下來思考。第二，複線的敘述主要運用了插敘手法，這些都是散文中所沒有或是一筆帶過的情節。因為主線送葬是嚴格按照七天的時間順序來講述的。如若缺少了複線講述方式的多元化，整部影片就不免沈悶且陷入觀

眾先知的境地了。複線敘述方式的突破，加上複線與主線人物關係上的完美融合，就使得兩條線索交叉進行，渾然一體。一條線索的高潮點也在另一條線索稍顯疲憊的時候適宜地補充上來，整個劇情才會跳躍式向前並且引人入勝。第三，仔細分析會發現，複線其實是外甥這個角色的成長史。外甥手持相機，但是這場葬禮遠遠不止是一個紀錄，對他來說更是人生的經歷。影片特別設置了他出場時全身上下的年輕不屑與影片結尾時外甥主動來幫忙看守遊戲攤，其實無言地告訴了我們，整條複線就是外甥在目睹了死亡，暗自崇拜道士並受到教導，甚至葬禮帶來的一切觸動之後的成長線，恰巧與主線這條死亡線構成了人生兩大最重要的課題。如此這般，還怕影片會缺乏張力嗎？

　　其次，影片的次要人物設置既簡練又飽滿。其實這是文學與電影的共同點，在人物的表現上，都可以運用隻言片語或是零星畫面來塑造一個角色的性格。讓人物立體起來依靠的無疑是典型事例與典型語言，但在這一點上，影片顯然比散文做得好。電影永遠不會容忍一個沒有性格的二維人物存在，只要鏡頭把這個人物放在了畫面主要位置，那麼他要麼與主題有關要麼跟情節有關，並且一定會有自己的性格特徵。在電影中，次要人物的塑造就做到了很好地為主線服務並很巧妙的彼此串聯為情節服務。

　　第一，道士、阿琴、父親的親妹妹美鳳都是很好地服務了主線。道士主持了七天的「旅程」，當然要被豐滿為一個有故事有性格的人；阿琴的角色並非可有可無，她有力地支撐了複線的幽默與輕鬆，並代表了一群鄉村這個思想覺悟層次的百姓；美鳳的故事則出現在回憶中，現實被「安排」回不來參加葬禮，合情合理。同時又給了孩子們單獨踏上「父後七日」旅程的「機會」與外甥道士二人的獨處機會。

　　第二，他們之間也互相串聯，道士和美鳳被設定為前戀

人，外甥則是美鳳的兒子，阿琴是道士的現女友；小護士的出現是為了說明父親在世時候的性格特徵，讓父親這一角色不至太過平面；王議員的設定則一方面豐滿了阿琴這一角色，另一方面引出了寶特瓶曝曬爆炸的情節。如此設置，一切相遇都是必然了，並且如此自然順暢。

最後，在角色的設計上，影片並不拖遝，果斷地刪除了在原散文中可有可無的角色。比如原散文中是三個孩子，最小的妹妹除有所提及，幾乎沒有性格特徵，影片就刪除了這一角色，換置了外甥這一角色，引出整條複線。再比如，散文中提及菸友阿彬叔叔來給父親敬一炷香菸的情節，影片中就不會浪費任何畫面去介紹一個與線索關係不大的阿彬叔叔，而是把這一情節合併到道士的性格刻劃中去。又比如，散文一筆帶過的姑姑阿姨團哭喪場面，影片中就略去這些親人不予表現，因為「父後七日」這一旅程必須是毫無經驗的三個孩子直接面對親人的離去，主題裡面的那種對親情對死亡的矛盾與思考和劇烈成長感與拉扯感才能表現出來。

我覺得，該影片在角色設計與刻劃上的成功很大程度上決定了其改編的成功。人物是影片血肉賴以附著的框架，對人物形象的成功設定就是在為影片的主題情感宣洩尋找一個最佳出口。《父後七日》從文學改編為劇本時對角色的刪減設置，為我們以後在研究文學走向銀幕的改編方面提供了很好的啟示與借鑒。

## 【範文賞析】

一般而言，文學改編為電影，觀眾總是感覺電影有不足之處。評論從角色塑造與人物刻劃論，從角色設計說，電影使散文的人物得到拓展和飽滿，因此給予相當高的評價。

文章從主要人物的設置、次要人物的設置以及角色的改動三方面立論，一、主要人物的設置：散文中關於子女的職業和性格特徵，著墨不

多，電影則賦予職業和性格特徵，人物較為飽滿；兩者都從女兒的角度來敘述，電影裡，女兒變成家中唯一的女孩子，敘述口吻更見細膩。二、次要人物的設置：道士、阿琴、美鳳都是很好地服務了父後七日「旅程」的主線，而次要人物之間互相串聯，使情節的發展自然而順暢。三、人物的改動：散文中，小妹沒有性格特徵，屬於可有可無的角色，被果斷地刪除了；電影中，添加了外甥這一豐富劇情的角色。

　　此外，人物的改動之後，以外甥為線索開啟複線。評論指出複線的重要在於：一、複線的敘述風格輕鬆幽默，使觀眾又哭又笑時悲時喜；二、複線的敘述主要運用了插敘手法，使主線與複線交叉進行，講述方式得以多元化；三、複線是外甥的成長史，恰巧與死亡的主線構成了人生兩大最重要的課題。

　　本篇評論焦點集中，條理清晰，論述有見地，對於文學改為電影的脈絡能有精確的掌握，確實是佳作。

## 習作題

1. 請針對校園討論的熱門議題，撰寫校園評論一篇。
2. 請針對當前臺灣社會關心的重要議題，撰寫時事評論一篇。
3. 請以因果式論述方式撰寫時事評論一篇。
4. 請以對比式論述方式撰寫時事評論一篇。
5. 請任舉一部電影，敘述其中的故事，並透過故事與電影情節的關係，說明其意涵。
6. 請撰寫電影評論一篇。

# 第九單元
# 歌詞寫作

李美燕

　　音樂在表現的形式上大致可分為器樂曲和歌唱曲兩類。器樂曲是以樂器演奏為主，只有樂曲而沒有歌詞；歌唱曲則是有歌詞的音樂。器樂曲的演奏可以作為一種主題意象或情緒的表現；歌唱曲則是透過歌詞的演唱以傳達人們的心聲，使演唱者的內心情感能更為具體化的表現。本單元寫作的目的即在介紹歌唱曲，透過對歌詞的賞析與創作的解析來啟迪個人寫作的能力。

　　而在了解歌詞寫作之前，應先了解歌詞寫作的本質，唯有了解本質在先，才有正確的應用在後。因此，本單元先溯及歌詞寫作的本質，簡要地回顧歷代詩歌之源頭——《詩經》，再透過當代歌詞的舉例，以了解歌詞寫作在當代的流變，最後，再提出歌詞寫作的方式提供讀者參考，使讀者能對歌詞的賞析及寫作兩方面皆有基本的認識。

## 壹、歌詞的意義與作用

　　從字面上來看，「歌詞」指的就是可以入樂歌唱的「詞」。歌詞作為一種文學的型態在中國文學傳統早已有之，從先秦時期以來，歌詞在中國音樂文學發展史上就占有重要的地位。而古人對歌詞本質與內涵的觀點，在《毛詩序》的敘述中有重要的記載：

> 詩者，志之所之也。在心為志，發言為詩。情動於中而形於言，言之不足故嗟嘆之，嗟嘆之不足故詠歌之，詠歌之不足，不知手之舞之，足之蹈之也。

　　「詩者，志之所之也」，提出詩歌之所以產生的人心根據，乃在本乎心中之「志」。換句話說，當人們心中有想法與情感要表達，呼之而出，即是作「詩」的起點，然而，「詩」如果還不足以充盡地表達心中的情感，人們就會進一步地透過詠歎、吟唱，甚至是舞蹈的方式來抒發自己的情感。因此，「歌詞」也就成為表達與宣洩人們情感最直接的方式，再加上歌唱與舞蹈等藝術形式的配合，也就形成詩、樂、舞三者合而為一的音樂藝術。時至今日儘管時空異位，歌詞依然是當代人在生活中最能直接抒發與宣洩心情、感觸與想法的方式之一。

　　其次，古代歌詞的起源與「詩」有密切的關係，尤其是《詩經》中「風、雅、頌」的內涵與「賦、比、興」的手法及「興、觀、群、怨」的作用，對中國文學一直有深遠的影響。所謂的「風」是來自不同地方的詩歌，「雅」是周室的正始之音，「頌」是宗廟祭祀時用來歌頌祖先的詩歌。此外，還有所謂的「變風」與「變雅」，則是因為反映社會問題而衍生出來的另類表現形式。我們如果從《毛詩序》對這三者的意義性質來了解的話，「風」可以作為朝庭和百姓之間溝通的媒介，透過「風」可使在上位者了解百姓的想法和意見；「雅」是與各地俗文化相對的廊廟之音；「頌」則是莊嚴肅穆的宗廟詩歌。

　　《毛詩序》說明了《詩經》中「風」、「雅」、「頌」所具有的教化意義與作用，不僅可以作為傳統文學的方法與精神，就連當代的流行歌曲也可以用這樣的視角來欣賞。在當代有一些歌詞寫作的目的即在表現執政者對百姓的宣導或教化，如宣導菸害防治或疾病的注意要點、愛國思想、交通安全……等，都算是「上以風化下」的例子，例如向陽作詞的〈我們不是傻瓜呆〉，就是為了宣導反賄選的思想：

　　　這是一個民主的時代，你我不是受人擺布的傻瓜呆，選舉
　　　決定未來的時代，我們是主人，不是錢奴才。

　　這樣的歌詞非常明確的表達出政府對於賄選行為的反對與宣導意味。另外，也有「下以風刺上」的例子，作為抒發對這個社會現況的不滿，對

議題的發聲、施政的得失、價值的批判……等，例如歌手羅大佑作詞的〈鹿港小鎮〉便是對當時社會的現象和價值做出批判。歌詞中「臺北不是我的家，我的家鄉沒有霓虹燈」一語道出了當代人盲目地追求繁華都市裡的夢幻生活，而卻拋棄自己出生長大的家鄉，那樣的追逐讓人們拋棄了爹娘、拋棄了家鄉善良的姑娘，也拋棄了虔誠的信仰以及背後的文化。歌詞最後一段的「家鄉的人們得到他們想要的，卻又失去他們擁有的」一句，更從小鎮的改革情形說出了作者對傳統文化被糟蹋殆盡的心痛。

而《詩經》中變風、變雅的特點也可以在當代歌詞中發現，人們「發乎情」地吶喊出對社會問題的不滿，例如由陳世傑和林強合作的〈溫泉鄉的槍子〉，其中看似誇張的故事情節，其實是發生在八○至九○年代間北投溫泉鄉的真實故事，反映出北投溫泉裡的春色風光與黑道人物之間層出不窮的情慾糾葛，在歌詞中藉著強烈的腥羶、暴力的詞彙，將憤恨的情緒迸洩出來，散發對社會亂象的描寫與對治安的無力感。

這樣的歌詞透過一個事件的始末，將兩個對比的景色——「春色滿山嶺」和「槍子黑白彈」做為貫穿通篇的關鍵句，以不斷重組的方式來鋪陳歌詞的內容。其中不只對璀璨的歡場生活做出描述，更對媒體報導的不實與治安人員的無能做出大膽的諷刺，在寫作上給人的震撼力十足。如果以這類型流行歌曲的風格來說，無疑可以算是當代的「變風」、「變雅」的作品。

至於《詩經》中的「頌」在歌詞上的表現，正如同一些主題明確的詠物、詠史的寫作，它原本是用來作為祭祀時歌頌先祖之用。然而，在當代歌詞的寫作上，已罕有為祭祀用途而寫的作品，當代歌詞頌揚的對象已轉向對人、事、物與國家精神的讚詠。例如我們耳熟能詳的〈梅花〉便是劉家昌所寫作的一首足以代表「頌」之意義的歌詞。

〈梅花〉以梅花堅毅傲寒的特色，頌揚中華民族耐苦勤奮的精神，這樣的風格也兼具「美盛德之形容」的特色。當然，《詩經》所樹立的風格不會長久不變，在數千年時間的長河沖積下，歌詞的寫作至今已擁有許多不同的寫作形式和樣貌，只是就其背後意識來說，可以用《詩經》中「風、雅、頌」的模式來概括說明與檢視當代流行歌曲的歌詞寫作方式。

# 貳、歌詞的形式與內容

　　當代流行歌曲的歌詞有如古代《詩經》中的詩歌作品一般，同樣是藉著歌詞來反映人們的心聲，換句話說，寫作歌詞其實和寫作詩、文並無不同，其差異只是在篇幅大小與用語的結構而已，然而，如果要寫好一首好的流行歌曲，必須先懂得如何欣賞流行歌曲的歌詞，才能去思考如何編寫歌詞，進而追求歌詞與樂曲之間的完美配合。這裡，就以歌詞作為一種文學形式，來賞析其寫作手法及內涵，舉例如下。

## 一、發揮想像的空間

　　歌詞的寫作以比、興的手法最常被使用，有以物比人者、有以人比物者、有以景興情者、有以情興景者，如古人將松、竹、梅、蘭比喻君子、西湖比成西子、香草比作美人、蠶絲比作相思、蠟淚比作眼淚……諸多比興手法，在古典詩詞中經常可見。

　　這裡，我們也可以用古人寫作的理念來看今人的歌詞寫作。例如李子恆作詞的〈蝴蝶飛呀〉便運用了豐富的比興手法來鋪陳歌詞的意境。歌詞中首先用眼睛觀察到自然世界的景象來象徵人們心中的感想。貝殼、毛毛蟲、小河……在歌詞裡象徵著一種期待成長、積極向上的青春活力，而把人比作蝴蝶，把人心中的夢想比作蝴蝶的翅膀，年輕的歲月則是提供蝴蝶遨翔的天堂……一連串的比喻描繪出清新的感覺，興發出一幅畫面，成就整篇歌詞的完整結構。

　　又如高見和顏璽軒合力作詞的〈外套〉，將愛情裡被忽略的角色比喻成外套，將外套擬人化之後藉以訴說心情的委屈。人們可以有許多件外套，而當彼此相愛的關係不對等，其中一個人扮演著附屬的角色，那種心情就好比是一件被脫掉的外套。作詞者巧妙的用外套來比擬，以「可笑的是我沒資格計較」來表白，透露出相當卑微的心情。這也是用了比興的手法在其中，將人、物與心情之間做恰當的比喻，帶出一篇成功的歌詞寫作。

此外，如果就「興」的角度來看，在歌詞中運用對景色的感觸帶出心中的情感，再佐以些許「比」的技巧，會讓歌詞的情感發揮得更加極致。例如方文山作詞的〈落雨聲〉便是這樣的一首歌詞。歌詞起首以落雨聲比喻成一首歌，但這首歌卻令人不敢聽聞，因為聽到雨聲會令人想起故鄉的親人，接著以斷翅的鳥象徵離鄉的孤單遊子，再以回鄉感慨的背景帶出之所以不敢聽雨聲背後的懊悔，進而傳達及時行孝的觀念。

再如易家揚作詞的〈時間的味道〉，用一連串的比喻、象徵將人生各種情境比作生活中的具像事物。如用「第一副棒球手套」和「初戀女孩」、「雜貨店尋寶」代表童年時光；用「爸爸的花領帶」象徵成人。用「電影票」比喻回憶、「驚歎號」形容愛情的感覺，「拆信刀」象徵年齡，拆開當初所有願望和期待的真相。這首歌詞中大量地使用這些符號，充分引起聆聽者、閱讀者的共鳴。

另外，歌詞寫作中「比」、「興」的技巧還可以與當代文學技巧上的許多手法交相運用，例如象徵、譬喻、借代、轉化……都算是「比」的一類；又如誇飾、設問、感歎……則屬於「興」的一類。這其間的搭配運用，可使作品本身能交融出更多不同的可能。換句話說，好的歌詞不但需要有深刻的情感內容，還必須有優美的修辭技巧，而若再搭配韻律的掌握，就更加出色了。

## 二、掌握韻律的動線

古典詩詞因為在句數和字數上都有相當明確的規定，所以，對押韻、格律的掌握相形之下比較單純。當代歌詞因為在白話文學和世界文化影響下，使得字數和句子的長短不再受限，同時，歌詞寫作使用的語言也不單單局限於單一語言，經常有中、英文混用，或和方言合用的情形，使得韻律的表現能更多元而豐富，然而，歌詞語言的掌握得宜卻並非易事。例如姚若龍作詞的〈甘願〉，其中即有國語和閩南語混用的情形，如「半暝」、「夢搖來搖去心驚惶」……。

這首曲子在華語歌壇的經典曲目中占有一席之地，究其原因，除了

運用巧妙的比喻，把半夜搭火車的心情描寫出來外，最特別的地方便是國語、閩南語混用。首段中國語的韻律為「ㄚ」韻，從「一下」和「到哪」；而「火車」和「驚惶」在原本國語的發音裡是對不上韻的，然而，若用閩南語發音則押韻就可以對上。而副歌中以閩南語發音的「甘願」和國語發音的「不怕難」、「哭喊」、「都不管」、「釋然」、「美滿」、「傷感」、「特別軟」、「溫暖」等在音韻上也恰好能夠對上，使得這首歌詞的音韻和諧，再加上豐富的情感意涵，也就使它廣受大眾歡迎而傳唱不已，可見一首好詞在音韻上的巧思是不可缺乏的。

　　而國語歌詞除了和方言混用，也有和英文混用而成功的例子，如武雄作詞的〈累格〉便是其一，這首歌詞的內容大意在訴說於男女情感的倦怠與彼此愛戀的不再，最巧思的關鍵在於其中融入了英文句子「Let it go」，即「隨它去」的意思；作詞者取「Let it go」與中文「淚已夠」的諧音，搭配出極為絕妙的歌詞。

　　此外，我們前面雖然提到過白話文學推行以來，傳統詩詞的格律和聲韻不再像從前受到限制；然而，若細細觀察一些成功的歌詞寫作，都沒有放棄韻律的使用，這也就間接說明韻律在歌詞寫作裡的重要性。例如民國初年詩人徐志摩寫作的新體詩〈偶然〉，從數十年前開始一直不斷被傳唱到現在：

　　　我是天空裡的一片雲
　　　偶爾投影在你的波心
　　　你不必訝異　無須歡喜
　　　在轉瞬間　消滅了蹤影

　　　我是天空裡的一片雲
　　　偶爾投影在你的波心
　　　你不必訝異　無須歡喜
　　　在轉瞬間消滅了蹤影

　　你我相逢在黑夜的海上
　　你有你的　我有我的方向
　　你記得也好　最好你忘掉
　　在這交會時互放的光亮

　　這首歌詞之所以受到歡迎，主要是因為歌詞中的意境之美與情感之浪漫讓人心動，可是我們也不難發現，這首歌詞在格律押韻上其實相當整齊，「一片雲」與「波心」相對、「訝異」與「歡喜」相對、「海上」與「方向」相對、「記得也好」、「忘掉」與「光亮」相對。這些韻腳上的搭配都讓人讀起來十分順口，再加上意境優雅浪漫，便成了傳世經典之作了！

　　接著，我們把時間拉到近一兩年來的歌詞，如方文山寫作的〈甜甜的〉是也一首相當輕快的歌，歌詞在押韻上也相當整齊，歌詞中幾乎完全使用同韻或近似韻來寫作，從「一口」、「愛我」、「溫柔」、「誘惑」、「都有」、「答應我」、「生活」、「害羞」、「牽手」、「帶走」、「感受」、「要求」等，無不在「ㄛ」和「ㄡ」這兩個發音部位相同的韻腳上打轉，使得整首歌詞在快節奏地朗讀、唱誦上格外順暢。

　　總之，在歌詞寫作的過程中，因為和歌曲搭配後會失去原有的聲調（注音四聲、古韻平、上、去、入等），因此，不一定要考慮到聲調的差異，只要著重在韻律的和諧即可，尤其是善於運用雙聲和疊韻來寫作，更會產生特別的效果。

## 三、扣緊主題的重點

　　歌詞的寫作和其他文學的寫作一樣，都十分重視和主題相應的程度。小說、散文等篇幅較長的作品可以有比較大的伸展空間，但是一首歌詞最多數百字就算是長篇，如果不能扣緊主題，就難以呈現理想的效果，例如主題在訴說事件，卻花太多句子在寫景色；或在訴說感情，卻花太多句子在寫物品而少了寫情緒的部分……，諸如此類都不能算是扣緊主題。

　　那麼，如何才能扣緊主題而寫作歌詞呢？就以主題是圍繞著「心情」的歌詞來看，例如姚謙作詞的〈味道〉，這首歌詞將所有與回憶相關的事物都擺進歌詞裡，訴說出想念的心情，便形成了一種特殊的風格，這裡面的回憶有具體的「外套」、「白色襪子」，也有抽象的「味道」，呈現出思念一個人時的感情，這些點點滴滴的物象緊緊地圍繞著那個被思念的伊人。

　　如果是主題圍繞著「人」來寫作，例如李焯雄、李宗盛作詞的〈有沒有一首歌會讓你想起我〉，即是圍繞著歌手周華健歷年演唱受歡迎的經典曲目而寫，其中有一段歌詞裡面出現了數首的歌名，整首歌就是利用這些歌名串成一段歌詞，這樣的寫作扣緊的主題是「人」。

　　類似的作品又例如姚謙作詞的〈愛的鋼琴手〉一曲，也是圍繞著歌手伍思凱歷年歌曲而寫，包括「分享」或「愛與愁」、「一半」、「特別的愛給特別的你」等，這些以歌名的關鍵詞句組成的歌詞，可以讓人一眼就可以看出，伍思凱的歌裡面有著不一樣的用心。這類的歌詞充分地利用「鑲嵌」的手法將歌名融入其中，而達到另一種扣緊主題的效果。

　　另外，有些歌詞的寫作，主題是圍繞在一個「故事」或「情節」上，這時候就需要抓緊故事的核心來寫作。例如熊天平與趙俊傑合作的〈火柴天堂〉，便是圍繞著耳熟能詳的安徒生童話〈賣火柴的小女孩〉，用火柴和天堂這兩個關鍵詞來象徵故事中的兩個極端，一是賣火柴的艱辛及世情冷漠；一是故事裡火柴點燃後看見的種種美好，最後，小女孩看見親人帶自己到天堂的結局。整首歌詞僅僅針對這兩個部分做強調，因為這兩個部分正是故事的核心所在，也是動人之所由。

　　又如方文山為電影《滿城盡帶黃金甲》所寫作的歌詞〈菊花台〉，這部電影的內容以宮廷皇室間權力鬥爭、情慾糾葛、人倫異變為藍本，訴說著君王與王妃、太子、二太子間彼此複雜交織的情感，整體而言，這是一齣悲劇，整齣戲藉菊花為主軸，以菊花象徵故事之哀傷；而〈菊花台〉的歌詞正是在這樣的主題上發揮，整首歌詞以種種意境訴說出一席淒涼，扣緊了電影中的劇情主軸。對於沒有觀賞電影的人來說，這可能是首古典韻味的歌曲；但對觀看過電影，或知道故事的人來說，卻能夠透過歌詞去重

構那些畫面與劇情。

　　換句話說，這種將故事主題改編成歌詞寫作，如果鋪陳得當，也可以創作出一首成功的作品，因此，扣緊主題在歌詞寫作上是一件非常重要的事，也是一個寫作歌詞的要領，唯有抓住主題發揮的作品才能成功的聚焦。至於如何緊扣主題？可運用的手法雖然很多，但也不外乎就是文章寫作的技巧。然而，因為歌詞寫作比起文章寫作要來得更精緻一些，所以，在運用手法的時候，除了安排適合融入歌詞的元素之外，還需要有符合風格的修辭來達到整體的融洽感。

## 四、符合風格的修辭

　　歌詞寫作中所謂的修辭，其實指的也就是所選用的詞彙。一首什麼樣風格的歌詞，其中必須依賴著什麼樣風格的詞彙來建立。如果想要創立風格古典高雅的歌詞作品，在選用詞彙時自然不可太過通俗白話，可能需要用一些典故、用一些雅稱來指陳做為對象的事物；如果想創立風格現代化、年輕的歌，在選用詞彙時則必須注意不可以過於咬文嚼字，否則將讓人有扞格不入的感覺；如果想寫作有異國風趣的歌詞，在選用內容的時候也必須針對文化差異去設計。

　　同樣地，今天如果要寫作一首俏皮的歌詞，用詞用字就不能太過文言，這都是在寫作歌詞時應該注意的地方，例如黃俊郎作詞的〈牛仔很忙〉裡就成功地運用修辭來呈現鮮明的畫面，以嗚啦啦啦的火車笛、奔騰的馬蹄、吹著口琴的小妹妹、夕陽下優美的剪影作為歌詞開頭，光是開頭四句就漂亮地描繪出一種美國西部風情的意象，把整個時空都拉到了美國的荒野大西部去。

　　但是，我們也可以發現，如果想寫作帶有古典風味的作品，其實也並非只能取自古典詩詞的作品來譜曲唱誦，在當代流行音樂界也有其他成功的作品，例如方文山所寫作的一系列歌詞就是不錯的範本。尤其是周杰倫自2000年出道以來，他的專輯中就收有方文山寫作且標榜中國風的歌曲，如〈青花瓷〉用中國的瓷器做為寫作的意象，就是一首很有代表性的作

品。從瓷器的燒製、上釉、彩繪的過程一路寫到與女子相襯的情感，將整個青花瓷器上可能出現的書法、水墨畫與燒製瓷器聞名的江南小鎮結合，寫作出一片和諧的景象。

〈青花瓷〉中運用許多符合古典意味的修辭方式，我們可以來看一下作詞者方文山在〈「中國風」歌詞遊戲十六法〉一文中如何來剖析其作詞的技巧：

　　譬喻：「你隱藏在窯燒裡千年的祕密，極細膩」為「喻體」；「猶如」為「喻詞」；「繡花針落地」為「喻依」。若從譬喻「運用想像力，以具體而熟悉之物說明或形容抽象之物」這個原則來看，想像力將「細膩的祕密」與「繡花針落地」巧妙串聯在一起，呈現出彼此微妙的關係：那段「隱藏在窯燒裡千年的祕密」是如此細膩，因而被小心呵護著，唯恐一碰就破，就像繡花針落到地上，是那麼輕盈細微，卻又帶點小小的危險。而「瓶身描繪的牡丹一如你初妝」、「你嫣然的一笑如含苞待放」、「如傳世的青花瓷自顧自美麗，你眼帶笑意」等句也都是譬喻法的典型體現。

　　類迭：類迭不僅能使語調和諧，還可強化詞句所透露出的意思。「簾外芭蕉惹驟雨門環惹銅綠，而我路過那江南小鎮惹了你」兩句中連用三個「惹」字就屬此用法。有主動招惹之意的「惹」，讓「芭蕉」與「門環」兩種原本屬於被動意象之物彷彿有了生氣，芭蕉不再只是認命般讓驟雨淋濕其身，而門環也不再被動等待銅綠染身，然後再對照下一句「而我路過那江南小鎮惹了你」，整個畫面更是活了起來。

　　轉化：在《青花瓷》歌詞中使用最多的修辭手法就是轉化，「你的美一縷飄散，去到我去不了的地方」也屬於轉化，在這句詞中「美麗」被擬物化，成了飄蕩的一縷霧

嵐，前往到一處故事主角無法到達的地方。美麗，已不復見。人與物之間的界限在此模糊曖昧，詞意卻變得深刻而豐富。

排比：「簾外芭蕉惹驟雨門環惹銅綠，而我路過那江南小鎮惹了你」就是用兩個以上結構相似的句法來表達性質相同的意念，顯現出句子的節奏感與律動，增強了詞意的感染力，強化了「惹」的意象。

誇飾：「炊煙嬝嬝升起，隔江千萬里」誇張了隔江對望炊煙的距離，對應上一句「天青色等煙雨，而我在等你」所指涉的等待，彷彿是如此無窮無盡，而且隔了千萬里，顯得遙不可及；另一句「你隱藏在窯燒裡千年的祕密」，祕密被保守了千年從未讓人知道，象徵守密者的細膩與堅毅，能讓祕密在窯中歷經千年煆燒也不洩漏一字一句。

轉品：簡言之，就是轉化某一個詞原來的詞性。例如「在瓶底書漢隸仿前朝的飄逸，就當我，為遇見你伏筆」中的「伏筆」原為名詞，在這裡作動詞用。由於這樣的轉化，句子頓時有了動態感，進而深刻表達出前一句中的「書寫」動作，以及隱含在書寫動作下的心意。「你的美一縷飄散」的「一縷」則是數量詞轉化成副詞，整個畫面感都出來了。

倒裝：「如傳世的青花瓷自顧自美麗，你眼帶笑意」就是個倒裝句，正確的文法順序應為「你眼帶笑意，如傳世的青花瓷自顧自美麗」。使用倒裝法，讓人更有想像空間，一位美麗的女子似乎就這麼盈盈笑著站在眼前。

摹寫：所謂摹寫，指的是在視覺、聽覺、嗅覺、觸覺上能引起人們感官感受的描寫。譬如「色白花青的錦鯉躍然於碗底」就在我們眼前栩栩如生描繪出青花瓷上的錦鯉顏色，尤其在白瓷襯底之下，彷彿即將躍出碗底似的。至

於「簾外芭蕉惹驟雨門環惹銅綠」這句詞，是不是讓你宛若看見庭院裡被驟雨打彎的芭蕉搖來蕩去，空氣中的濕氣透進了門環，讓它招惹了一身銅綠色，耳邊還傳來淅瀝的雨聲呢？

　　從方文山自我剖析其寫作歌詞的技巧中，我們可以發現，他大量地運用古典文學的創作技巧，如譬喻、類迭、轉化、排比、誇飾、轉品、倒裝、摹寫等，並且以古中國文化的元素作為歌詞的背景，使〈青花瓷〉的歌詞有別於白話的雅詞，而提高了特色上的鑑別度。

　　換句話說，古人在文章的寫作上有所謂「修辭立其誠」的說法，指的就是文章的寫作應該要表達出作者真正的意圖，而應用在歌詞寫作上來說，則是要呈現出完整的意境或畫面，除了發揮想像、扣緊主題之外，掌握韻律以及和諧適當的修辭風格都是不可或缺的要素。

## 參、歌詞的創作方法與注意事項

　　當代流行歌詞的產量因為教育普及、資訊發達、傳播便利、風氣自由等多種因素，顯然比古代詩詞的創作量來得多，從每年許多唱片發行動輒十餘首的創作量來看，光是近數十年來就累積了成千上萬的歌詞作品。若是進到KTV，或是網路上的歌詞網站，更是琳琅滿目、目不暇給。可見歌詞寫作已不是文人的專利，許多有名的歌詞寫作者本身不但並非出身中文相關科系，很多非科班出身的人士也能創作出膾炙人口的好作品。這也揭示了歌詞寫作並非是專屬於廟堂之上，而也能流行於江湖之中，換句話說，只要是一個有情感、有思想的人，或多或少都能進行歌詞的創作。

　　那麼，我們不禁要問，在賞析這麼多歌詞作品以後，回到我們本身，究竟該如何進行具體的歌詞寫作呢？如果賞析別人的歌詞是由歌詞的整個「面向」解構成一條一條的「線索」，再由線索析化出單點的「元素」；那麼創作一首歌詞就需反其道而行，將這些單點的「元素」組織、建構出一道一道的經緯線、交織縱橫成為一個面向完整的歌詞作品。其中有幾點

重要的核心概念，可以提供作為寫作歌詞的參考：

## 一、形成明確的主題意識

　　無論是創作歌詞或是寫作文章，主題意識都是最重要的。歌詞的主題決定著一首歌呈現什麼樣的內容，是一種情感、是一段回憶，還是一些感嘆……？先確立主題意識之後，整首歌詞寫作的內容才有所依準，就像要蓋房子的時候必須先知道，自己想蓋什麼樣款式的房子，是中式或西式？是當代或傳統？是豪華或樸素……？換言之，創作者就如設計師一般，必須對自己的作品先有大致的觀想，提出一個清楚的輪廓；亦如畫家要畫一幅人物、風景畫的時候，必然要清楚自己要畫的主題是什麼？男人或女人、小狗或大象、郊外或城市、白天或黑夜……，先確立主題的目的是為了貼切地規範、搜尋那些符合主題的元素。因此，主題雖然是在最後所呈現的「面向」，但是創作者必須在一開始就對這個面向有所觀想，如此一來才不致流於天馬行空的創作。

## 二、尋找適合的創作材料

　　當主題意識確立之後，接著必需要尋找適合的創作元素。創作元素可以分成兩個部分去探尋，一個是內在世界，一個是外在世界。

### (一) 內在世界

　　人的內心抽象世界並不比外在具體世界來得簡單，因此，許多時候內在世界的思緒是複雜的。如果能從複雜的內心世界去探尋、釐清出需要的、合適的創作元素，例如從情感、從情緒、從對一個人、一件事、一片風景、一個物品的感覺、欲望，以及個人的思想、個性、態度，乃至於期盼……等，去思索與搜尋，將可以獲得取之不盡、用之不竭的創作材料。

### (二) 外在世界

　　外在世界指的是相對於內心世界而言，具體的，而非抽象的、概念的事物。外在的世界從自己生活的環境出發，舉凡任何事物的形狀、數量，大自然的一花、一草、一木，人的食、衣、住、行相關的事物，乃至於相

貌、身材、聲音……等，能夠具體呈現指涉的，均屬於外在世界的材料。

　　爾後，再由內在、外在世界中和主題相呼應的部分來組織材料，例如，主題是「愛情」，那麼從內心世界去探索，就要依據「愛情」這個條件來找尋相契合的元素，有什麼情緒是相應的，什麼思想、什麼欲望、什麼情感是相應的；外在世界中有什麼物品、什麼形狀、什麼顏色、什麼環境、什麼聲音、什麼景象是和「愛情」的主題相契合、相應的，進而將這些元素抽取出來。

## 三、轉換適當的詞彙元素

　　從各式各樣的內在、外在世界材料庫中抽取出合適的材料之後，還要注意到語言在歌詞寫作的使用上並不一定直接等同於口語的表述。所以，必須依照自己所選擇的創作形式來轉換成適當的詞彙。例如同樣是說「眼睛」，因為情感不同，可以是「灼灼的眼神」或者「深邃的雙眼」，因為中文在詞彙使用上極富多樣性，不勝枚舉，在這裡只能提供一個大原則，便是詞彙元素的選擇必須和主題相應。簡單地說，就是要先思考「這首歌將採什麼樣的風格」，如果是想要古典韻味重一些，自然就要注意在詞語選擇上不要過於白話，而選擇比較古典的字眼，例如「黑色的頭髮」可以用「青絲」，「白髮」則用「華髮」或是「暮雪」，「雪白的肌膚」也可以用「凝脂」來替代……等。

　　不單單是古典或當代的風格需要注意到詞彙的轉換，在歌詞的氣氛上也要相當注意詞彙的選用，一首快樂的歌詞和一首悲傷的歌詞，對於同一個物品、同一片風景定然要有不同的描寫；反過來說，同一片景色、同一個物件，在不同的氣氛下呈現的也會是不同的意義。例如「藍色」既可以是代表舒暢的深海、清爽的天空，但也可以是憂鬱苦悶的象徵。

　　因此，在主題確立、元素抽取之後，第三個要注意的重點便是將這些篩選後的元素安置合適的詞彙，當整首歌詞的詞彙能夠符應於歌詞體現出的氣氛，才能達到整體和諧不突兀的情況。當然，我們在用字選詞上，如果能再結合文字的韻律感，使整首歌詞在唱誦時更具有音樂性，這樣的歌詞寫作就更成功了！

## 四、組織歌詞的整體內容

在完成上述三個階段之後，一首歌詞已呼之欲出。接下來便是要接著將這些詞彙組織成一首歌詞。因為歌詞不能單單只是一個個的單詞，必需是多組詞彙集合而成，集合的方式就像寫作文章一樣，透過主詞、連接詞、動詞，加上名詞、受詞或形容詞，將其組織成一句一句完整的句子，一段段呼應主題的完整段落，才能算是一首完整的歌詞。

比如說，春天到了，讓我們心有所感，想要寫成一首符應季節主題的歌詞。那就要從季節裡的材料庫去尋找適當的元素，例如有「花」、「蝴蝶」、「蜜蜂」、「小雨」、「嫩葉」、「新芽」、「微風」……等許多元素，經過組合之後可能變成一句「小雨和微風帶來嫩葉新芽，蝴蝶蜜蜂圍繞著花」的歌詞，透過許多相同類型的元素加總，再將許多句子堆疊在同樣以「春天」為主題的歌詞裡，於是乎屬於「春天」的歌詞便產生了。

至於一些有「敘述性」的歌詞作品（以情歌最常見），必須重視組織的形式，一般來說，這類歌詞又分成鋪陳、主題、收尾三個部分，形成所謂的「副歌」，也就是整首歌詞的主題部分。就以林夕作詞的歌曲〈十年〉來作示範，以一句話的顫抖來做為開頭，鋪陳出一個「分手」的情形，進而帶進主題對分手前、交往時、分手後「十年」這幾段時間以來的感情轉變作為副歌。再透過副歌的重複去強調整首歌詞最想要表達的主題意識——感慨。

換句話說，在副歌之前，整個主題必須透過鋪陳來漸入高潮，所以，前面鋪陳的部分就扮演著將聆聽者帶入這首歌主題的重要任務；而副歌之後加上適當的結尾帶給聆聽者意猶未盡的感動及深遠的共鳴。

因此，再看這首〈十年〉的歌詞，最後簡短的一句，「多年之後才明白，眼淚不是為朋友而流，也為別人而流。」這些話完全將整首歌的惆悵與無奈、感慨昇華到另一個看透世情的境界，讓這首歌共鳴的範圍不單單只是在於有過分手經驗的人，還能顧及到那已然分手又再次戀愛許久的人們，同樣帶給聆聽者深刻的回應，使這首歌詞的鋪陳、主題、結尾的關係更趨明朗；如此一來，一首好歌詞也就不難呼之而出。

# 肆、結語

　　總之，歌詞的寫作雖然有許多可以參考的方式和技巧，但萬萬不可受拘泥於其中。其實，寫作歌詞和創作文學作品一樣，都應該抱著「文無定法」的心態去寫作，而最重要的是要能夠去了解真正優秀的歌詞作品和文學作品一樣，都是有其真誠的內涵在其中，而並不是單純為了娛樂或商業目的。誠如本單元一開始所提到的「情動於中而形於言」，如果寫作歌詞只是無病呻吟或是為賦新詞強說愁，那都無法寫作出真正動人的好歌詞。

　　換句話說，歌詞寫作和所有文學作品的寫作一樣，除了需要依靠靈感和生命的洞察力，亦即由「心志」來表現以外，歌詞在文學類型中本是屬於篇幅較精緻的一類，因此，還需要能敏銳地掌握語言技巧和運用文學手法，然而，這需要不斷地練習與嘗試。也就是說，歌詞的寫作雖然有一些基本的原則，但並沒有一個絕對漂亮的公式，寫歌詞如果按照公式走，最後難免會流於俗套而被戲稱為「口水歌」或「芭樂歌」。

　　尤其是近數十年來，隨著社會風氣越來越開放，人民生活越來越富足，流行音樂的市場不斷地擴大。就歌詞的寫作量來說，流行音樂市場是最廣大的溫床，在其中已孕育出許許多多經典好歌，直到今天還不斷一再被翻唱、重唱。然而本單元因為篇幅有限，無法一一列舉，列舉的內容可能連千分之一也不及，所以，僅能介紹部分當代流行歌詞寫作背後所共有的精神與特色，使讀者由欣賞再進而去嘗試歌詞寫作。

## 習作題

1. 什麼是歌詞？歌詞寫作和新詩、散文的寫作有何不同？
2. 當代流行歌詞和古代詩詞有哪些地方相同？又有哪些地方不同？
3. 試舉一首你喜歡的歌詞，並賞析它之所以為你所喜歡的原因。
4. 嘗試創作一首歌詞，並自我剖析之所以如此寫作的理由。

# 第十單元
# 創意改寫

黃文車

## 壹、創意改寫思考

　　中國古典文學或現代文學作品不勝枚舉，可以作為仔細閱讀深究者不在少數。然而越來越多學生把古文閱讀視為畏途，推測原因應該有三點：第一，「讀書未多」，導致古文字句更顯艱深，讀來倍顯吃力；第二，「古今易位」，近年來現當代文學發展當道，又能貼近學生口語敘說，以致於有「古不如今」的錯誤印象；第三，「興趣索然」，這個原因正好是一、二點加總後的惡性循環，因為讀書未多和古不如今的錯誤觀念，以致學習古文更顯困難，久而久之便無興趣鑽研了。

　　謝大寧教授曾經倡導過「本國語文教學的改革理念」，他借用詮釋學和解構理論的觀點去理解所謂的傳統語文與現代意義間的任何可能關連與碰撞，試圖讓「古典語文」的「原本意涵」在所有的詮釋中「自然」地呈現出來，說得更清楚一點，其實就是要透過各種可能的詮解，讓古典文本和現實世界可以巧妙扣連；透過這樣的觀點，即便在閱讀過程中出現某種錯誤，但就詮釋學的角度來說，那也可能是一種理解的徑路。有了這樣的理念觀點支持，我們於是可以在古典語文和現代文本，抑或現代文本間，找尋各種「賦比興」的可能。

　　所謂尋找「賦比興」的各種可能性，就是在詮釋學的觀點上，讓讀者或寫者能依文本內容去發展、論述其可能運用的直鋪其事、比擬譬喻以及借他物以引起所欲詠之詞等方法，而其結果或未必如原文本之原貌，然而其精神意涵則可能有更多的展現。最簡單明白的解釋，亦即符合本單元「創意改寫」主題的定義說法，乃是藉由典籍文本與現實世界的聯繫互

動，讓學生能以自己的生活經驗與個人想像為基礎，用自己的語言去詮釋古典文本的意涵與價值，透過此思考性的情意翻譯，讓文本可以被學生自我認知與自我完成意義，於是創意改寫就有其「跨越古今」以及「穿梭文體」的積極創意趣味與價值了。

美國的斯坦利・費什（Stanley E. Fish）在其《自我消受的制品：十七世紀文學閱讀經驗》書中曾經提到讀者的閱讀經驗並不是「文本本身」而已，因此他說：「讀者製造了他在文本中所看到的一切。」而被讀者看到的這些「意義」，也不只是獨立的讀者所具有的屬性而已，相反的，那是來自這個讀者所存在的「解釋團體」所共同擁有的特徵。這個「解釋團體」，依照王逢振在《今日西方文學批評理論》中所做的解釋其實就是一個具有社會化的公眾理解系統，用更簡單的話來說，就是和那個讀者曾經共存或有所淵源的社會生活與文史背景等知識，因此，當我們在進行文本閱讀時候，屬於一種歷史的、特定的闡釋就會加入我們的理解過程中。

這裡還觸及「再現」的觀念，我們常說文學可以反應現實，然而文學所反映的現實究竟是否真實？那麼，文學要如何「再現」現實？歐洲古代文學理論中認為文學是一種「生活的再現」，但這種再現並非良莠兼包、來者不拒的。文學書寫者「再現」的內容通常會經過選擇，去擇取具有「典型性」和「代表性」意義的內容，透過這些內容的選擇、交流與重組，以便重構我們所認知的文本或現實世界，而這種重構，乃是一種有意圖、有意識的建構過程。透過這些被建構出來的文本，我們可以去認知或想像書寫者的創作與詮釋意涵，以及其所要再現的現實世界。

但是如果「創意改寫」可以用詮釋學或再現的角度去思考，那還會觸及一個重要的問題：被改寫後的文章是否能夠「改變歷史」或「破壞結局」？這是一個沒有絕對定論但多有基本共識的議題。理論上，我們建議改寫後的文章結果理應不能違背讀者對於原著意義或價值的理解，那麼，讀者是如何理解或詮釋他們所閱讀或理解的某些原著文本，以及用何種思考去解構及重構這些文本，讀者或改寫者還是有很大的控制權力。只是，這樣的詮釋與理解雖在個人層次上擁有一定的價值意義，但其能否被群眾

接受與信服，則是一條透過解構文本後再進入結構機制的考驗過程。改寫後的文本在社會群體認知結構中具有何種意義與價值？則端視被重構的文本是否能在被詮釋的過程中，反應出所有讀者的「世界觀」，或是一種「精神結構」的社會期待意義！

## 貳、文本閱讀方法與改寫原則

創意改寫前的第一個前提是：如何掌握被閱讀的文本！然後才能進到第二個關卡：如何進行自己的詮釋過程，以及改寫的進行。因此，以下我們大略分析一下文本的「閱讀方法」和「改寫原則」兩項內容：

## 一、文本閱讀

文本的閱讀方法有很多，重點要在是否能心領神會。孔子所言的：「博學、審問、慎思、明辨、篤行。」等五個步驟，當可視為儒家強調閱讀的五個重要原則。以下，我們再略述五點閱讀方法提供大家思考：

### (一) 仔細精讀閱讀

可分為「粗讀」和「細讀」（或稱「精讀」）（close reading），前者是對於文本粗略的瀏覽，後者則是一種貼近文本的閱讀，或可說是一種面對文本的態度，一種切近文本的姿態。

過去傳統學術中類似細讀的方式有許多，例如通過「訓詁注疏」來了解經書中的微言大義，或是透過類似小說「評點」的特殊文本細讀方法，評點者可在細讀作品過程中，可將自我理解記錄成眉批、行間夾批、文中評述等，每回之前或之後則有總評，甚至是對全書的總評，可見評點者細讀之功夫。

現代文本的精讀，雖不似朱子所言的「格物致知」那樣面面俱到，但對於文本中出現的內容、主題、語言、文字和符碼、意象等，都必須加以掌握，才能稱為「精讀」。通過文本細讀（精讀）的仔細體會，文本的意義才有可能被發掘和解讀，也才有可能呈現文本自身的意義空間。

## (二) 循環理解

　　循環理解意指循環解釋文本的意涵，從字、詞、句、段到通篇文章的理解，再從通篇文章到字詞句段的體會，甚至是旁引他書以資佐證，如是循環理解，才能對文本閱讀有深刻體會。無論是閱讀古典文學或現代文學文本，閱讀絕不可能一遍即通即曉，身為讀者的我們必須旁徵博引、循環理解，才能通曉文本的真正意涵。

## (三) 求其真意

　　這裡所談的真意，並不一定是指作者的創作時的原本意圖，透過前文所提到的詮釋學或再現的思考，我們可以知道：讀者的閱讀，本身就是一種解釋或再創作的歷程。不過，我們也擔心讀者在唯心思考或想像的過程中，與原文旨趣過度背離，那也非文章閱讀的最佳呈現，因此讀者要的是求其真意的「明辨」功夫。

　　那麼，閱讀文本時的我們，便要探知其立文用意所在，不能只拘泥文辭表面而一概通論，否則便會誤解該文真正的意涵了。

## (四) 發現問題

　　《孟子・盡心》下篇有言：「盡信書，則不如無書。」這句話並不是說書冊皆虛，而是要讀者有敏銳的判斷力與自我主見，亦即，讀書能疑，才知問題所在。

　　閱讀文本時，要多存懷疑，提出問題。閱讀古典文學時，這個方法就觸及一門國學中的「辨偽學」學問；現代文學中的閱讀，道理其實也是一樣，只是用的不是傳統學術的辨偽功夫，而是細讀後所產生的「審問」過程，透過不斷的提問與自我回答，才能發現真理。因此，在無疑處無疑是一般的表現，但能在無疑處發現所疑，或許更能通透文章義理。

## (五) 同理設想

　　所謂的「同理設想」，乃指在閱讀文本的時候，讀者盡可能地試著進入文本時空，設身處地以同理心進行閱讀與思考。很多時候文本觸及的不只是新批評所言的「文本自足」空間而已，或許還有時空背景、人文場域的互涉與影響，這些都是要讀者去思考設想的地方。

　　這或許也可用以彌補新批評或讀者反應理論中所言的文本自足觀點，讀者的自我理解當然可能是一種詮釋，但閱讀文本的同時，若能設身處地為文章或作者進行同理心思考，則非但能避免單方面之成見，更甚者則能超越對立之說，看到更廣更深的意涵。

## 二、改寫原則

　　或許我們會想進一步思考，那麼創意改寫要如何寫，才能跳脫原文本的框架或束縛而成為自我風格的文章呢？周振甫在《文章例話》書中提到「模仿與脫胎」此兩種寫作理念，或可提供我們去思考這個問題。唐代史學家劉知幾寫了〈摹擬〉篇，將模仿分成貌同心同和貌同心異兩種，所謂貌同心異，乃是不合適的機械模仿，只求形式相同而意涵不一，讀起來會有「隔」。至於貌同心同則是文字雖不相同，但寫法一致，符合事實。創意改寫前，可以先練習模仿，並且要是貌同心同的模仿才可以。模仿之後，可以進行下一步的功夫：脫胎，亦即從原始文章去孕育變化而創作新的文章，而這和本單元所要談創意改寫較為接近。

　　創意改寫可改變形式、文體、體製、技巧等，但文章旨趣最好能有所呼應或承接；至於脫胎則是創意改寫的進階訓練，改寫者能在改寫的過程中掌握原文本的旨趣及文字，然後詮釋出屬於自己的論述與理念，那麼這篇文章就是優秀的改寫，自然能算是脫胎上品了。

　　以下我們大概談一下改寫的幾個原則和方向，以便進行文章的創意改寫：

### (一) 改寫體裁

　　改寫體裁即是改變原本文章的形式，如將小說改寫成劇本，把詩歌擴展成散文等。不過，每種體裁都有獨特的書寫方法，改寫者必須能掌握之，並且能掌握文本旨趣，配合意欲改寫的方向，才能成功。

### (二)變換角色

　　變換角色有兩種層次：第一，單只改變原文本中的角色名稱，例如父親變成伯父，女兒變成姪女等。第二，則是替換原文本中的角色身分，例

如將屠龍者換成英雄，受難公主變成受困的富家千金等，後者屬於民間故事中常出現的變異特色，指的是不同地區的類似故事總會有不同名稱但類型、特色接近的角色。不過，無論怎樣變換，這個角色（名稱者）所被賦予的特質或任務不宜被過度改變。

### ㈢ 調整主從

調整主從的改寫方向可以有兩個思考點：第一，是改變原文本中主要角色和次要角色的位置，例如李碧華的《青蛇》主寫青蛇，即是調整原《白蛇傳》中以白素貞為主角之傳統模式；第二，則是調整文章敘述時的主線內容和次線內容，我們若以「梁祝」為例，那麼可以改寫此篇傳說，把次線的銀心和四九故事調整成主線，而梁山伯與祝英台則從原來的主線變成次線，如此乃能在原來的故事敘述中創發新意。

### ㈣ 變換語言

變換語言是改寫者的文字書寫轉換，例如原來用中文創作的小說，可以改寫成閩南語文字的內容，或是客家語文字的內容。此種變換語言的改寫並非一定要全文皆作改變，或許也可以是以某種語言文字為敘述主體，再融入其他語言文字為輔，以便增加閱讀新意與書寫創新。

### ㈤ 改變敘述

改變敘述可以有兩種理解方式：第一，即是改變敘述人稱，例如原第一人稱改為第三人稱，原第二人稱者改成第一人稱等，甚至也可以把某些聲音另外再改寫成獨立的「旁白」（他音），張愛玲的《紅玫瑰與白玫瑰》中某些敘述文字用來批判佟振保、孟煙鸝和王嬌蕊的那個聲音就屬於此類。第二，則是改變原文本中原有的敘述模式，例如將原本的直述句改成疑問句或感嘆句，將原本的疑問句改成排比或類疊用法等，或是將原本平鋪直述的大塊內容，改寫成小說型態的對話模式，亦能改變閱讀者的刻版印象，以便增強創意特色。

### ㈥ 重組結構

重組結構屬於創意改寫中較為大幅度的改寫調整，通常對原文本的內容及旨趣掌握未深者最好暫時不要嘗試。簡單的重組結構方式，例如將

原本的「順敘」文章，改寫成「倒敘」或「鏡框式」文章，那麼就能一新讀者耳目。但若再進一步要重組大篇結構，例如要重新調整論說文的「起」、「承」、「轉」、「合」四個段落，或是一部十章或廿章的小說文本，而且旨趣不改又能創發新意，恐怕需要先琢磨思量許久，這裡建議可從戲劇中去練習結構重組，例如如何將四幕戲改寫成一幕折子戲，或將一幕戲擴寫成四幕戲等等。

## ㈦ 綜合運用

綜合運用原則，乃指融合前面六個創意改寫原則於一體的統合運用，通常這個原則是熟稔前六項原則的改寫者最常出現的改寫模式，甚至可再創發其他的改寫原則。改寫者不必刻意去思考要用哪個原則去進行創意改寫，但卻能順手拈來。要達到這樣的改寫層次，必須要多閱讀與多創作，在閱讀與實務中逐次掌握創意改寫的微妙技巧與創意思緒。

要而言之，創意改寫的先決條件是對原文本內容與旨趣的嫻熟認知與理解，因此改寫者必須要能掌握被閱讀的文本，然後才能進入改寫的過程，以求能有創意的結果出現。不過，誠如前文強調者，創意改寫雖旨在求其新意，但仍需要明確把握原文本的中心主題和精神，在確保創作技巧與章法的基礎上，再融入個人的書寫風格，勇於展現獨特魅力，那麼這樣的文章創意改寫，才能真的在七層寶塔的堆疊炫目中，創造出「一新天下耳目」的優質文章。

# 參、示例

創意改寫之成功與否，端視改寫者能否掌握原文本之基本要點與核心意識，否則被改寫成的文章就容易差於毫釐而失之千里。因此，從仔細精讀、循環理解、求其真意、發現問題和同理設想等五項閱讀方法去讀進文章、看見意涵後，創意改寫才有成功的可能性與意義性。所謂的意義性，指的便是改寫者在改寫過程中所呼喚而出現的「解釋團體」，當這些屬於一種歷史的、特定的闡釋加入改寫者的理解後，被寫成的文章，自然就會出現自己的解釋意涵。

　　創意改寫可從廣義的角度將之分為擴寫、縮寫和改寫三種，擴寫指的是將原來短小的文本擴充鋪敘成更豐富的文本，這是改寫時的第一個訓練工夫。和縮寫相比，擴寫比較能讓改寫者自由發揮，因此很多時候，擴寫都用於中、小學生的作文練習，尤其是詩詞的擴寫更常看到。縮寫則指節縮刪減較為冗長的原文本，改寫成不改變原文旨趣的短篇文章。縮寫和擴寫的練習通常可以並行運用，但縮寫的精妙處有時要比擴寫來得高明一些，原因是縮寫者必須掌握原文的真正旨意，並且熟讀文本，才能在縮寫的過程中面面俱到，縮寫後的文章才不會別生枝枒或牛頭不對馬嘴。

　　改寫乃指狹義的文章改寫，要做好改寫文章，就必須要具備上述的閱讀理論，仔細閱讀原文本內容，體會出屬於文本意涵的理解，再用自己的語言及思考去形成自己的詮釋。在改寫文章的過程中，原文本之時代、人物、環境、人物語言等內容是否全然改變我們多不設限，創意改寫後的文本和原文本間究竟要多有深刻的關連性亦未必可言，重點是改寫者的自我詮釋、體會層次，以及藝術手法高低。但是對於基本的情節及主要的旨趣，我們會建議改寫者在經過模仿、潤飾甚至於脫胎後將之作某個程度的保留或轉化，藉以延伸改寫文章與原文本的可比較性，以及作品的啟發思考意義。

　　不過，談到創意改寫，本單元並不把文本侷限在文字或紙本的傳統典籍，戲曲、影像或歌謠，甚至是口傳故事等等都應該可以成為創意改寫的原始文本。就古典詩詞而言，大家應該都讀過南宋蔣捷的〈虞美人‧聽雨〉：

　　少年聽雨歌樓上，紅燭昏羅帳。
　　壯年聽雨客舟中，江闊雲低、斷雁叫西風。
　　而今聽雨僧廬下，鬢已星星也。
　　悲歡離合總無情，一任階前點滴到天明。

　　作者用人生三個階段去描寫自己聽雨的心情，從少年玩樂，到中年打拚，以至於晚年體悟人生的意境，層層透顯，不可不謂深刻！但這聽雨的

情思到了余光中的筆下，又是另一番意境的呈現，我們可讀他的〈聽聽那冷雨〉（節選）：

在舊式的古屋裏聽雨，聽四月，霏霏不絕的黃梅雨，朝夕不斷，旬月綿延，濕黏黏的苔蘚從石階下一直侵到舌底，心底。到七月，聽臺風臺雨在古屋頂上一夜盲奏，千層海底的熱浪沸沸被狂風挾挾，掀翻整個太平洋只為向他的矮屋簷重重壓下，整個海在他的蝸殼上嘩嘩瀉過。不然便是雷雨夜，白煙一般的紗帳裏聽羯鼓一通又一通，滔天的暴雨滂滂沛沛撲來，強勁的電琵琶忐忐忑忑忐忐忑忑，彈動屋瓦的驚悸騰騰欲掀起。不然便是斜斜的西北雨斜斜刷在窗玻璃上，鞭在牆上打在闊大的芭蕉葉上，一陣寒潮瀉過，秋意便彌濕舊式的庭院了。

在舊式的古屋裏聽雨，春雨綿綿聽到秋雨瀟瀟，從少年聽到中年，聽聽那冷雨。雨是一種單調而耐聽的音樂是室內樂，是室外樂，戶內聽聽，戶外聽聽，冷冷，那音樂。雨是一種回憶的音樂，聽聽那冷雨，回憶江南的雨下得滿地是江湖下在橋上和船上，也下在四川在秧田和蛙塘，下肥了嘉陵江下濕布穀咕咕的啼聲，雨是潮潮潤潤的音樂下在渴望的唇上，舔舔那冷雨。

余光中此篇還是在聽雨，但聽的不似蔣捷的人生的雨，而是一種季節及位置的聆聽。雨被聽在四月的黃梅時節，聽在七月的颱風暴雨，更聽在秋意彌濕、寒潮洩過的庭院中，或是在舊式的古屋裡。當然，從春雨綿綿到秋雨瀟瀟，作者還是「從少年聽到中年」，這個人生體悟不在悲歡離合總無情，而是把冷冷的雨聽成一種單調而耐聽的室內樂或室外樂。余光中把雨聽成回憶的音樂，去回憶江南江湖下、橋上和船上的雨，也去回憶四川秧田和蛙塘的雨，這雨變成潮潮潤潤的，下在渴望的唇上，令人不禁想去舔舐一番。後來聽雨的位置回到了七十年代的台北：

瓦的音樂竟成了絕響。千片萬片的瓦翩翩，美麗的灰蝴蝶紛紛飛走，飛入歷史的記憶。現在雨下下來下在水泥的屋頂和墻上，沒有音韻的雨季。樹也砍光了，那月桂，那楓樹，柳樹和擎天的巨椰，雨來的時候不再有叢葉嘈嘈切切，閃動濕濕的綠光迎接。鳥聲減了啾啾，蛙聲沉了咯咯，秋天的蟲吟也減了唧唧。七十年代的臺北不須要這些，一個樂隊接一個樂隊便遣散盡了。要聽雞叫，只有去詩經的韻裏找。現在只剩下一張黑白片，黑白的默片。

作者言：「前塵隔海，古屋不再。」聽聽那冷雨，聽的，還是一種歷史的過往與滄桑。

如果以電影為工具去改寫小說或劇本文本，那又會是怎樣的創意呈現？我們先舉電影〈一八九五〉為例。這部電影改編自李喬在2008年10月發表的《情歸大地》劇本，其實李喬也說過他一直很想寫以「乙未抗日」為題材的小說，描述一群客家青年從湖口到八卦山、一路抵抗日軍的過程，這是他「30年前就想寫的第一部小說！」這部小說原本取名為《憤怒的番薯》，去年他改成八萬字的電影劇本，取名為《情歸大地》。李喬說：「『情歸大地』這四個字可以概括我的文學觀、生命觀！」

隨後，電影〈一八九五〉耗資六千萬，由行政院客委會與青睞公司共同投資拍攝，中環公司發行，2008年11月7日上映，這是台灣有史以來第一部以客語發音的史詩電影。據影片的官方網站所言，〈一八九五〉有三大特色：第一，全劇採自然語，用電影專業表現客家風俗與客庄風采；第二，好劇本、好導演、好演員三者兼備，完美呈現豐富內涵；第三，本片以市場為導向，除堅持考究客家元素外，完全尊重電影工作者的專業。沒錯！電影劇情精采得很，但是原著作者卻是點滴在心頭。這裡透顯的問題在於原文本與電影的改編有了出入，例如原本的《情歸大地》是客語劇本，不過當它成為實際拍片的劇本時，因為演員大都不諳客語，因此改成華語劇本了。

如果進一步比較改編後拍成的電影〈一八九五〉和李喬原著的《情

歸大地》，我們可發現二者間的「相同之處」在於其都是從家族史角度切入，呈現乙未抗日客家義民歷史，巧妙地串起土地與人之間的感情，例如：肝膽相照、保鄉抗日的「客家三傑」（吳湯興、徐驤、姜紹祖），以及溫柔勤儉、堅忍知命的「客家女性」（黃賢妹、吳秋妹等）。至於相異之處則在於電影〈一八九五〉：㈠偏重畫面效果，例如：強調新竹北埔的「天水堂」，以及重現樟腦製作場景；或是祭天、婦女的朝天髻、藍衫服飾等客家文化。㈡重點情節不張，例如八卦山之役未以實景呈現。㈢美化日殖民心態，例如冀以和平手段接收台灣的能久親王（我才是真正的劊子手啊！）或是在醫者與戰爭間衝突的醫官森鷗(戰勝並不是榮耀的事，凱旋的隊伍應該以喪禮的儀式進行）。然而回過頭去看李喬的《情歸大地》劇本，我們卻可以發現其特色在於：㈠偏重抗戰場面，許多大小戰役多有交代，尤以八卦山之役之義民、日軍佈署敘述更為清楚。㈡強調斯土斯民情感，例如吳湯興之父所言：「想起阿公就要好好疼惜這片土地。」或是吳自己所言：「守住幾時，就活幾時，我與八卦山共存亡。」㈢尊重不同族群，例如讓原住民參與戰事，或是借鯉魚潭社的夜祭來突顯「漢、原人權」問題（漢人啊！最壞！你傷害Pazeh，不和Pazeh結同年，你傷害土地，你不珍惜土地，你搶Pazeh的女人……）

　　相較之下，可以發現改編後的電影〈一八九五〉和《情歸大地》出現了落差，讀者或觀者自可在二者間發現改編改寫後的成果優劣，或是用另一種角度去欣賞，不同改編文本的意圖與意義。

　　此外，我們可以比較李碧華的《青蛇》和民間白蛇傳說。《白蛇傳》是中國民間四大傳說之一，故事約莫成於南宋或更早，但《白蛇傳》的故事需到馮夢龍《警世通言》中第廿八卷〈白娘子永鎮雷峰塔〉一篇才算較為完整的成型記載。馮夢龍的〈白娘子永鎮雷峰塔〉敘述宋紹興年間，杭州有一位藥店的主管名叫「許宣」，在西湖遇見白蛇幻化的白娘子，以及青魚幻化的婢女青青，三人共傘，在船上避雨。下船後許宣把傘借給白娘子，次日約期至白家取傘，兩人再度見面，頓生愛慕之情，後便結為夫婦。婚後，白娘子的行為怪異，致使許宣官司纏身。後來許宣遇見金山寺的法海禪師，求他解圍，法海把缽盂覆蓋在白娘子和青青的頭上，其二人

立即現出原形。法海乃將缽盂放在雷峰寺前，用石頭砌成七層寶塔鎮住，取名為雷峰塔，並且留下四句偈語：「西湖水乾，江湖不起，雷峰塔倒，白蛇出世。」最後許宣看破紅塵，乃拜法海為師，「修行數年，一夕坐化去了。」故事至此結束，但重點還在文末的八句題詩發人深省，其言：

> 奉勸世人休愛色，愛色之人被色迷。心正自然邪不擾，身端怎有惡來欺？
> 但看許宣因愛色，帶累官司惹是非。不是老僧來救護，白蛇吞了不留些。

看來馮夢龍視白蛇為「女色」，而許仙則是「愛色之人」，所以「帶累官司惹是非」，幸好有法海「高人」救護，否則最後將為白蛇所吞噬。在〈白娘子永鎮雷峰塔〉中的白蛇被視為妖孽，青青原是青魚；法海高深，許宣平庸，人物角色雖然固定但是豐富性未足。

這樣的故事繼續流傳，到了清初黃圖珌的《雷峰塔》（看山閣本）則可視為最早以文字整理創作而流傳的戲曲版本，到了清乾隆年間，方成培改編了三十四卷的《雷峰塔傳奇》（水竹居本），共分四卷，第一卷從《初山》、《收青》到《舟遇》、《訂盟》；第二卷是《端陽》、《求草》；第三卷有《謁禪》、《水門》；第四卷從《斷橋》到《祭塔》收尾，於是乎，《白蛇傳》故事的主線綱架大體完成。清朝嘉慶年間有玉山主人完成中篇小說《雷峰塔奇傳》，隨後有彈詞《義妖傳》的出現。這些文本一再重寫改編〈白娘子永鎮雷峰塔〉的故事內容與人物性格，其中最大的改變是：白蛇精從惑人的妖物女色，變成了有情有義的女性。

這情況到了李碧華的《青蛇》，甚或是以此為劇本的電影〈青蛇〉逐漸看出文本改寫的差異性。《青蛇》故事情節未必脫離《雷峰塔傳奇》，但故事中的人物角色與情感卻更加立體化，《青蛇》更勝一步地將白、青二蛇努力學「人」情感而以最後痛悟的心情來批判萬物未必不如人，以便說明「萬物皆有情」的概念。李碧華在《青蛇》中寫青蛇初化人形的不自在模樣，甚為有趣：

於是我也幻了人形，青綾衫子，青綾裙子。自己也很滿意。

初成人立，猶帶軟弱，不時倚著樹挨著牆。

　　反倒是白素貞看不下去，連忙將青蛇扶直扶正，並告誡她說「人有人樣，怎可還像軟皮蛇？」只是剛化為人形的青蛇還不適應當個「人」，所以一直嚷嚷著我真不明白，為什麼人要直著身子走，太辛苦了，累死人！」白蛇跟她說「挺身而出」不就行了？還有「十隻沒用的腳指，腳指上還有指甲，真是小事化大，簡單化複雜！」──剛學人情世故的青蛇所認知的「人」，就是喜歡裝勇敢，喜歡小事化大，喜歡簡單化複雜。

「你不也想得道成人嗎？」

……

　　我臨水照照影子，扭動一下腰肢。漾起細浪，原來這是「嬌媚」之狀。

　　青蛇學人先學「嬌媚」之狀，這是一開始便走偏方向，還是異類的想法和人不同？李碧華的《青蛇》書寫意圖乃是從「青蛇」角度去審思《白蛇傳》中的既定情節或人物情感：白蛇與許仙相戀而完婚，青蛇也想仿傚人類情感，勾引許仙而與白蛇發生爭執，甚或是之後與法海間的情感糾葛；小說中的法海依舊高深莫測，但涉世未深，執理不化，不明人情世故，亦過不了自己的情、執二關，最後與白、青二蛇作法，禍害蒼生；至於許仙依舊平庸，小說中的他仍然全無自我主見，枉費白蛇為之掏心掏肺，最後卻換來背叛，於是乎白青雙蛇聯合水族，準備水淹金山寺。

　　青蛇發現法海緊鎖著眉心，對白蛇的狂言十分憎厭。但青蛇就是不懂：這法海怎會如此過分的絕情狂妄？難道是他一生從未得過女人的眷顧？要不然他怎會如此竭力地霸佔許仙？這樣做，對他而言有何樂趣可言？看他那兇橫的長相，額角上彷彿鑿嵌了「大義滅親」四個字，似乎要把所有他認為的異類誅滅殆盡。這時法海大喊「孽畜」，要我們別再逆風

點火、兀自燒身，以免求生不得求死不能。——是啊！不過，白蛇說了：
「生死有命，事在人為。」她不相信光明正大的愛情，敵不過法海的私心
妄欲。

　　「愛情」？那是什麼？法海嘲噓他從來不相信這種幼稚的東西！於
是他毅然下令：「許仙明日剃度！」隔天魚肚才翻白，白、青二蛇換過短
裝，分持雌雄寶劍來抵長江，念動咒語，驅動水族聽命。

　　　素貞道：「但凡道行在五百年以上的，一聲令下，長江發
　　大水，兄弟漫過金山，為我於禿賊手中奪回夫郎！」

　　對這些平時修煉苦悶，沒有半點娛樂的水族而言，悶在水中不如有事
可做，於是聽見素貞登高一呼，便當仁不讓、義不容辭地聯群結黨，以試
自己的功力如何。

　　水淹金山，對水族而言，是活動筋骨、試驗武功的絕佳機會。習武的
等開打，修道的等鬥法，有了這樣名正言順的藉口，個個是義憤填膺，摩
拳擦掌。——但要水淹金山的白蛇為的是救夫，她高舉的是「正大光明的
愛情」旗幟，偏這愛情是法海認為的幼稚東西。

　　文中可見青蛇的諸多私語，與其和法海間的情愫糾葛，而這些微妙
情感的發揮與連結，也是《白蛇傳》原來故事中未曾看見的，例如白蛇被
壓在雷峰塔下後，法海合十念唱：「西湖水乾，江潮不起；雷峰塔倒，白
蛇出世。」如此鎮定與無情，讓青蛇質疑起曾經她所認知的所謂「愛情」
——過去的那些溫柔誓語，那些風花雪月，……那些所謂的「愛情」原來
只是幼稚！但青蛇不解的是，為什麼要揭穿它？難道是你心生嫉妒吧？難
道是因為你一生都享受不到，所以見不得天下有情人終成眷屬這種好事？

　　和法海對峙著青蛇心中自忖：你下一個要對付的，就是我了！

　　夕陽西沉，雷峰塔被晚霞的血紅烘托浴沐者，塔裡有一個滿懷心事的
姑娘。青蛇說那其實是一個墓，裡面活活埋著已經心死的素貞。人和塔，
都滿懷心事。

　　白蛇修練千年，卻敗在人世情感一關；青蛇隨之動情，但卻誤入許

仙與法海的混沌迷障。於是乎，青蛇對人世間的感情有了體悟，她說道：
「對於世情，我太明白」——

> 每個男人，都希望他生命中有兩個女人：白蛇和青蛇。同
> 期的，相間的，點綴他荒蕪的命運。——只是，當他得到
> 白蛇，她漸漸成了朱門旁慘白的餘灰；那青蛇，卻是樹頂
> 青翠欲滴爽脆刮辣的嫩葉子。到他得了青蛇，她反是百子
> 櫃中悶綠的山草藥；而白蛇，抬盡了頭方見天際皚皚飄飛
> 柔情萬縷新雪花。

　　這裡用了張愛玲〈紅玫瑰與白玫瑰〉的意象典故，原本只是男人生命
中注定有兩個女人，一個是他的白玫瑰，一個是他的紅玫瑰。一個是聖潔
的妻，一個是熱烈的情婦。不過，「娶了紅玫瑰，久而久之，紅的變了牆
上的一抹蚊子血，白的還是『床前明月光』；娶了白玫瑰，白的便是衣服
上沾的一粒飯黏子，紅的卻是心口上一顆硃砂痣。」所以，《青蛇》裡說
的每個男人生命中都會希望有兩個女人。當他得到了白蛇，青蛇永遠是青
翠刮辣的嫩葉，而白蛇漸成朱門慘白的餘灰；若是得到了青蛇，那白蛇還
是皚皚飄飛的雪花，而青蛇便成了百子櫃中的悶綠山草藥。歸結到底，女
性的命運終究不是掌握在女性自己的手中，她的人生成敗端視男性的「獲
得」與否！於是女性為「物」，無論是生命中的那個女人皆然。至於男性
呢？張愛玲在小說中說到的男性永遠是最合理想化的中國現代人物，永遠
可以在第二天起床後改過自新，然後又變成一個好人。這樣的自我感覺良
好，其實說明了「男性中心」的特質，而如是批判，與其說是張愛玲給小
說男主角改過自新的機會，不如說是諸多讀者（尤其是男性）共同希望或
想像的自新機會。
　　不同的是，李碧華《青蛇》裡加入的是女人生命中的兩個男人，她寫
道：

> 每個女人，也希望她生命中有兩個男人：許仙和法海。

是的，法海是用盡千方百計博他偶一歡心的金漆神像，生世佇
候他稍假詞色，仰之彌高；許仙是依依挽手，細細畫眉的美少
年，給你講最好聽的話語來燙貼心靈。——但只因到手了，他
沒一句話說得準，沒一個動作硬朗。萬一法海肯臣服呢，又嫌
他剛強怠慢，不解溫柔，枉費心機。[1]

　　李碧華的《青蛇》讓青蛇成了主要敘述者，用一個不是原小說中的
主角人物去觀察、剖析，甚或解構原文本中的刻板結構，用一種或許荒唐
的閱讀角度去審視人世情愛的冷暖炎涼，的確有一點張派的風格味道。不
過，李碧華寫出女人生命中兩個男人的想望，讓女性也能擁有自己的聲
音。她說：一個是千方百計博他偶一歡心的金漆神像，另一個則是依依
挽手，細細畫眉的美少年；但一個剛強怠慢、不解溫柔，另一個又是說話
未準，動作軟鬆。如是兩難，又讓女性難以抉擇，但女性終究能夠自我作
主？還是仍被那兩個男人牽扯著生命而隨之起舞？恐怕還是一個根本要解
決的問題。所以說：世間難過的不是所謂感情的孽障，真正難過的是自己
遇上又擺脫不掉的情關，而這也扣合李碧華以青蛇為主角，從《白蛇傳》
中略微邊緣的小青去審思「人間有情」及「情為何物」兩個主題的改寫意
圖，以及其改寫後所擴充的理念意涵。

　　同樣是中國的四大傳說之一的《梁祝》，其故事約莫產生於東晉時
期，大約是西元400年左右。但在宋代以前直接的文字記錄較少。今天可
見較早者如南朝梁元帝蕭繹的《金樓子》，以及唐初梁載言《十道四蕃
志》所說的「義婦祝英台與梁山伯同塚，即其事也。」（記載於宋代張津
的《乾道四明圖經》），直到晚唐才有張讀《宣室志》對這個故事較為完
整的記錄：

　　英台，上虞祝氏女，偽為男裝遊學，與會稽梁山伯者，同

---

1　編寫者按：有關本單元中《青蛇》的獨立引文，皆參考李碧華：《青蛇》，（台北：皇冠出版
　　社，1993/10）。

肄業。山伯字處仁。祝先歸。二年，山伯訪之，方知其為
女子，悵然如有所失。告其父母求聘，而祝已字馬氏子
矣。山伯後為鄞令，病死，葬鄮城西。祝適馬氏，舟過
墓所，風濤不能進。問知有山伯墓，祝登號慟，地忽自
裂陷。祝氏遂並埋焉。晉丞相謝安，奏表其墓曰「義婦
塚」。

　　此為梁祝傳說第一階段的發展內容，本階段的傳說流傳範圍主要在浙
江周圍的南方地區，流傳形式主要是敘事故事。

　　梁祝傳說流傳發展的第二階段是從宋代李茂誠的《義忠王廟記》到明
清的戲曲、唱本和民歌，最後到清邵金彪的《祝英台小傳》。從宋元直到
清代以前，梁祝傳說的流傳範圍擴及全國各地，甚至有海外日本、朝鮮等
流傳區域，至於流傳形式則有傳奇、民歌、鼓詞、木魚書、彈詞以及各種
地方戲等等。第二階段的梁祝傳說內容，與《宣室志》所記的相比豐富許
多，大體可分為三類。㈠與《宣室志》所記內容差異無多，如「結義」、
「送祝英台」及「化蝶」等。㈡在原有情節的基礎上充實，例如加入「女
扮男裝」的內容。㈢各形式文本作者的創意添加，或許原有情節無關，例
如馬文才作惡，梁山伯仗義救英台；馬文才陰府告狀，梁祝還魂團聚；梁
祝得到仙人幫助，還陽後重建功業，富貴榮耀，夫妻久經曲折，最後團圓
等情節。第二階段梁祝傳說的情節發展，多呈顯宋元至清代前人民觀念的
變化，例如道德觀、審美觀等思維；而豐富的情節、層次的人物語言也增
加故事的藝術魅力；此外，傳說也刻意增加善惡觀念，突顯善惡對比的社
會價值。總體上看，故事所表現的倫理思想，不外乎體現的「忠孝節義」
的思維，而這樣的情節添補，或和宋元時期的理學發展有關。

　　清代至今則是梁祝傳說發展的第三階段，從眾多文本之內容進行觀
察，發現此時期梁祝故事已逐漸形成一個相對穩定的故事結構。其主要的
情節母題有：1.英台女扮男裝求學，2.梁祝途中相遇結義，3.杭城同窗讀
書、夜同床而臥，4.十八相送，5.馬家提親，6.山伯訪祝家莊，7.山伯病
死、英台出嫁，8.祭墳、化蝶。從此故事結構來觀察，可以發現第三階段

的傳說內容較第二階段少了馬氏陰府告狀、梁祝還魂等情節，而祝英台的祭墳也由原來的無準備改為有準備的預謀。其實，第三階段的梁祝故事基本內容和第二階段的《祝英台小傳》無大差異，不同的地方乃在呈現新時代的環境氛圍中，民眾新思想觀念的建立，例如追求男女平等、對抗傳統迂腐禮教等議題。到了近幾十年，新改編的京劇、川劇、越劇梁祝戲，才讓梁祝傳說故事又有了新的發展。

　　莫高於其文章〈《梁祝》研究大觀〉中提到，如果我們從戲曲的文本觀賞閱讀梁祝傳說後，會去思考的問題可能包括了梁祝故事研究中所涉及的封建與反封建兩種文化的爭奪問題、如何對待民間流傳的梁祝故事和文人的創作、改編問題、民間傳說與歷史真實的區別問題，以及梁祝研究中有關神話與迷信的區別問題。然而，梁祝傳說不只是戲曲演出而已，跨過戲曲的文本結構，我們能有怎樣的創意改寫？

　　以下，我們將呈現兩個分屬雅俗的改編／改寫文本，其一是台灣小琉球的民間說唱者陳其麟老先生所念唱的〈英台廿四送之六送〉（文收入《屏東縣閩南語歌謠諺語集㈠》）：

　　　一送梁哥欲起身，
　　　千言萬語講袂盡。
　　　保重身體上要緊，
　　　不通為我費心神。
　　　三伯被送面帶紅，
　　　聽妹言語刈著人。
　　　我今仔欲轉返汝免送，
　　　勞動汝著小妹汝個工。

　　　二送梁哥淚哀哀，
　　　吩咐即時汝莫閣來。
　　　夭壽馬俊來所害，
　　　才著佮哥分東西。

三伯聽著就應伊，
小妹無情閣薄義。
杭州佮我約日子，
才通講我來遮遲。

三送梁哥出大廳，
英台著聽我閣勸梁兄。
自己心肝著扞予定，
不通為我費心晟。
三伯聽著人真恨，
六月刈菜假有心。
小妹對我用嘴錦，
菜籃挑水予哥飲。

四送梁哥欲出門，
勸哥心肝毋通酸。
哥汝著來聽我勸，
毋通為我刈心腸。
小妹言語免傷濟，
馬俊娶汝結夫妻。
梟雄小妹汝即真敢做，
無想早前當緣初。

五送梁哥出門外，
兄妹分開無快活。
毋通暝日閣想著我，
一定佮哥無放煞。
三伯聽著應一句，
想著心肝盧盧盧。

　　　　實在小妹喙水有，
　　　　害哥來時了功夫。

　　　　六送梁哥出門前，
　　　　十步欲行九步停。
　　　　夭壽馬俊來定聘，
　　　　害哥來時真不明。
　　　　三伯聽著流目屎，
　　　　第一稟雄祝英台。
　　　　無想杭州仝結拜，
　　　　怎通無心邀我來。

　　陳其麟用民間念唱的方式，唱出他記憶中所知的「三伯英台」內容。此唸謠用的是台灣閩南語傳統七字仔歌謠的形式，曲調則依念唱者當日的心情而定，或是歌仔調、七字仔、雜念仔，或是新曲、小調皆能詠唱之。此首〈英台廿四送之六送〉是民間文學的歌謠版本，但此歌謠的淵源當從閩南語歌仔冊而來，台灣閩南語諺語有言台灣的三大通俗戲曲文本有三，「第一陳三磨鏡，第二英台哭兄，第三孟姜女哭倒萬里長城」，說的正是戲曲及歌仔冊中的《陳三五娘》、《三伯英台》和《孟姜女》，而四大傳說中梁祝與孟姜女故事便在其中。

　　從陳其麟的念唱我們可以聽見的是民間說唱藝人的記憶及思維，在過去文風未開、娛樂不盛的年代，說唱者念唱的故事不離忠孝節義內容，在其借引歌仔冊內容後有意圖的自我添加，所要呈現的除了是說唱者心中的傳說情節外，更是聽眾有興趣知道的故事內容，於是乎，傳與授間便形成了微妙的依偎關係，文本的再現與閱讀、理解便有了諸多的可能與不可能。

　　其二，是新加坡作家協會的郭永秀的現代詩作品〈梁祝組曲〉（由作者郭永秀提供）：

〈邂逅〉
春的長笛
盈盈吹到杭城
長亭外，柳絲輕曳
有人匆匆踏橋而來
呵！你來，你是英台
眉掛一串遠行的喜色
我們都是離巢的孤雛
哦！無香
插柳又何妨

〈伴讀〉
朗朗書聲，蜿蜒
流入時光的柔袖
賢弟啊──
你握筆　我輕指研墨
乍見燈下人影一隻
梁兄　我異裝
一晃就已三度春秋
而你，竟渾然如陷迷霧

〈十八相送〉
此行十八里
霧樣的鳳凰山　霧樣的
離愁　呵梁兄
可見塘東白鵝比翼
鴛鴦對飛？
越澗，越獨木小橋
記否那七夕的故事？

唉！　小妹的暗喻
　　　　兄何不解
英台願牽紅綾
一邊繫你，　一邊……
圈住我家九妹

〈抗婚〉
喜色的彩飾
繫我滿腔悲憤
　　　　寸寸愁腸
爹！　女兒是立雪的梅花
任你咆怒如虎
馬家財勢如天
立了誓
絕不負梁兄一片癡

〈樓臺會〉
匆匆趕集
耳邊垂掛師母別時的叮嚀
盼一枝並蒂的蓮會燦開
祇一句——
希望便騎鶴而去
錯落的血滴
裂肌的玉環
這一別，留下成疊相思
心，心也碎

〈哭墳〉
梁兄啊梁兄

南山路旁
有人哭，哭倒，有人
含淚抱新墓
草橋、往事、以及舊盟
如今是　花轎載著素服
你獨守山野淒寂
我聲聲哭斷肝腸
梁兄啊梁兄……

〈尾聲〉
天地為之盛怒
電擊　孤冢橫裂
黃沙風散急旋，驟落，轉化
有彩蝶盤桓飛出
雙雙振翼
繽紛起化作身後一則傳說……

　　從〈邂逅〉、〈伴讀〉、〈十八相送〉、〈抗婚〉、〈樓臺會〉、
〈尾聲〉等六段組曲去閱讀郭詩人心中的梁祝版本，可以發現被重新建構
的梁祝故事和第二階段的梁祝傳說內容大致相仿，不過少了「英台女扮男
裝求學」，以及「山伯病死、英台出嫁」的情節。但是，「你來，你是英
台」或是「梁兄／我異裝」說明了梁山伯不知道然而讀者了解的女扮男裝
情節，而「花轎載著素服」隱藏的意涵，不就是山伯病死、英台出嫁的內
容嗎？
　　從此組詩中，我們看見詩人以新詩形式重新演繹他心中的梁祝傳說
故事，透過典型性、代表性意義內容的擇取，進行傳統文本的重新建構，
以便呈顯詩人心中有意圖、有意識的理念。詩中所言的「長亭外，柳絲輕
曳」是我們熟知的杭城外，「朗朗書聲」則流過我們清楚的學堂；我們也
跟著主角走過鳳凰山，看見白鵝比翼、鴛鴦對飛，想見十八相送的經典橋

段；再透過抗婚、樓台會，最後出現的是新墳旁雙眼含淚的英台。「哦！無香／插柳又何妨」！是啊！……「梁兄啊梁兄……／你獨守山野淒寂／我聲聲哭斷肝腸／梁兄啊梁兄……」，突然間，雷作墳開，有雙蝶飛出，緩緩而去……。詩人經營出他所欲重構的梁祝版圖，但透過其改寫之創作，我們可以重新詮釋或自我閱讀出讀者世界中或我們自身歷史經驗裡的梁祝印象，那麼所謂的改寫與閱讀，才能有意義的建立起來。

## 習作題

1. 請閱讀體會歐陽修的〈玉樓春〉，並擴寫成一篇約五百字的短文。

　　尊前擬把歸期說，未語春容先慘咽。
　　人生自是有情痴，此恨不關風與月。
　　離歌且莫翻新闋，一曲能教腸寸結。
　　直須看盡洛城花，始共春風容易別。

2. 請閱讀體會漢樂府〈孔雀東南飛〉，並縮寫成一篇約五百字的短文。

　　孔雀東南飛，五里一徘徊。十三能織素，十四學裁衣，十五彈箜篌，十六誦詩書，十七為君婦，心中常悲苦。……行人駐足聽，寡婦起傍徨。多謝後世人，戒之慎勿忘。

3. 請閱讀體會蒲松齡《聊齋誌異・畫皮》之內容旨趣，並嘗試改寫之（文體不限）。

4. 請找一首你喜歡的現代詩作，並嘗試將它發展創意擴寫成一篇散文或微型小說。

國家圖書館出版品預行編目資料

應用國文／林秀蓉主編.
－－初版. －－臺北市：五南, 2012.03
　面；　公分
ISBN 978-957-11-6520-2（平裝）

1.漢語　2.作文　3.應用文　4.公文程式

802.7　　　　　　　　　100026409

1X5C 應用文系列

# 應用國文

| | |
|---|---|
| 主　　　編 ― | 林秀蓉 |
| 編　　　撰 ― | 李美燕　陳劍鍠　簡光明　鍾屏蘭　劉明宗 |
| | 黃惠菁　簡貴雀　余昭玟　柯明傑　黃文車 |
| | 朱書萱　嚴立模 |
| 發 行 人 ― | 楊榮川 |
| 總 經 理 ― | 楊士清 |
| 副總編輯 ― | 黃惠娟 |
| 責任編輯 ― | 蔡佳伶　簡妙如 |
| 封面設計 ― | 姚孝慈　謝瑩君 |
| 出 版 者 ― | 五南圖書出版股份有限公司 |
| 地　　　址：| 106台北市大安區和平東路二段339號4樓 |
| 電　　　話：| (02)2705-5066　　傳　　真：(02)2706-6100 |
| 網　　　址：| http://www.wunan.com.tw |
| 電子郵件：| wunan@wunan.com.tw |
| 劃撥帳號：| 01068953 |
| 戶　　　名：| 五南圖書出版股份有限公司 |
| 法律顧問 | 林勝安律師事務所　林勝安律師 |
| 出版日期 | 2012年 3 月初版一刷 |
| | 2017年11月初版七刷 |
| 定　　　價 | 新臺幣350元 |